말테의 수기

세계문학전집
2 3 8

Rainer Maria Rilke : Die Aufzeichnungen des Malte Laurids Brigge

말테의 수기

라이너 마리아 릴케 장편소설

홍사현 옮김

문학동네

일러두기

1. 번역 대본으로는 Rainer Maria Rilke, *Die Aufzeichnungen des Malte Laurids Brigge*, Sämtliche Werke in 6 Bände. Band VI., Insel Verlag, Frankfurt a. M. 1966를 사용했다.
2. 주석은 모두 옮긴이주다.
3. 외래어의 표기는 국립국어원 외래어표기법에 준했으나 일부는 현지 발음이나 관용에 따랐다.
4. 본문의 고딕체는 원서에서 이탤릭체로, 이탤릭체는 독일어 외 언어로 표기된 부분이다.

차례

9월 11일, 툴리에가街

그렇다, 살기 위해, 사람들은 이렇게 생각하고 여기로 오겠지만, 나라면 오히려 이렇게 생각할 것 같다, 여기서는 죽어간다고. 밖에 나가보았다. 병원들을 보았다. 비틀거리다가 천천히 쓰러지는 남자를 보았다. 사람들이 그 주위로 몰려들었고, 그래서 그다음은 보지 못했다. 임신한 여자를 보았다. 높고 뜨거운 벽을 따라 몸을 끌며 느릿느릿 걷고 있었고, 가끔씩 벽이 그대로 있는지 확인이라도 하듯이 손을 짚어보곤 했다. 물론 벽은 여전히 거기 있었다. 그 너머에는 무엇이 있지? 지도를 꺼내 찾아보았다. 조산원이었다. 잘됐다. 사람들이 저 여자의 출산을 도울 것이다—그렇게 할 수 있을 것이다. 계속 걸었고, 생자크가가 나왔다. 반구형 지붕의 큰 건물이 보였는데, 지도에 발드그라스군병원이라 표시되어 있었다. 내가 이런 것까지 알 필요는 없지만, 알아서 나쁠

것도 없다. 골목길 사방에서 냄새가 나기 시작했다. 식별이 되는 것으로 요오드포름, 프렌치프라이, 그리고 불안의 냄새가 있었다. 모든 도시는 여름에 냄새가 난다. 그다음 독특하게 음산한 분위기를 풍기는 어떤 집을 보았는데 지도에는 나와 있지 않았지만 문 위쪽을 보니 아직 꽤 분명히 알아볼 수 있게 적혀 있었다. *간이 숙박소*.* 입구 옆에 요금표가 있어 읽어보았다. 그리 비싸지 않았다.

또 무엇을 보았었나? 세워져 있는 유모차 안에 아이가 있었다. 통통하고 푸르스름했으며, 이마에 난 뾰루지가 눈에 띄었다. 다 나아서 아프지는 않을 것처럼 보였다. 아이는 잠들었고, 입을 벌린 채 요오드포름, 프렌치프라이, 불안의 냄새를 들이마시고 있었다. 그냥 이런 일들이 있었다. 중요한 건 살아 있다는 것이었다. 이것이 중요한 것이었다.

창문을 열어놓아야 잠이 드는 버릇을 끊지 못하겠다. 시가 전차들이 종소리를 내며 내 방을 질주해 지나간다. 자동차들이 내 위를 지나간다. 문 하나가 저절로 닫힌다. 어디선가 유리창이 떨어져 깨지는 소리가 난다. 큰 조각들은 큰 소리로 웃고 작은 파편들은 킥킥거리며 웃는 소리가 들린다. 그러고는 갑자기 건물 안 다른 쪽에서 뭔가 불분명하고 둔탁한 소음이 들려온다. 누군가 계단을 올라 이쪽으로 온다. 한 걸음, 또한 걸음 계속 다가온다. 그리고 멈춰 선다, 그렇게 한참을 있다가, 지나간다. 다시 거리에서 들려온다. 한 소녀가 소리를 지른다. "*이제 그만해, 더이상은 싫어.*" 전차가 흥분하며 달려와 그 소리를 덮고, 모든 것을 덮

---

* Asyle de nuit. 빈민, 부랑자를 위한 숙소.

으며 사라진다. 누군가 소리친다. 사람들이 앞서거니 뒤서거니 걸어간다. 개가 짖어댄다. 갑자기 안심이 된다, 개 한 마리로. 새벽녘에는 심지어 닭도 한 마리 운다. 더없이 편안해진다. 그러다 나는 갑자기 잠에 빠진다.

이것들은 소음이다. 그런데 여기에는 좀더 섬뜩한 뭔가가 있다, 정적이다. 큰불이 일어날 때면 가끔 극도의 긴장이 찾아드는 순간이 있다. 물기둥이 뚝뚝 아래로 떨어져내리고, 소방관들은 더이상 건물을 타고 올라가지 않는다. 아무도 움직이지 않는다. 소리도 없이 저 위쪽 건물 처마 끝 검정 돌림대가 앞으로 밀려나온다. 그리고 뒤쪽으로 불이 격분한 듯 일어나는 높은 벽 하나가 기울어진다, 소리도 없이. 모든 것이 멈춰서서 기다리고 있다. 어깨를 움츠리고 시선을 고정한 얼굴로 처참한 일격의 순간을 기다리고 있다. 그리고 이때 정적이 있다.

보는 법을 배우고 있다. 왜 그런지 모르겠지만, 모든 것이 내 안으로 더 깊이 들어와, 보통 때에는 언제나 끝이 되는 그곳에 그대로 머물러 있지 않는다. 나는 내가 몰랐던 어떤 내면을 가지고 있다. 모든 것이 이제 그곳으로 들어가고 있다. 거기서 무슨 일이 일어날지 나는 모른다.

　오늘 편지를 한 통 썼고, 문득 이곳에 온 지 겨우 삼 주밖에 안 되었다는 것을 깨달았다. 다른 어떤 곳, 가령 시골에서의 삼 주라면 하루와 같다고도 할 수 있지만, 여기서는 수년처럼 느껴진다. 그래서인지 이제 편지도 더이상 쓰고 싶지 않다. 내가 변하고 있다는 것을 누군가에게 말한들 무슨 의미가 있겠는가? 내가 변하고 있다면, 나는 더이상 예전의 내가 아니다. 그리고 내가 지금까지와는 뭔가 달라졌다면, 나는 분명 더이상 아는 사람이 없다. 그렇다면 낯선 사람들, 나를 알지 못하는 사람들에게 편지를 쓰는 것은 있을 수 없는 일이다.

내가 이미 말했었나? 보는 법을 배우고 있다고. 그렇다, 처음부터 시작하고 있다. 아직은 잘되지 않는다. 하지만 시간을 충분히 이용해볼 작정이다.

가령 얼마나 많은 얼굴이 있는지, 이런 것은 한 번도 분명히 생각해보지 못했다. 수없이 많은 사람이 있지만, 얼굴은 그보다 훨씬 더 많다. 한 사람 한 사람이 여러 개의 얼굴을 가졌기 때문이다. 하나의 얼굴을 몇 년 동안 쓰는 사람들이 있다. 물론 얼굴은 낡아서 망가지고 더러워진다. 주름들로 갈라지고 여행하며 끼고 다녔던 장갑처럼 늘어난다. 그들은 검소하고 평범한 사람들이다. 그들은 얼굴을 바꾸지 않는다. 심지어 세탁도 하지 않는다. 그들은 아직 충분히 괜찮다고 주장한다. 게다가 그 반대가 옳다고 누가 입증할 수 있겠는가? 물론, 사람들이 만약 여러 개의 얼굴을 가졌다고 한다면, 다른 얼굴로는 무엇을 하는지 의문이 생길 수 있다. 그들은 나머지 얼굴들을 잘 보관한다. 자식들이 그 얼굴들을 물려받는 것이다. 하지만 키우는 개가 그 얼굴을 쓰고 밖에 나가는 일도 있다. 그러면 왜 안 되겠는가? 얼굴은 얼굴이다.

또다른 사람들은 엄청나게 빠른 속도로 이 얼굴에서 저 얼굴로 바꾼다. 그렇게 얼굴들을 낡고 해지게 만든다. 처음에는 그 얼굴들이 영원히 계속될 것처럼 여겨졌겠지만, 마흔 살이 막 되자마자 벌써 마지막 얼굴이 된다. 물론 마지막 얼굴은 비극적 운명을 지닐 수밖에 없다. 이 사람들은 얼굴을 소중히 다루는 데 익숙하지 않았고, 그들의 마지막 얼굴은 팔 일 만에 다 해져 구멍이 나고 군데군데가 종잇장처럼 닳아 얇아진다. 그러고는 차츰차츰 바닥이 드러난다. 얼굴 없는 얼굴이 드러나며, 이 얼굴로 그들은 이리저리 돌아다닌다.

하지만 그 여자, 그녀는 몸을 앞으로 숙여 두 손에 얼굴을 파묻은 채 완전히 자신 안에 빠져들어 있었다. 노트르담데상가 모퉁이에서였다. 나는 그녀를 보고는 소리 죽여 걷기 시작했다. 불행한 사람들이 생각에 잠기면 방해하지 않는 것이 좋다. 어쩌면 그들에게 그래도 뭔가가 떠오를지 모른다.

거리는 너무나도 텅 비어 있었다. 그 적막함은 너무 지루한 나머지, 내 발밑에 붙어 있는 발걸음을 떼어가 그 발걸음으로 마치 나막신을 신은 것처럼 여기저기를 딱딱 소리 내며 돌아다녔다. 그 소리에 여자는 깜짝 놀라 몸을 일으켰고, 그 동작이 너무나 빠르고 너무나 격렬했기 때문에 얼굴은 여전히 두 손에 남아 있었다. 나는 그녀의 손안에 놓인 속이 움푹 파인 형태의 텅 빈 얼굴을 볼 수 있었다. 손에서 찢겨나간 얼굴을 보지 않고 손만 계속 지켜보기 위해 이루 형언할 수 없는 노력을 해야 했다. 어떤 얼굴을 그 내부에서부터 보는 것은 매우 섬뜩한 일이었다. 하지만 얼굴 없이 망가진 머리통만 보는 것은 훨씬 더 공포스러웠다.

나는 두렵다. 두려움을 갖기 시작하면 두려움에 맞서 뭔가를 해야 한다. 이곳에서 몸이 아프면 매우 비참해질 것이고, 누군가 나를 디외병원으로 옮길 생각이라도 하게 된다면, 나는 틀림없이 거기서 죽게 될 것이다. 이 병원은 분위기가 좋고 편안해서 사람들이 수도 없이 많이 찾아온다. 노트르담대성당 전면을 바라보려는 사람은 드넓은 광장을 가능한 한 빨리 지나 병원으로 진입하려는 수많은 마차 중 어느 한 대에 치일 각오를 해야 할 정도다. 소형 승합마차들이 쉴새없이 경적을 울리며 달려가기 때문이다. 죽어가는 한 소시민 환자가 디외병원으로 지금 당장 달려가야 한다고 굳게 믿고 있을 경우에는 설령 사강 대공의 마차라 해도 멈추지 않을 수 없을 것이다. 죽음을 앞둔 사람들은 막무가내로 고집을 부리기 마련인데, 가령 마르티르가에서 골동품상을 하는 르그랑 부인이 시테섬 어느 곳으로 마차를 타고 오기라도 하면 파리 전체가 길이 막힐 정도다. 악명 높은 이 작은 마차의 창문에는 특히 눈길을 끄는 반투명 유리가 달려 있는데, 사람들은 그 뒤에서 일어나고 있을 가장 근사한 단말마의 광경을 떠올릴 수 있다. 이 정도는 수위라도 충분히 할 수 있는 공상이다. 여기에 좀더 상상력을 가지고 이런저런 방향으로 펼쳐나가보면, 생각해낼 수 있는 건 정말 무한하다. 그 외에 덮개가 열린 승합마차들이 도착하는 것도 보았다. 개폐 가능한 덮개가 있는 이 마차들은 보통 정해진 요금이 있는데, 임종 직전의 승객에게는 2프랑을 받는다.

이 훌륭한 병원은 매우 오래되었으며, 이미 클로비스왕* 시대에 이곳 몇 개의 침대에서 사람들이 임종을 맞았다. 지금은 559개 침대에서 사람들이 죽어나간다. 물론 공장 방식이다. 이 정도로 대규모로 죽음이

---

* 클로비스 2세(633~657).

생산될 때 개별적 죽음은 그리 대단하게 치러지지 못하지만, 이 역시 아무런 문제가 되지 않는다. 대량이란 것이 중요하다. 오늘날 대가를 지불하고라도 잘 완성된 죽음을 맞이하려는 사람이 누가 있겠는가? 아무도 없을 것이다. 심지어 제대로 갖추어진 죽음을 누릴 수 있는 부자들조차도 대충대충 죽고 무관심해지기 시작한다. 자기 고유의 죽음을 갖고 싶다는 소망은 점점 드물어진다. 조금 더 지나면 이 고유한 죽음은 고유한 삶과 마찬가지로 드물어질 것이다. 아아, 모든 것이 여기 다 있다. 사람들이 온다, 삶 하나를 고른다, 그러면 끝이다. 이 삶을 몸에 걸치기만 하면 된다. 그리고 이제 사람들이 가기를 원한다, 혹은 가야만 한다. 이번에도 역시 긴장할 것 없다. 자, 여기에 당신의 죽음이 있다. 왔던 것처럼, 사람들은 그렇게 죽는다. 사람들은 자신이 가진 병에 속한 죽음을 맞는다(왜냐하면 사람들이 모든 종류의 병을 알게 된 이후, 그에 따른 다양한 죽음이라는 결말은 인간이 아니라 병에 종속되는 것임을 알기 때문이다. 말하자면 병자는 아무 할일이 없는 것이다).

너무나 기꺼이 의사와 간호사에게 깊이 감사하며 죽어가는 요양소에서도 시설에서 갖추어놓은 죽음들 중 하나를 맞이하고, 사람들은 이 것도 괜찮은 죽음이라 여긴다. 그러나 집에서 죽을 경우에는 자연스럽게 훌륭한 가문에 걸맞은 정중한 죽음을 선택하게 되는데, 죽음과 함께 이미 특급의 장례식이 시작되고 그에 속하는 화려한 의식의 전체 과정이 이어지는 죽음이다. 그러면 가난한 사람들은 그 집 앞에 서서 지겹도록 구경한다. 이 사람들의 죽음은 당연히 뻔한 것이다. 번거로운 절차는 전혀 없다. 자신들에게 대충 들어맞는 죽음 하나를 발견하기만 해도 기뻐한다. 너무 헐렁해도 상관없다. 계속 조금씩은 자란다. 물론 가

슴 부분을 여미어 잠글 수 없거나, 너무 꽉 끼어 숨이 막힌다면 곤란
하다.

지금은 가족 누구도 살지 않는 고향을 떠올려보면, 이전에는 틀림없이
달랐을 거라는 생각이 든다. 이전 사람들은 마치 열매가 씨를 품고 있
듯이 우리가 우리 안에 죽음을 지니고 있다는 것을 알고 있었다(아니
면 어렴풋이 예감했을 것이다). 아이들은 작은 죽음을, 어른들은 큰 죽
음을 하나씩 지니고 있었다. 여자들은 자궁에, 남자들은 가슴에 지니고
있었다. 죽음을 지니고 있다는 것이 모두에게 고유의 인간적 존엄성과
내밀한 자부심을 선사했다.
  나의 할아버지인 늙은 시종관 브리게에게서도 죽음 하나를 품고 있
다는 것을 알아챌 수 있었다. 게다가 이 죽음은 얼마나 대단한 것이었
던가? 두 달 동안이나, 그것도 소작지 저 너머에까지 울려퍼질 정도로
큰 소리를 냈었다.
  이 죽음에게 할아버지의 길쭉하고 오래된 저택은 너무 좁았고, 그래
서 길쭉한 집 양쪽으로 날개처럼 별채를 지어야 할 것만 같았다. 왜냐
하면 시종관의 몸이 점점 커졌기 때문이다. 할아버지는 끊임없이 이 방
에서 저 방으로 옮겨지길 원했고, 아직 해가 저물지 않았는데도 이동할
또다른 방이 더이상 남아 있지 않으면 불같이 화를 내곤 했다. 그럴 때
면 하인들, 하녀들, 또 할아버지가 항상 데리고 다니던 개들이 모두 계
단을 올라가서, 집사를 선두로 이미 고인이 된 할아버지의 어머니 방
으로 갔는데, 이곳은 모든 것이 이십삼 년 전 할아버지의 어머니가 세
상을 떠났을 때 그대로였고, 아무도 들어가서는 안 되는 방이었다. 그

런데 이제 일군의 무리가 이곳에 침입한 것이다. 커튼이 젖혀지자 여름 오후의 강력한 햇살이 겁먹고 놀란 사물들을 낱낱이 수색했고, 그러고 는 쪼개져 금이 간 거울들 속으로 서툴게 몸을 돌렸다. 사람들도 똑같이 그렇게 했다. 몸종들은 호기심에 가득차 뻗은 손을 어디에 대야 할지조차 몰랐고, 젊은 사환들은 모든 것을 무심하게 바라보았다. 그리고 좀더 나이가 든 하인들은 이리저리 돌아다니며, 이제 처음으로 들어와 보게 된, 그동안 닫혀 있던 이 방에 대해 사람들이 들려주었던 모든 이야기를 기억해내려 애썼다.

하지만 이렇게 모든 사물이 냄새를 풍기는 공간에 들어와 엄청나게 흥분한 것은 특히 개들인 것 같았다. 몸집이 크고 날씬한 러시안 그레이하운드들은 등받이가 높은 팔걸이의자들 뒤 여기저기를 분주하게 돌아다녔고, 느린 춤동작처럼 흔들흔들 침실을 가로질러 다녔으며, 그러다가 문장紋章 속 개처럼 몸을 높이 세워 가느다란 앞발을 백금색 창틀에 걸쳐놓은 채 날카롭고 긴장된 얼굴로 이마를 찌푸리고 안뜰을 좌우로 살폈다. 작은 개들, 누레진 장갑 같은 닥스훈트들은 마치 모든 일이 잘되어간다는 듯한 얼굴로 창가 쪽, 실크 커버를 씌운 넓고 푹신한 의자에 앉아 있었다. 털이 빳빳하고 성질이 까다로워 보이는 포인터 사냥개는 금박을 입힌 다리가 달린 탁자 모서리에 등을 비볐고, 그림이 새겨진 탁자 위에 있던 세브르산産 도자기 찻잔이 흔들렸다.

그렇다, 얼이 빠진 듯 잠에 취해 있었던 이 사물들에게는 끔찍한 시간이었다. 어떤 급한 손이 서투르게 열어젖힌 책들에서 짓밟힌 장미꽃잎들이 비틀거리며 흩어져 나오는 일이 일어났다. 작고 약한 물건들은 붙잡혔다가 곧바로 망가진 후 재빨리 제자리에 놓였으며, 역시 그렇게 찌그러진 것들 상당수도 커튼 뒤에 숨겨지거나 심지어 벽난로 격자의 금빛 철망 뒤로 던져졌다. 또 가끔씩 뭔가가 떨어져내렸는데, 카펫 위로 떨어지며 모습을 감춰버리거나, 딱딱한 마룻바닥에 떨어지며 요란한 소리를 냈다. 하지만 그때마다 여기저기가 망가졌고, 날카롭게 깨지거나 거의 소리도 없이 갈라졌다. 이 사물들은 소중한 대접에 익숙해 있었던 만큼 어떠한 추락도 견디지 못했던 것이다.

이 모든 일의 원인이 도대체 무엇인지, 또 무엇이 이렇게 조심스럽게 보존되어온 방에 온갖 몰락을 가득 불러들였는지 문득 의문이 생긴다면—대답은 오직 하나뿐일 것이다. '죽음'이다.

울스고르에서 일어난 시종관 크리스토프 데틀레프 브리게의 죽음이 그런 것이었다. 그는 감청색 제복 밖으로 터져나올 듯 방바닥 한가운데 누워 움직이지 않았다. 지금은 누구도 알아볼 수 없는 그의 낯설고 큰 얼굴의 눈이 감겨 있었다. 그는 무슨 일이 일어났는지 보지 않았다. 처음에는 사람들이 그를 침대로 옮기려 했지만, 그의 저항에 부딪혔다. 병이 심해지기 시작했던 처음 며칠 밤이 지난 이후로 그가 침대를 증오했기 때문이다. 위층의 침대 역시 너무 작았고, 아래층으로 내려가는 것 역시 원하지 않았기 때문에, 결국 바닥의 카펫 위에 눕히는 것 외에는 다른 방법이 없었다.

시종관은 거기 그렇게 누워 있었다. 사람들은 그가 이미 죽었다고 생각했을 수도 있다. 서서히 날이 밝아오면서 개들은 차례차례 문틈으로 어슬렁어슬렁 나가기 시작했고, 퉁명스러운 얼굴에 털이 억센 개 한 마리만 주인 옆을 지켰다. 넓적하고 텁수룩한 앞발을 크리스토프 데틀레프의 커다란 잿빛 손 위에 올려놓고 있었다. 이제는 하인들도 대부분은 방보다 밝은 복도에 나가 서 있었지만, 아직 방에 남아 있던 하인들은 방 한가운데에 놓인 채 점점 거무스름해지는 커다란 덩어리를 이따금 슬금슬금 훔쳐보았으며, 그것이 부패한 어떤 것 위에 덮어놓은 커다란 웃옷일 뿐이길 바랐다.

하지만 여기에는 또 무언가가 있었다. 목소리였다. 칠 주 전만 해도 아무도 이 목소리를 알지 못했는데, 그건 시종관의 목소리가 아니었기 때문이다. 이 목소리는 크리스토프 데틀레프의 것이 아니라, 크리스토프 데틀레프의 죽음에 속한 것이었다.

크리스토프 데틀레프의 죽음은 이미 수많은 날을 울스고르에서 살아왔고, 모든 사람과 이야기를 나누었으며, 뭔가를 요구했다. 자신을 들고 옮겨달라고 요구했고, 푸른 방을 요구했고, 작은 응접실로 가자고, 넓은 홀로 가자고 요구했다. 개들을 요구했고, 사람들이 웃고 말하고 놀고 침묵하기를 요구했으며, 이 모든 것을 동시에 요구했다. 친구들을 만나기를, 여인들과 죽은 자들을 보기를, 또한 자신에게도 죽기를 요구했다. 요구를 했던 것이다. 요구했고, 소리쳤다.

왜냐하면 밤이 되어 녹초가 된 하인들 중에서 야번이 아닌 사람들이 막 잠을 청하려던 바로 그때, 크리스토프 데틀레프의 죽음이 소리를 지르며 신음을 했는데, 처음에는 함께 낑낑거리며 짖던 개들이 갑자기 조용해져서 드러눕지도 못하고 선 채 길고 가느다란 다리를 떨며 무서워할 정도로 오랫동안 끊임없이 계속되었기 때문이다. 그리고 덴마크의 광활한 은빛 여름밤을 뚫고 이 울부짖는 죽음의 소리가 마을까지 들려오면, 사람들은 갑자기 천둥번개가 칠 때처럼 일어나서 옷을 챙겨 입고, 그 소리가 그칠 때까지 말 한마디 하지 않고 등불 아래 앉아 있었다. 출산이 임박한 산모들은 가장 멀리 떨어진 방의 아주 좁게 칸막이가 쳐진 병상으로 옮겨졌다. 하지만 그들도 들었다. 마치 자기 몸속에서 들리는 것처럼 그 소리를 들었고, 자신들도 일어나게 해달라고 간청하여 헐렁한 흰색 환자복을 입고 나와서는 불명확한 얼굴로 다른 사람들 옆에 앉았다. 그런가 하면, 이 시간에 새끼를 낳고 있던 소들은 어쩔 줄 몰라 무기력하게 움츠러들었는데, 아무래도 송아지 태아가 나올 기미가 보이지 않던 한 암소에게서는 누군가가 사산된 송아지 태아를 내장들과 함께 끄집어내었다. 사람들은 모두 자기 일과를 제대로 해내지 못했고, 건초더미 옮기는 일조차 잊어버렸는데, 낮에는 밤이 오는 것이 무서워서, 밤에는 깨어 있는 일이 많고, 놀라서 잠을 깨며 일어나는 일이 많아서, 아무 생각도 할 수 없을 만큼 지쳐 있었기 때문이다. 그렇게 일요일이 되어 평화로워 보이는 흰색 건물의 교회에 가서는, 울스고르에서 주인이 없어지게 해달라고 기도를 드렸다. 이 주인이 너무나 지긋지긋했기 때문이다. 마을사람들 모두가 생각하고 기도하던 것을 목사가 설교단에서 내리치듯 큰 소리로 발설했는데, 목사 역시 방해받지 않는 고요한 밤시간을 가질 수 없어 신을 마주할 수 없었던 것이다. 한편 교회종도 같은 말을 외치며 울려댔는데, 이 끔찍한 경쟁자를 상대로 밤새도록 굉음을 냈고, 급기야 자신의 쇳덩어리 전부를 동원해 종소리를 내기 시작했지만 결국 역부족이었다. 그렇다. 모두가 그렇게 말했다. 젊은 사람들 중에는 성으로 가서 주인 나리를 쇠스랑으로 때려죽이는 꿈까지 꾼 사람도 있었다. 그 정도로 사람들은 격분해 있었고, 그 정도로 더이상 참지 못할 만큼 한계에 도달했으며, 그 정도로 자극되어 있었기 때문에 이 청년이 자신이 꾸었던 꿈을 이야기하자 모두가 귀기울였고 완전히 무의식적으로 이 사람이 그런 일을 해낼 수 있을까 생각하며 그를 관찰했다. 몇 주 전까지만 해도 시종관을 좋아하고 애석하게 여겼던 이 지역에서 이제 모두가 이렇게 느꼈고 또 그렇게 말했다. 물론 사람들이 말은 그렇게 했어도 달라지는 것은 아무것도 없었다. 울스고르에 살던 크리스토프 데틀레프의 죽음은 서두르지 않았다. 이 죽음은 십 주 예정으로 왔고, 이 기간 동안 머물렀다. 그리고 이 기간 동안에는 이전에 크리스토프 데틀레프 브리게가 주인이었던 것보다 훨씬 더 진짜 주인이었다. 이 죽음은 공포의 왕이라 불렸던 그 대제와도 같았고, 나중까지도 계속 그랬다.

그것은 그저 수종병 환자 한 명의 죽음이 아니었고, 시종관이 평생 자신 안에 지니고 있으면서 자신으로부터 길러온 악의적이고도 당당한 죽음이었다. 시종관 자신이 평온한 날들을 보내는 동안은 미처 다 써버리지 못했던 모든 과도한 자부심과 의지와 지배력이 그의 죽음 속으로, 이제 울스고르에 버티고 앉아 그저 시간을 보내고 있는 그 죽음 속으로 들어갔다.

만약 누군가 시종관 브리게에게 이 죽음 말고 다른 죽음을 요구했다면, 그는 어떤 얼굴로 그 사람을 바라보았을까? 그는 자신의 힘겨운 죽음을 죽었다.

내가 본 적 있거나 들은 적 있는 다른 사람들을 떠올려보아도 모두 마찬가지다. 모두에게는 자기 고유의 죽음이 있었다. 그중 남자들은 죽음을 갑옷과 투구 속에 마치 포로처럼 가두고 있었으며, 너무 늙어서 왜소해진 여자들은 엄청나게 큰 침대 위에 죽음이 있었고, 그래서 이들은 마치 연극무대에서와도 같이 온 가족, 하인들, 그리고 개들이 지켜보는 가운데 신중하면서도 당당하게 숨을 거두었던 것이다. 물론 아이들의 죽음, 심지어 아주 어린 아이들의 죽음 역시 그저 어린 죽음 하나가 아니었다. 이 아이들은 정신을 집중해서 이미 자신들이었던 그 죽음을 죽었고, 자신들이 어쩌면 그렇게 되어갔을 그 죽음들을 죽었다.

그리고 여자들이 임신을 한 채 서 있는 모습은 어떤 애통한 아름다움을 느끼게 하지 않았던가. 여자들이 가느다란 손을 무의식적으로 올려놓은 커다란 배 속에 두 개의 열매가 있었다. 아이 하나와 죽음 하나가 있었다. 여자들의 텅 빈 얼굴을 가득 채운, 자양분을 선사하는 듯한 미소는 자신 안에 이 두 열매가 함께 자라나고 있음을 가끔씩 의식했기 때문이 아니었을까?

나는 두려움을 견뎌내기 위해 뭔가 했다. 밤새 앉아 글을 썼고, 그래서 지금은 울스고르의 들판을 가로질러 먼 길을 걸은 것처럼 피곤하다. 모든 것이 더이상 예전의 그것이 아니라는 것을, 길쭉하고 오래된 그 저택에 이제는 낯선 사람들이 산다는 것을 상상하기가 힘들다. 지금 박공지붕 아래 하얀 다락방에서는 하녀들이 무겁고 축축한 잠을 저녁부터 아침까지 자고 있을지도 모른다.

그리고 나는 아무도 없고, 가진 것도 없이, 짐 가방 하나와 책 상자 하나만 들고, 또 사실 호기심도 없이 세상을 떠돌아다닌다. 그것은 도대체 어떤 삶일까. 집도 없고 물려받은 물건도 없고, 키우는 개도 없는 그런 삶이란. 적어도 추억은 남아 있어야 할 것이다. 하지만 그런 것을 누가 가지고 있단 말인가? 어린 시절이 있다 해도 묻혀 있는 것이나 마찬가지인데. 어쩌면 그 모든 것에 가닿을 수 있기 위해서는 나이가 들어야 할 것이다. 나이든 나를 생각하면 좋다.

오늘은 아름다운 가을 아침이었다. 튈르리공원을 산책했다. 동쪽을 향해 있는 모든 것이 태양 앞에서 환히 빛났다. 빛을 받는 것 위로는 엷은 회색빛 커튼이 드리운 듯 안개가 걸쳐 있었다. 반면 아직 모습을 드러내지 않은 정원들 안의 동상들은 회색빛 속에서 볕을 쬐고 있었다. 길게 이어진 화단의 꽃들이 잠에서 깨어, 빨갛다, 라고 깜짝 놀란 목소리로 말했다. 그때 키가 아주 크고 호리호리한 남자가 샹젤리제 쪽에서 모퉁이를 돌아오고 있었다. 보행보조용 지팡이를 지니고 있었지만 겨드랑이에 끼지 않고 가볍게 앞으로 내밀고 있다가 가끔씩 마치 전령의 지팡이인 것처럼 세차게 큰 소리가 나도록 땅을 짚곤 했다. 남자는 기쁨의 미소를 감추지 못하고 지나가는 모든 행인, 태양, 나무들을 향해 미소 지었다. 그의 발걸음은 마치 아이의 것처럼 수줍어 보였지만 이상하리만치 가벼웠고 예전의 걸음에 대한 회상으로 가득했다.

저토록 조그마한 달이 얼마나 많은 일을 할 수 있는가. 주위의 모든 것이 투명한 날들이 있다. 가볍고 또 환한 공기 속에서 거의 드러나지 않는데, 그럼에도 선명하다. 가장 가까이 있는 것조차 이미 아득함의 색조를 띠고, 비워져 뭔가를 가리킬 뿐 아직 와닿지 않았다. 그리고 광활함과 관계있는 것, 가령 강, 다리, 길게 뻗은 거리, 광장, 이런 것들은 이 광활함을 배경으로 마치 비단에 그려진 것처럼 그려져 있다. 퐁뇌프다리 위 밝은 녹색 마차가 무엇인지, 붙잡을 수 없는 붉은색 하나가 무엇인지, 혹은 은회색 건물 방화벽에 붙은 플래카드 하나조차 무엇인지 말할 수 없다. 마네가 그린 초상화 속 얼굴처럼 모든 것이 단순화되어 몇 개의 적절하고 선명한 구상으로 옮겨져 있다. 부족한 것도, 지나친 것도 없다. 센강변의 도로에서 헌책 상인들이 책 상자를 푸는데, 책들의 선명한 노란색 혹은 빛바랜 누런색, 전집류의 자줏빛 갈색, 어떤 서류 파일의 좀더 강렬한 초록색, 이 모든 것이 서로 잘 어울리고, 중요하고, 함께 참여하고 있어 무엇 하나 빠진 것 없는 완전함을 만들어낸다.

아래쪽 모습은 이렇게 구성되어 있다. 한 여자가 작은 손수레를 밀고 있다. 수레 앞쪽에는 손풍금이 기다랗게 앞을 향해 놓여 있다. 그 뒤에는 아기 바구니가 비스듬히 놓였는데, 그 안에 아주 작은 아기가 튼튼한 다리로 서 있다. 두건을 쓴 채 즐거워하며 앉을 생각을 하지 않는다. 여자는 가끔씩 손풍금을 켠다. 그러면 곧바로 작은 아기가 바구니 안에서 발을 구르며 다시 몸을 일으키고, 녹색 원피스를 외출복으로 입고 나온 작은 소녀가 춤을 추며 창문을 향해 탬버린을 친다.

뭔가를 쓰기 시작해야 한다는 생각이 든다, 보는 법을 배우고 있는 바로 지금 말이다. 나는 스물여덟 살이고, 내게 일어난 일은 아무것도 없는 것이나 마찬가지다. 다시 말해보면 나는 카르파초*에 대해 그다지 뛰어나지 않은 연구 한 편, 그리고 『결혼』이라는 희곡 한 편을 썼는데, 이 희곡에서는 애매한 방법으로 뭔가 맞지 않는 것을 증명하려 했

---

* 이탈리아 화가(1460?~1527).

다. 시도 썼다. 아, 하지만 어려서 시를 쓰면, 그 시들은 아직 아무것도 아니다. 시를 쓰기 위해서는 기다려야 하며, 평생 동안, 가능한 한 길고 긴 삶을 사는 동안 의미와 달콤함을 모아야 한다. 그러면 그다음, 오랜 삶의 맨 마지막에 가서야 어쩌면 제대로 된 시구 열 줄쯤 쓸 수 있을 것이다. 시는 사람들이 생각하는 것과는 달리 감정이 아니기 때문이다(감정이라면 일찍부터 이미 지니고 있다)—시는 경험들이다. 시 한 줄을 쓰기 위해 여러 도시를 보아야 한다. 사람들과 사물들을 보아야 하며, 동물들을 알아야 한다. 새들이 어떤 식으로 나는지 느낄 수 있어야 하며, 또 조그마한 꽃들이 아침에 어떤 몸짓으로 피어나는지 알아야 한다. 낯선 지역에서 지나다녔던 길들을, 예기치 않던 만남들을, 오랜 시간 천천히 다가오고 있음을 보았던 이별들을 돌이켜 생각해볼 수 있어야 한다—그리고 아직도 알 수 없는 것으로 남아 있는 어린 시절을, 그때 우리에게 기쁨을 주었어도(다른 누군가를 위한 것이라 생각하고—) 그 기쁨을 알지 못했던 우리가 상심을 끼칠 수밖에 없었던 우리의 부모들을 돌이켜 생각해볼 수 있어야 한다. 또한 어릴 때 아팠던 일들, 그토록 극심하고 힘든 변화들을 겪으면서도 좀처럼 나아지지 않았던 소아 질병에 대해서도 돌이켜보아야 한다. 조용하고 적막한 방에서 보낸 날들과 바다에서의 아침을, 혹은 바다라는 것 자체를, 바다들을, 그리고 저 높이 몰려 올라가 모든 별과 하늘을 날곤 했던 여행지에서의 밤들을 돌이켜 생각해볼 수 있어야 한다—물론 이 모든 것을 떠올릴 수 있다 해도 여전히 충분하지 않다. 어느 하나도 다른 것과 같은 것이라곤 없었던 그 많은 사랑의 밤들에 대한 추억을 가져야 하며, 산고의 외침을, 또 출산 후 가벼워지고 핼쑥해지고 졸려하면서 자궁을 회복해가는 산모들에 대해서도 떠올려보아야 한다. 하지만 죽어가는 자들의 옆도 지켜주어야 하고, 창문이 열려 있고 가끔씩 소음이 들려오는 방에서 죽은 자들 옆에 앉아본 적도 있어야 한다. 물론 추억을 가지고 있다는 것만으로도 여전히 충분하지 않다. 그런 것들이 너무 많아지면 망각할 수 있어야 하며, 강한 인내심으로 그 추억들이 다시 돌아오기를 기다릴 수 있어야 한다. 왜냐하면 추억 자체는 아직 그것으로 있는 것이 아니기 때문이다. 이 추억들이 우리 안에서 피가 되어 생명을 얻을 때, 시선과 태도가 되고, 이름 없는 것으로서 더이상 우리 자신과 분리될 수 없을 때, 그제야 비로소 너무나 드문 어느 한순간 시구 하나의 첫번째 단어가 그 한가운데서 생겨나 밖으로 나오는 일이 일어날 수 있다.

하지만 나의 모든 시구는 이런 방식으로 생겨나지 않았고, 따라서 그것들은 시구가 아닌 셈이다—그래서 희곡을 썼을 때도 나는 길을 완전히 잘못 들었던 것이다. 서로 힘들게 하는 두 사람의 운명에 대한 이야기를 하기 위해 제삼자가 필요했으니 난 그저 그런 모방자이자 바보였던 것일까? 나는 그때 얼마나 쉽게 계략에 빠졌던가. 모든 삶과 문학에 항상 나타나는 제삼자, 하지만 결코 존재한 적 없는 이 제삼자라는 환영은 어떤 의미도 없고, 그래서 부인해야 한다는 것을 알았어야 했다. 이 제삼자는 자연이 자신의 깊숙한 비밀에 대한 인간의 관심을 다른 곳으로 돌리기 위해 언제나 애를 쓰며 내세우는 핑계에 속하는 것이다. 제삼자는 배후에서 펼쳐지는 드라마를 가리는 병풍이다. 제삼자는 어떤 현실적인 갈등이 지니는 소리 없는 고요함으로 들어갈 때, 그 입구에서 생기는 소음이다. 사람들은 아마도 말할 것이다. 지금까지 문제가 되는 두 주인공에 대해 이야기를 바로 풀어내는 것이 항상 너무 어려웠다고. 그런데 이 제삼자는 너무나도 비현실적이기 때문에 쉬운 과제이며, 그래서 극작가 누구나 쉽게 다룰 수 있었다고 말이다. 극이 시작하자마자 바로 제삼자를 등장시키려 안달하는 것을 우리는 눈치챌 수 있다. 초조해서 기다릴 수 없을 지경이다. 제삼자가 등장하면, 모든 것이 순조롭다. 하지만 제삼자가 늦게 나오기라도 하면 얼마나 지루한지 모른다. 제삼자 없이는 그야말로 아무 일도 일어날 수 없다. 모든 것이 멈추어 있고 정체되어 기다리고 있다. 그런데 만약에, 이렇게 막혀 있고 망설이는 채로 있으면 어떻게 될까? 자, 극작가 선생, 그리고 삶을 좀 아는 관객들이여, 그가, 그 제삼자가 사라진다면 어떨 것 같은가? 이 인기 많은 방탕아, 마치 여벌 열쇠를 가지듯이 연인들과 결혼을 하는 자신만만한 젊은이가 사라진다면 어떻게 될까? 가령 악마가 그를 데려가버린다면 어떻게 될까? 한번 가정해보자. 사람들은 극장이 갑자기 예술적으로 황폐해졌다고 느낄 것이고, 극장은 황폐한 이 빈곳을 마치 벽에 위험한 구멍이라도 생긴 것처럼 급히 메울 것이며, 특별석 구석에서 날아오른 나방들만 토대 없는 텅 빈 공간을 비틀거리듯 움직이고 있을 것이다. 더이상 극작가들은 고급 주택가에 사는 삶을 누릴 수 없게 되는 것이다. 모든 공공탐정이 극작가들을 위해 멀리 떨어진 세계의 변방에서 대체불가능한 자, 사건 진행 자체였던 제삼자를 찾고 있다.

그런데 이때, 그들은 사람들 속에서 살아가고 있다. '제삼자들'이 아니라 그 부부 두 사람 말이다. 그들에 대해서는 놀라울 정도로 할말이 많을 텐데도, 그들이 고통스러워하고, 행위하며, 스스로 해결하지도 못하고 있는데도 그들에 대해서는 아직 한 번도 뭔가 말해진 적이 없다.

웃기는 일이다. 나는 여기 내 작은 방에 앉아 있다. 나, 브리게는 스물여덟 살이 되었고 나를 아는 사람은 아무도 없다. 나는 여기에 앉아 있고, 아무것도 아니다. 그리고 이 아무것도 아닌 것이 생각하기 시작하고, 생각을 한다. 파리의 어느 회색빛 오후에 다섯 층계를 올라온 곳에서 이런 생각을 한다.

아직까지 현실적이고 중요한 것은 아무것도 보지 못했고 깨닫지도, 또 말하지도 않았다는 것이 가능한가? 보고 생각하고 기록하는 데 수천 년의 시간이 걸렸다는 것이, 그리고 이 수천 년의 시간을 마치 아이들이 학교에서 버터 바른 빵과 사과 하나를 먹으며 쉬는 시간처럼 흘러 사라지게 하는 것이 가능한가?

그렇다, 그럴 수 있다.

인간은 수많은 발명과 진보에도 불구하고, 또 문화와 종교와 철학에도 불구하고 여전히 삶의 표면에 머물러 있는 것이 가능한가? 심지어 이 표면을, 어쨌든 어떤 의미가 있을 수 있는데도 너무나도 단조로운 천으로 덮어버렸으며, 그래서 마치 여름휴가지의 객실 가구처럼 보이게 하는 것이 가능한가?

그렇다, 그럴 수 있다.

세계 역사 전체가 잘못 이해되었다는 것이 가능한가? 이방인이고 죽었다는 이유로 사람들이 몰려와 둘러쌌던 그 한 사람에 대해 말하지 않고, 마치 사람들 군집의 흐름을 이야기하듯 과거의 대중에 대해 말했다고 과거가 잘못되었다 하는 것이 가능한가?

그렇다, 그럴 수 있다.

태어나기도 전에 일어났던 일을 만회해야 한다고 믿는 일이 가능한가? 자신이 이전의 모든 것으로부터 생겨났다고 하면서, 그 이유로 모든 구체적인 일을 기억하고 있을 수밖에 없다고 하는 것이, 그래서 달리 알고 있는 다른 사람들을 믿지 못하겠다는 것이 가능한가?

그렇다, 그럴 수 있다.

이 모든 사람이 한 번도 존재하지 않았던 어떤 과거를 완전히 정확하게 안다는 것이 가능한가? 모든 현실이 이 모든 인간에게는 아무것도 아니라는 것이, 그들의 삶이 그 어떤 것과도 연관되지 않고 마치 텅 빈 방안의 시계처럼 흘러간다는 것이 가능한가—?

그렇다, 그럴 수 있다.

삶을 살아가는 소녀들에 대해 아무것도 모른다는 것이 가능한가? '그 여자들'이라고, 또 '그 아이들' '그 소년들'이라고 말하면서도 이런 말들에는 이미 오래전부터 더이상 복수는 없고 무수한 단수들만 있다는 것을 (아무리 교육을 많이 받더라도) 알아채지 못하는 것이 가능한가?

그렇다, 그럴 수 있다.

신神이라 말하면서 이 말이 모두에게 공통된 어떤 것이라 생각하는 사람들이 있다는 것이 가능한가?—아이 두 명만 보아도, 한 명이 칼을 사고, 그 옆집 아이도 같은 날 완전히 똑같은 것을 산다. 일주일 후 서로에게 이 칼을 보여준다. 그러면 두 아이는 이 칼들에 비슷한 점이 거의 없다고 생각한다—그 정도로 이 두 개의 칼은 서로 다른 손에 의해 그토록 다르게 변했다. (그걸 보고 한 아이의 어머니가 말한다. 너희는 손에 잡기만 하면 뭐든지 험하게 쓴단 말이지—) 아, 그런가? 사용하지 않으면서 어떤 신을 가질 수 있다고 믿는 것이 가능한가?

그렇다, 그럴 수 있다.

하지만 만약 이 모든 것이 가능하다면, 아주 미미한 가능성이라도 있다면―그렇다면 어떤 경우에도 무언가 일어나야 한다. 우선 그 누구라도 이런 불안한 생각을 한 적이 있다면, 지금까지 사람들이 놓치고 하지 못했던 뭔가를 하기 시작해야 한다. 그저 별 볼 일 없는 사람이라 하더라도, 그 일에 가장 적합한 사람은 아니라 하더라도 지금 다른 누군가가 없으니까. 젊고 보잘것없는 이 외국인 브리게는 다섯 층계를 올라온 곳에 이렇게 앉아 글을 써야 할 것이다. 밤이나 낮이나 글을 쓸 수밖에 없을 것이다. 결국 그렇게 될 것이다.

그때 나는 열두 살 아니면 기껏해야 열세 살이었을 것이다. 아버지는 나를 우르네클로스테르로 데려갔다. 무슨 이유로 아버지가 자신의 장인을 방문했는지는 모르겠다. 두 남자는 어머니가 죽은 뒤로 몇 년 동안 만난 적이 없었고, 브라헤 백작이 나중에서야 다시 돌아가 살았던 오래된 그 성에 아버지가 가는 일도 그때까지 없었다. 나는 그때 이후 특이한 그 대저택을 두 번 다시 보지 못했는데, 저택은 외할아버지가 죽었을 때 다른 사람에게 넘어갔다. 어린아이의 관점에서 구성된 그때의 기억을 더듬어보면, 그 성은 건축물이라 할 수 없다. 내 안의 기억에서 그 성은 완전히 나뉘어 있다. 여기에 어떤 공간 하나, 저기에 공간 하나, 그리고 여기 복도의 일부분이 있는데, 방금 말한 두 공간을 연결하는 것은 아니었고, 그 자체로 하나의 조각으로 보존되어 있다. 모든 것이 이런 식으로 내 안에 흩어져 있다―방과 계단, 이것들은 아주 자세하게 보존되어 있고, 또다른 좁은 나선형 층계들이 여러 개 있었는데, 사람들은 그 어두운 계단을 마치 혈관 속 혈액처럼 지나다녔다. 성탑 꼭대기 층의 방들, 그리고 저 높이 매달려 있었던 발코니들, 또 작은 문을 통해 떠밀리듯 들어가면 예기치 않게 나타났던 지붕테라스도 있었다―모든 것이 여전히 내 안에 있으며, 또 결코 멈추지 않고 계속 내 안에 있을 것이다. 마치 이 집의 모습이 무한히 높은 곳으로부터 내 안으로 달려들어와, 나의 근저 깊숙한 곳에서 산산이 파괴된 느낌이다.

내 마음속에 온전히 보존되어 있다고 여겨지는 것은 매일 저녁 일곱 시에 저녁식사를 하러 모이던 그 커다란 홀뿐이다. 그 홀을 낮시간에 본 적은 한 번도 없다. 게다가 창문이 있었는지 없었는지, 혹은 창밖으로 보이는 광경이 어느 방향이었는지도 기억하지 못한다. 가족들이 여기로 들어올 때면 여러 갈래로 뻗은 무거운 촛대들에서 촛불이 타올랐고, 사람들은 지금이 하루 중 언제인지, 또 저 바깥에서 보았던 것들이 모두 무엇이었는지도 잠시 잊어버렸다. 천장이 높고 내 추측으로는 궁형이던 그 공간은 다른 무엇보다도 강력한 느낌을 주었다. 그곳은 어둡고 짙어 보이게 하는 높이와 결코 완전히 밝혀지지 않는 구석들 때문에 하나의 상으로부터 모든 상을 끌어당겨내고는 그것을 대체할 어떤 특정한 것도 주지 않았다. 사람들은 완전히 해체된 듯이, 어떤 의지도, 분별도, 욕구도, 저항도 없이 앉아 있었다. 각각 텅 빈 자리 하나와도 같았다. 처음에는 그 파괴적인 상황이 내게 거의 역겨움마저 불러일으켰던 기억이 난다. 일종의 뱃멀미와도 같았던 그 구토증은 다리를 뻗어 건너편에 앉아 있던 아버지의 무릎에 발을 가져다대야 견뎌낼 수 있었다. 한참 나중에야 떠올랐던 사실이 있는데, 아버지와 나는 그런 식의 행동이 자연스레 이해될 수 없는 거의 냉담한 사이였는데도 당시 아버지가 나의 그런 이상한 행동을 이해해주었거나 참아준 것처럼 보였다는 것이다. 어쨌든 나에게 길고 긴 식사시간을 견뎌낼 힘을 준 것은 그 소리 없는 접촉이었다. 그리고 몇 주 동안 안간힘을 다해 견딘 끝에, 아이 특유의 거의 무한에 가까운 적응력으로 나는 이 모임의 기괴함에 아주 익숙해졌고, 마침내 두 시간 동안 식탁에 앉아 있는 것이 더이상 힘들지 않았다. 이제는 나 자신이 사람들을 관찰하는 데 몰두했기 때문에, 심지어 이 두 시간이 상당히 빨리 지나가버렸다.

외할아버지는 여기 모인 사람들을 가족이라 불렀고, 다른 사람들 역시 그렇게 표현하긴 했지만, 사실 그건 전혀 맞지 않는 말이었다. 왜냐하면 이 네 사람은 먼 친척관계이긴 하지만, 어떤 식으로든 직접적인 혈연관계는 아니었기 때문이다. 내 옆에 앉았던 백부는 노령이었고, 단단하고 그을린 얼굴에는 검은 반점들이 있었는데, 화약 폭발로 인해 생긴 거라는 말을 들었다. 무뚝뚝하고 불평 많은 성격의 백부는 육군 소령으로 퇴역한 후, 지금은 이 성안의 내가 모르는 어느 방에서 연금술 실험을 하고 있었다. 하인들 말에 따르면, 백부가 어느 감옥과 연결되어 있고 그곳에서 일 년에 한두 번씩 시체들을 보내오면 시체를 토막낸 뒤 매우 비밀스러운 방법으로 조제한 시약을 사용해 부패를 막는 일을 한다고 했다. 백부 맞은편은 마틸데 브라헤 양孃의 자리였다. 내 어머니의 먼 사촌뻘인 그녀는 나이를 짐작하기 어려웠고, 놀데 남작이라 불리는 오스트리아의 한 심령술사와 아주 활발하게 서신 왕래를 하고 있다는 것 외에 아는 바가 없었다. 그녀는 그 남자에게 완전히 빠져서, 그에게 동의를 얻지 못하거나 혹은 더 정확히 말해 은총 같은 것을 받지 못하면 어떤 일도 시도하지 않았다. 당시 그녀는 무척 살이 쪄서

푹신하고 굼뜬 몸집이었는데, 마치 밝은색 헐렁한 원피스 속에 아무렇게나 대충 부어넣어진 것 같았다. 동작은 지쳐 보이고 모호했고, 눈에는 언제나 눈물이 고여 있었다. 그럼에도 그녀에게는 부드럽고 가냘팠던 내 어머니를 연상시키는 무언가가 있었다. 그녀를 오래 관찰할수록, 어머니가 죽은 이후로 제대로 기억해낼 수 없었던 섬세하고 희미한 윤곽들을 그 얼굴에서 발견할 수 있었다. 마틸데 브라헤 양을 매일 보다 보니 비로소 죽은 어머니가 어떻게 생겼는지 다시 알게 되었다. 아니, 어쩌면 처음으로 알게 되었다고 해야 할 것이다. 그때 처음으로 수백 개의 세세한 특징들로부터 구성된 죽은 그녀의 상 하나가 내 안에서 생겨났고, 이 상이 그후로 어디서나 나를 따라다닌다. 나중에야 분명히 알게 되었던 사실은, 브라헤 양의 얼굴 속에 내 어머니의 인상을 결정하는 특징적 요소들이 모두 있었다는 것이다—마치 어떤 낯선 얼굴이 그 사이로 헤치고 들어간 것처럼 흩어지고 뒤틀려 더이상 결합되지 않았을 뿐이었다.

그녀 옆에 외사촌누이의 아들이 앉아 있었는데, 나이는 내 또래지만 나보다 키가 작고 허약했다. 주름 장식이 있는 옷깃 위로 가늘고 창백한 목이 솟아나왔다가 긴 턱 아래로 사라졌다. 얇은 입술은 굳게 다물어져 있었고, 콧방울이 가볍게 떨렸으며, 짙은 갈색의 아름다운 두 눈 중에서 한쪽 눈만 움직였다. 이 눈은 가끔 고요하고 슬픈 눈동자로 내 쪽을 건너다보았고, 그러는 동안 다른 한쪽 눈은 마치 자신은 이미 팔렸다는 듯이, 그래서 더이상 신경을 쓰지 않는다는 듯이 항상 똑같은 어느 구석에 고정되어 있었다.

큰 식탁 위쪽 끝에는 거대한 안락의자가 있었는데, 외할아버지가 거기 앉을 때 다른 임무 없이 의자 밀어주는 일만 하는 하인이 따로 있었다. 외할아버지가 앉아도 차지하는 부분이 거의 없다고 할 만큼 컸다. 귀가 어둡고 독선적인 이 노주인을 각하나 시종관이라 부르는 사람들도 있었고, 장군이라 부르는 사람들도 있었다. 물론 그는 이 지위를 모두 가지고 있었지만 관직에 몸담았던 때가 너무 오래전이라 이런 칭호들이 더이상 자연스럽게 들리지 않았다. 어떤 면에서는 지나치게 날카로우면서도 가끔씩 제정신이 아닌 듯한 그의 성격에는 어떤 특정한 이름도 맞지 않는 것 같았다. 나는 그를 할아버지라고 부를 마음이 전혀 들지 않았다. 내게는 이따금 친절히 대해주기도 했고, 심지어 내 이름을 장난스러운 악센트를 섞어 부르며 자기 쪽으로 오라고 하기도 했다. 가족 전체가 백작에게 경외감과 어려워하는 기분이 뒤섞인 태도를 보였지만, 꼬마 에리크만은 이 백발의 노주인과 모종의 친밀한 관계를 유지했다. 에리크는 이따금 움직이는 한쪽 눈으로 외할아버지에게 동의를 구하는 재빠른 시선을 보내곤 했는데, 그러면 외할아버지도 재빠르게 응답의 시선을 똑같이 보내주었다. 길고 긴 오후에는 가끔 그들이 회랑 끝 쪽 깊숙한 곳에 나타나 손을 잡고 어둡고 낡은 초상화들을 따라 말없이, 분명 어떤 모종의 방식으로 서로 이해하는 가운데 걸어가는 장면도 볼 수 있었다.

나는 거의 하루종일 정원에서 지내거나, 그 바깥의 너도밤나무숲이나 들판으로 나갔다. 다행히 우르네클로스테르에는 나를 따르는 개들이 있었다. 여기저기에 소작농 집들과 토지관리인의 농가가 있었고, 거기서 우유나 빵, 과일을 얻어먹기도 했다. 이때 나는 거의 걱정이라곤 모르고 자유를 누렸던 것 같다. 적어도 이후 몇 주 동안 저녁 모임에 대한 생각으로 두려움에 휩싸이는 일은 없었다. 나는 가끔 개하고만 잠시 대화할 뿐 거의 아무와도 말을 하지 않았다. 외롭게 있는 것이 나의 기쁨이었기 때문이다. 개들과는 관계가 아주 좋았다. 잠시 덧붙이자면, 과묵함은 일종의 가족적 특성이었는데, 나는 이 과묵함을 아버지를 통해 이미 알고 있었다. 그래서 저녁식사 내내 거의 아무 말이 오가지 않아도 놀라지 않았다.

그런데 우리가 도착한 후 며칠 동안 마틸데 브라헤 양은 극도로 말이 많았다. 브라헤 양은 자신이 이전에 외국의 도시들에서 알게 된 사람들에 대해 아버지에게 물어보았고, 당시의 엉뚱한 기억들을 떠올렸으며, 심지어 이미 죽고 없는 친구들과 한 젊은 남자를 회상할 때는 눈물을 흘릴 정도로 감상에 빠졌다. 그 남자가 자신을 좋아했지만 그의 간절하고도 가망 없는 사랑을 받아들일 수는 없었노라고 슬그머니 암시하기도 했다. 아버지는 정중하게 들으면서 가끔 동의하듯 고개를 끄덕끄덕했고, 꼭 필요한 대답만 했다. 식탁 위쪽에서는 브라헤 백작이 처진 입술로 줄곧 미소를 짓고 있었다. 그의 얼굴은 보통 때보다 커 보여 마치 가면을 쓴 것 같았다. 그는 때때로 먼저 말을 꺼내기도 했는데, 특별히 누구를 향해 말하는 건 아니었다. 아주 낮은 목소리였는데도 홀 전체에서 다 들을 수 있었다. 이 목소리에는 시계가 한결같고 무심하게 움직이는 것과 비슷한 뭔가가 있었다. 이 목소리 주위의 적막감은 그 고유의 텅 빈 반향을 지닌 것 같았고, 모든 음절 하나하나에 동일한 반향이 일어나고 있었다.

브라헤 백작은 내 죽은 어머니에 대해 말하는 것이 아버지에 대한 특별하고 정중한 배려라고 생각했다. 그는 내 어머니를 시빌레 백작영애라고 지칭했고, 모든 문장은 그녀에 대해 묻는 말처럼 끝났다. 그럴 때면 이유가 뭔지는 모르겠지만, 금방이라도 우리가 있는 곳에 들어설 것만 같은 아주 젊은 여성에 대해 말하는 것처럼 느껴졌다. 바로 그런 어조로 외할아버지가 '우리 귀여운 안나 소피'에 대해 이야기하는 것도 들었다. 그리고 언젠가 사람들에게 외할아버지가 특별히 귀여워했을 이 소녀에 관해 물었을 때, 그 이름이 대재상 콘라드 레벤틀로브의 딸을 지칭한다는 것, 또 그녀는 왕족이 아닌 신분으로 프리드리히 4세의 아내가 되었고 현재 백오십 년 가까이 로스킬데에 묻혀 잠들어 있다는 사실을 알게 되었다. 시간적 순서는 그에게 아무 의미도 없었고, 그에게 죽음은 하나의 사소한 일화로 철저히 무시되었다. 외할아버지가 일단 한번 자신의 회상 속으로 받아들인 인물들은 계속 실존했고, 따라서 이 인물들이 죽고 없다고 해서 달라질 것은 아무것도 없었다. 이 노주인이 죽고 여러 해가 지난 후, 사람들은 그가 예의 그 완고한 태도로 미래의 일 역시 현존하는 것으로 느낄 수 있었다고 이야기하곤 했다. 외할아버지는 언젠가 어느 젊은 부인에게 그녀의 아들들에 대해, 특히 한 아들이 했던 여러 번의 여행 경험에 대해 말했다고 한다. 그런데 당시 첫번째 임신 삼 개월째에 막 들어섰던 이 부인은 끊임없이 말하고 또 말하는 노인 옆에서 전율과 공포로 거의 제정신이 아니었다고 한다.

하지만 일은 내가 웃음을 터뜨리면서 시작되었다. 그랬다, 나는 크게 웃었고, 웃음을 가라앉힐 수가 없었다. 설명을 해보면, 어느 저녁, 마틸데 브라헤가 식사 자리에 나타나지 않았다. 그러나 거의 장님이나 마찬가지였던 한 늙은 하인이 그녀의 자리에서도 음식 접시를 내밀었다. 하인은 그렇게 잠시 그 자리에 머물렀고, 마치 모든 일이 잘되고 있다는 듯이 만족해하며 품위 있게 다음 자리로 옮겨갔다. 나는 이 장면을 목격했고, 그 순간에는 전혀 우스꽝스럽지 않았다. 그러나 잠시 후, 음식을 한입 넣자마자 웃음이 너무나 빠른 속도로 머리까지 솟구쳐 올라서, 사레가 들리면서 큰 소리를 내고 말았다. 스스로도 이 상황이 부담스러워 할 수 있는 모든 방법으로 가라앉히려고 애써봤지만, 웃음이 간헐적으로 계속 터져나와 어쩔 수가 없었다.

아버지는 나의 행동을 무마하려는 듯이 멀리 퍼져나가고 가라앉은 목소리로 "마틸데는 아픕니까?" 하고 물었다. 외할아버지는 특유의 미소를 지어 보이고는 한 문장으로 대답했는데, 나는 내 문제에 집중하느라 주의깊게 듣진 않았지만, 내용은 대강 이러했다. "아니, 마틸데는 크리스티네와 마주치고 싶지 않을 뿐이야." 그래서 나는 옆자리에 앉아 있던 그을린 얼굴의 육군 소령이 자리에서 일어나 불명확하고 우물거리는 목소리로 미안하다는 말과 함께 백작을 향해 허리 숙여 인사하고 홀을 떠났을 때도, 이것이 외할아버지가 한 말 때문이라는 건 생각지 못했다. 다만 나의 주의를 끌었던 것은, 그가 백작의 등 뒤쪽 문에서 다시 몸을 돌려 꼬마 에리크에게, 또 놀랍게도 갑자기 나에게도 눈을 찡긋하며 고개를 끄덕인 것이었다. 마치 자신을 따라오라고 신호를 주는 것처럼 보였다. 너무 놀라서 웃음도 더이상 나를 괴롭히지 않았다. 하지만 나는 소령에게 그 이상의 주의를 기울이지 않았다. 그에게는 별로 호감이 가지 않았고, 에리크 역시 그를 모른 체하고 있다는 것을 눈치챘기 때문이다.

식사시간은 여느 때처럼 오래도록 이어졌고 막 후식을 먹으려 할 때, 나는 홀의 뒤편 어스름한 곳에서 일어나는 어떤 움직임을 포착하고 그대로 응시하게 되었다. 내 짐작으로는 항상 닫혀 있다고 생각했던, 누군가에게 중간층으로 통한다고 들은 적 있는 문이 천천히 열렸던 것이다. 호기심과 놀라움이 섞인 완전히 새로운 감정으로 그쪽을 보는 동안, 열린 문틈 사이 어둠 속에서 밝은색 옷을 입은 가냘픈 여성이 나타나 우리 쪽으로 천천히 다가왔다. 내가 몸을 움직였는지, 아니면 어떤 소리를 냈는지는 모르겠다. 의자 하나가 넘어지는 소리가 나는 바람에 그 이상한 형체에서 시선을 뗄 수밖에 없었다. 그러고는 아버지를 보았다. 아버지는 자리에서 벌떡 일어나 시체처럼 창백한 얼굴로 주먹 쥔 손을 늘어뜨린 채 부인에게 다가갔다. 그러나 그녀는 전혀 신경쓰지 않고 한 걸음 한 걸음 우리 쪽으로 다가왔다. 그녀가 백작의 자리와 그리 멀지 않은 곳까지 왔을 때 백작이 단숨에 자리에서 일어나더니 아버지의 팔을 붙들고 다시 자리로 끌어당겨 앉혔다. 그동안 낯선 부인은 이제 가로막는 사람이 없는 홀을 천천히 무심하게 지나갔다. 한 걸음 한 걸음, 말로 형언할 수 없는 적막이 흐르는 가운데, 어디선가 유리잔이 떨리는 소리가 났을 뿐이었다. 그렇게 홀 건너편 쪽 문을 통해 그녀는 사라졌다. 이 순간 나는 그 낯선 여인 뒤쪽에서 몸을 깊이 숙여 인사하면서 문을 닫은 것이 꼬마 에리크임을 알아차렸다.

식탁에 계속 앉아 있었던 사람은 나뿐이었다. 의자에 몸이 붙은 것처럼 꼼짝하지 못했고, 혼자서는 결코 다시 자리에서 일어서지 못할 것 같았다. 짧은 순간 나는 보지 않으면서도 뭔가를 보았다. 그러고는 아버지가 떠올라 둘러보니, 늙은 외할아버지가 여전히 아버지의 팔을 잡고 있는 것이 보였다. 아버지의 얼굴은 이미 분노로 가득차 완전히 흥분한 상태였다. 그러나 외할아버지는 마치 맹수의 발톱처럼 손가락으로 아버지의 팔을 꼭 움켜쥔 채 마치 가면이 웃는 듯한 표정으로 미소를 짓고 있었다. 나는 외할아버지가 하는 말을 한 음절 한 음절 분명히 들었다. 하지만 의미는 이해할 수 없었다. 그럼에도 귓속 깊숙이 뚫고 들어왔는데, 왜냐하면 이 년쯤 전에 이 말을 나의 기억 속에서 생각해낸 적이 있었고, 그후로 이 말을 잘 알고 있었기 때문이다. 외할아버지가 말했다. "시종장, 당신은 성격이 너무 급하고, 예의가 없네. 왜 사람들이 자기 일을 하도록 내버려두지 않는가?" 그러자 "저 사람은 누구입니까?"라고 아버지가 말을 가로막으며 큰 소리로 외쳤다. "여기 있을 권리가 충분히 있는 사람이고, 낯선 사람이 아니네. 크리스티네 브라헤 양이지."—다시 살얼음같이 얇은 이상한 적막이 찾아왔고, 유리잔도 다시 미세하게 떨리기 시작했다. 그 순간 아버지가 격렬한 몸짓으로 외할아버지의 손을 뿌리치고 홀을 뛰쳐나갔다.

나는 밤새 아버지가 자기 방에서 이리저리 서성거리는 소리를 들었다. 나 역시 잠을 이루지 못하고 있었기 때문이다. 하지만 어찌어찌하여 새벽녘쯤 선잠에서 갑자기 깨어났고, 나는 심장 깊은 곳까지 마비되는 듯한 공포감을 느끼며 침대 가장자리에 앉아 있는 하얀 형체 하나를 보았다. 간신히 이불을 끌어당겨 얼굴을 덮을 수 있었던 힘은 나의 절망감으로부터 나온 것이었다. 그리고 그때부터 나는 불안과 무기력으로 울기 시작했다. 울고 있는 내 눈 위쪽이 갑자기 서늘하고 환해졌다. 나는 아무것도 보지 않으려고 눈물을 덮으며 눈을 꾹 감았다. 하지만 내 곁에서 나를 위로했던 목소리가 온화하고 달콤하게 얼굴 가까이로 다가왔고, 나는 그것이 누구의 것인지 알 수 있었다. 마틸데 브라헤 양의 목소리였다. 나는 금방 안도의 한숨을 내쉬었고, 이미 괜찮아

졌음에도 계속 위로를 받으며 그대로 있었다. 나는 이러한 친절이 지나치게 세심하다고 느끼면서도 기꺼이 누렸고 어쩐지 내게 그럴 자격이 있다고 생각했다. 결국 나는 "이모, 그 부인은 누구였어요?"라고 묻고, 사라질 듯 희미한 그녀의 얼굴에서 내 어머니 얼굴의 인상을 모아보려 했다.

그러자 브라헤 양은 좀 이상하게 들리는 한숨을 지으며 대답했다. "응, 불행한 여자란다, 불행한 여자."

이날 아침 어느 방에서 하인 몇 명이 짐을 챙기는 것을 보았다. 나는 우리가 이곳을 떠날 것이라고 생각했다. 이제 떠나는 게 당연하다고 생각했다. 아마도 그것이 아버지의 계획이었을 것이다. 무엇이 이날 저녁 이후에도 우르네클로스테르에 계속 머물도록 아버지의 마음을 움직였는지는 결코 알 수 없었다. 어쨌든 우리는 떠나지 않았다. 우리는 그후에도 여덟 주 혹은 아홉 주를 더 머물렀고, 저택의 기이함이 주는 중압감을 잘 견뎌냈으며, 크리스티네 브라헤는 그후에 세 번을 더 보았다.

당시 나는 크리스티네 브라헤의 이야기를 알지 못했다. 그녀가 아주 오래전에 두번째 아이를 낳다가 죽었다는 사실을, 또 그 남자아이가 불안하고 잔인한 운명의 인생을 겪으며 성장했다는 것도 알지 못했다─ 나는 그녀가 이미 죽은 사람이라는 것을 알지 못했다. 하지만 아버지는 알고 있었다. 열정적이었고, 결단력과 명료함을 추구했던 아버지는 이 이상한 사건에도 평정을 잃지 않고 캐묻지도 않으며 그저 참고 견뎌내 스스로를 다스리고자 했던 것일까? 나는 쉽게 납득하지 못했지만 아버지가 얼마나 자신과 싸우고 있는지 보았고, 또 이해할 수는 없었지만 아버지가 어떻게 자신을 다스려 마침내 이겨내는지 지켜보았다.

우리가 크리스티네 브라헤를 마지막으로 봤을 때의 이야기다. 이번에는 마틸데도 식사시간에 모습을 드러냈다. 하지만 그녀는 보통 때와 달랐다. 우리가 이곳에 도착하고서 처음 며칠 동안 그랬던 것처럼, 그녀는 특별한 맥락도 없이, 또 계속해서 자신도 혼란스러워하며 그치지 않고 수다를 늘어놓았다. 그리고 그러는 동안 육체적으로 불안을 느꼈기 때문에 쉴새없이 머리를 만지고 옷매무새를 고쳤다—그리고 느닷없이 비탄에 빠진 듯한 비명을 지르며 벌떡 일어나 나가버렸다.

바로 그 순간 나의 시선은 나도 모르게 예의 그 문을 향하게 되었는데, 정말로, 크리스티네 브라헤가 들어왔다. 옆자리 육군 소령이 짧고 격렬하게 움직였고, 이것이 내 몸에까지 전해졌다. 그러나 그는 일어설 힘이 없는 듯 보였다. 갈색빛에 반점이 많은 늙은 얼굴을 돌려 사람들에게 차례차례 시선을 던졌고, 입은 다물지 못한 채 열려 있었으며, 혀는 썩은 치아들 뒤쪽으로 넘어가 있었다. 그다음 갑자기 이 얼굴이 사라지고 그의 회색빛 머리가 식탁 위에 놓여 있었다. 또 그의 팔은 마치 조각이 난 듯 하나는 식탁 위에, 다른 하나는 식탁 아래에 따로따로 있었다. 그리고 어디선가 쭈글쭈글하고 반점이 많은 손 하나가 나타나 몹시 떨고 있었다.

그리고 그때 크리스티네 브라헤가 지나갔다. 한 걸음 한 걸음 마치 환자처럼 느리게, 형언할 수도 없는 적막 속을 지나갔고, 그 적막 속으로 마치 늙은 개의 신음 같은 소리 하나만이 깊이 울리며 들려왔다. 하지만 그 순간 수선화가 꽂혀 있던 백조 모양 은제 화병 왼쪽에서 음울한 미소를 띤 외할아버지의 커다란 가면 같은 얼굴이 천천히 앞으로 모습을 드러냈다. 그는 자신의 와인잔을 아버지를 향해 들어올렸다. 그때 나는, 아버지가 바로 자신의 의자 뒤로 크리스티네 브라헤가 지나가는 순간 손을 뻗어 잔을 집어들고는 마치 매우 무거운 듯이 식탁에서 한 뼘 정도 들어올리는 것을 보았다. 이날 밤 우리는 이곳을 떠났다.

국립도서관

나는 여기 앉아 어느 시인을 읽는다. 열람실에는 사람이 많지만 그렇게 느껴지지 않는다. 모두 책 속에 빠져 있다. 그들은 가끔씩 책장을 넘기며 움직이기도 한다. 마치 잠을 잘 때 사람들이 두 개의 꿈 사이에서 돌아눕는 것처럼. 아, 책을 읽고 있는 사람들 사이에 있다는 것은 얼마나 좋은지! 왜 사람들은 항상 이렇게 하고 있지 못할까? 그들 중 누군가에게 다가가 살짝 건드려도, 그는 아무 기척도 느끼지 못한다. 또 자리에서 일어나다가 옆 사람에 살짝 부딪치곤 미안하다고 말해도, 그는 말소리가 들려오는 쪽을 향해 고개를 끄덕이며 얼굴만 네 쪽으로 향할 뿐 쳐다보지 않는다. 그리고 그의 머리카락은 누워서 잠을 자고 있는 사람의 것처럼 헝클어져 있다. 얼마나 편안해 보이는지. 그리고 나는 여기 이렇게 앉아 어떤 시인을 읽는다. 이 무슨 운명인가. 지금 열람실에는 삼백 명쯤 되는 사람들이 책을 읽고 있지만, 모두에게 제각각의 시인이 한 명씩 있을 수는 없다. (그들이 모두 누구를 읽고 있는지는 모르겠지만.) 삼백 명의 시인은 없다. 하지만 잘 보아라, 어떤 운명인지는 몰라도, 지금 책을 읽고 있는 이들 중에서 아마도 가장 하찮은 존재, 낯선 이방인인 나에게는 한 명의 시인이 있다. 비록 내가 가난할지라도 말이다. 내가 걸친 옷은 날마다 입어서 몇 군데 해지기 시작했고, 내 신발도 이것저것 흠잡을 것이 많긴 하다. 물론 옷깃은 깨끗하고, 속옷도 마찬가지이며, 나는 지금 이대로 내가 원하는 제과점에 가서, 심지어 번화가에 있는 가게에 가서도 서슴지 않고 손을 뻗어 케이크 쟁반에서 뭔가를 집을 수 있다. 눈에 띄는 점은 전혀 없을 것이고, 나에게 곁눈질을 하거나 가게에서 나가달라고 하지도 않을 것이다. 어쨌든 나의 이 손은 좋은 계층 출신의 손이고, 매일 네다섯 번은 씻는 손이기 때문이다. 그렇다, 손톱 밑에는 아무것도 끼어 있지 않고, 글을 쓸 때 펜대를 받치는 가운뎃손가락에 잉크 자국도 남아 있지 않으며, 특히 손목 부분이 흠잡을 데 없다. 가난한 사람들은 그런 데까지 씻지 않는다. 이것은 잘 알려진 사실이다. 그러니 청결한 정도를 보고 대략의 결론을 내릴 수 있다. 사람들은 보통 그렇게 한다. 가게에서도 그런 식으로 단정짓는다. 하지만 가령 생미셸대로나 라신가에 가면 그런 것에 아랑곳하지 않고, 손목이나 발목의 청결함 같은 것은 아예 무시하는 사람도 몇몇 있다. 그들은 나를 보고 알아차린다. 내가 원래는 그들에게 속한다는 것을, 내가 조금 꾸며내고 있다는 것을 그들은 안다. 마침 지금 사육제 기간이기도 하니까. 게다가 그들은 나의 재미를 망치고 싶어하지 않으며, 그저 살짝 히죽이고 눈을 찡긋할 뿐이다. 아무도 그것을 보지 못한다. 그 사람들이 나를 신사처럼 대해줄 때도 있다. 물론 가까이에 누군가 보는 사람이 있어야 한다. 그러면 그들은 심지어 저자세를 취하며 굽실거리기까지 한다. 마치 내가 모피 코트를 걸치고 전용 마차라도 끌고 나와 뒤에 세워놓은 것처럼 행동하는 것이다. 가끔 나는 그들에게 2수를 건네며 그들이 받지 않으려 할까봐 걱정하기도 하지만 그들은 이 동전 두 닢을 받는다. 그런데 이때 그들이 다시 한번 조금 히죽이며 눈을 찡긋하지 않았다면 그대로 괜찮았을 것이다. 이 사람들은 도대체 누구인가? 나한테 바라는 것이 무엇인가? 그들은 나를 기다리고 있는 것일까? 그들은 어떻게 나를 알아보는 것일까? 물론 내 수염이 손질이 좀 안 되어 있는 것도 사실이고, 그래서 상태가 나쁘고 늙고 퇴색한 수염을 약간 생각나게 할 수도 있다. 그들의 이런 수염이 내게 항상 깊은 인상을 남겼던 것도 사실이다. 그래도 나에게는 내 수염 손질을 게을리할 권리가 있지 않은가? 많은 사람들이 일이 바빠 그렇게 하는데, 그렇다고 이 사람들을 곧 내던져진 자들*로 간주할 생각은 누구도 하지 않는다. 내가 보기에 그들은 거지일 뿐만 아니라 내던져진 자들이 분명하기 때문이다. 아니다, 그들이 원래 거지는 아니다, 분명히 구분해야 한다. 그들은 폐기물이다, 운명이 토해낸 인간의 껍질들이다. 운명의 침으로 축축해진 채 벽에 붙어 있기도 하고, 가로등에, 또 광고탑에 붙어 있다. 혹은 골목길을 따라 천천히 흐르면서 어둡고 지저분한 흔적을 남겨놓는다. 도대체 이 노파, 어느 동굴 같은 곳에서 기어나와, 단추와 바늘 몇 개가 이리저리 굴러다니는 침실용 탁자 서랍을 하나 빼들고 다니는 이 노파는 내게 무엇을 원했던 것일까? 왜 그녀는 항상 내 옆을 따라다니며 나를 관찰했던 것일까? 그녀는 마치 어느 병자가 핏기어린 그녀의 눈꺼풀에 푸르스레한 가래를 뱉어놓은 것 같은 짓무른 눈으로 내가 누구인지 알아보려고 애를 쓰는 것 같았다. 또 그 당시 머리가 잿빛으로 세고 체구가 작은 여자가 다가와 쇼윈도 앞에 있던 내 옆에 십

---

* 사회적으로 배제된 소외 계층을 의미함.

오 분 동안 서 있으면서, 꼭 모으고 있던 자신의 병든 두 손을 조금 펴고는 한없이 느린 동작으로 낡고 긴 연필을 꺼내 내게 보여준 적이 있었다. 나는 진열된 물건들을 눈여겨보는 것처럼 행동하며 모른 척했다. 그러나 그 여자는 내가 자신을 보았다는 것을 알고 있었고, 내가 거기 서서 대체 그 여자가 무엇을 하는지 곰곰이 생각하고 있다는 것을 알고 있었다. 왜냐하면 연필이 문제일 리 없다는 것을 나는 이미 파악했기 때문이다. 그것이 일종의 징표라는 것을, 아는 사람들만을 위한 징표, 내던져진 자들만 아는 징표라는 것을 느꼈다. 나는 그녀가 나에게 어딘가로 가야 한다거나, 뭔가를 해야 한다는 신호를 주는 거라고 어렴풋이 눈치챘다. 그리고 가장 기이했던 것은 이 징표에 상응하는 모종의 약속이 실제로 있었을 것이며, 이 장면이 원래는 내가 기다리고 있어야 할 어떤 것이라는 느낌을 떨쳐버릴 수 없었다는 사실이다.

그것이 두 주 전의 일이었다. 그러나 이제 그런 식의 만남은 거의 하루도 빠지지 않고 매일 있다. 해 질 무렵뿐 아니라, 한낮에 행인이 밀집한 길거리에서도 갑자기 키 작은 남자나 늙은 여자가 내 앞에 나타나 고개를 끄덕이며 뭔가를 내게 보여주고는, 마치 해야 할 일을 다 했다는 듯이 사라지는 일이 있었다. 어쩌면 그들은 언젠가 내 방까지 찾아올 생각을 할 수도 있다. 그들은 틀림없이 내가 어디 사는지 알 것이며, 건물 관리인의 제지를 받지 않도록 미리 계획을 짜놓을 것이다. 하지만 여기 이곳은, 그대들이여, 바로 여기는 당신들로부터 안전한 곳이다. 이곳 열람실에 입장하려면 따로 카드가 있어야 한다. 당신들에게는 없는 이 카드를 나는 가지고 있다. 짐작할 수 있듯, 나는 약간 두려워하며 거리를 걸어간다. 하지만 마침내 어느 유리문 앞에 서서 마치 집에 온 것처럼 그 문을 열고 들어가 내 출입카드를 제시한다(마치 당신들이 당신들의 물건을 나에게 보여주는 것처럼 그렇게 한다. 차이가 있다면, 카드를 제시하며 내가 하려는 것이 무엇인지 사람들이 이해하고 납득한다는 것이다). 그런 다음 나는 책들 한가운데에 있다. 마치 죽기라도 한 것처럼 당신들에게서 제거되었다. 그리고 여기에 앉아 있고, 어느 시인을 읽는다.

당신들은 시인이 무엇인지 모른다고?─베를렌을…… 아무것도 모른다고? 기억에도 없다고? 이 사람을 당신들이 알았던 사람들 속에서 따로 구별하지 않았다고? 당신들이 구별 자체를 하지 않는다는 것을 나는 알고 있다. 그런데 지금 내가 읽는 것은 다른 시인, 파리에 살지 않는, 완전히 다른 시인이다. 산속에 조용한 집 한 채를 가지고 있는 시인이다. 그의 시는 순수한 공기 속 종소리처럼 울린다. 행복한 시인, 자신의 창문에 대해 이야기하고, 소중하고 외로운 저 먼 곳을 상념에 잠겨 비추는 자신의 책장 유리문들을 이야기하는 시인이다. 내가 되고 싶었던 바로 그런 시인이다.* 왜냐하면 그는 여자아이들에 대해 많이 알고, 나도 그렇게 여자아이들에 대해 많이 알고 싶기 때문이다. 그는 백 년 전에 살았던 여자아이들에 대해서도 안다. 그들이 죽었다는 것은 아무 상관 없다. 그 시인은 모든 것을 알고 있기 때문이다. 이것이 중요하다. 그는 그녀들의 이름을 소리 내어 말한다. 고풍스럽게 구부러지는 서체로 길게 이어지며 그려진 활자들로 희미하고 가느다랗게 쓰여 있는 이름들, 그들의 오래된 여자 친구들이 성인이 되어 사용한 이

---

* 프랑시스 잠(1868~1938).

름들, 그 속에서 이미 아주 조금의 운명이, 아주 조금의 실망과 죽음이 함께 울리고 있다. 어쩌면 이 시인의 마호가니 책상 서랍 하나에는 색이 바랜 편지들과 일기장에서 떨어져나온 종이들, 생일이나 여름소풍, 또다른 생일들이 쓰여 있는 종이들이 들어 있을 것이다. 아니면 시인의 침실 뒤쪽에 있는 앞이 불룩한 서랍장에는 그들의 봄옷들이 간수되어 있을지도 모른다. 부활절 무렵 처음으로 입어본 흰색 원피스들, 원래는 여름에 속하는 것이지만 그때까지 기다리기 힘들었던 무늬 망사 원피스들이. 아, 얼마나 행복한 운명인가, 물려받은 집의 조용한 방에서 온갖 고요하고 고정된 것들에 둘러싸여 앉아 있는 것은, 저 바깥의 경쾌한 연녹색 정원에서 이제 막 알에서 깬 박새들이 처음 시도하는 울음소리를, 저멀리서 울려오는 마을 종탑 소리를 듣는 것은. 거기에 앉아 온화한 오후 햇살을 바라보는 것, 지나간 날들의 그 많던 여자아이들을 기억하는 것, 그리고 시인이라는 것. 그리고 만약 내가 그 어딘가, 이 세상 어딘가 아무도 돌보지 않는 채 잠겨 있는 별장들 중 한 곳에 살 수 있었다면 나도 그런 시인이 되었을지 모른다고 생각하는 것. 나는 단 한 칸의 방만(박공지붕 아래 밝은 다락방) 필요했을 것이다. 그 안에서 나의 오래된 물건들, 가족사진, 책들과 함께 살았을 것이다. 팔걸이의자 하나, 꽃들과 개들과 가파른 길을 오를 때 사용하는 튼튼한 지팡이 하나도 가지고 있었을 것이다. 그것들이 내가 가진 전부였을 것이다. 다만 노란빛이 도는 상아색 가죽으로 되어 있고 고풍스러운 꽃무늬 문양이 속지로 들어간 필첩 하나는 필요할 것 같다. 그 안에 글을 썼을 것이다. 글을 많이 썼을 것이다. 나에게는 많은 생각들이 있었고, 많은 사람들에 대한 추억이 있었을 것이기 때문이다. 하지만 그렇게 되지는 못했다. 그 이유는 신만이 아실 것이다. 내 오래된 가구들은 창고 한 구석에 방치되어 썩어가고 있고, 나 자신은, 아, 나에게는 몸을 누일 집 한 칸 없고, 내 눈 속으로는 빗물이 스며든다.

가끔 센가街 주변의 작은 가게들을 지나가곤 한다. 골동품을 파는 상인들, 작은 고서점 주인들, 진열창을 물건들로 빼곡히 채워놓은 동판화 상인들이 있다. 가게로 들어가는 사람은 아무도 없고, 아무래도 장사를 하지 않는 것처럼 보인다. 하지만 안을 들여다보면 그들이, 가게 주인들이 앉아 있다. 앉아서 무사태평하게 책을 읽고 있다. 내일을 걱정하지 않는다. 잘될까 잘 안 될까 불안해하지 않는다. 개 한 마리가 그들 앞에 앉아 있다. 기분이 좋아 보인다. 고양이도 있다. 책등의 이름을 지우기라도 하려는 듯 가볍게 문지르며 스쳐지나가는 고양이가 정적을 더욱 크게 만든다.

아, 그것으로 충분할 것 같다…… 가끔 나는 그렇게 꽉 찬 진열창 하나를 사서 개 한 마리와 그 뒤쪽에 자리잡고 앉아 한 이십 년 보냈으면 하고 소망해본다.

"아무 일도 일어나지 않았다." 큰 소리로 이렇게 말하면 기분이 좋다. 또 한번 "아무 일도 일어나지 않았다"라고 말해본다. 도움이 되나?

난로에서 또다시 연기가 나서 밖으로 나가야 했다는 것, 사실 그것은 불행이라고 말할 수 없다. 힘이 없고 감기 기운을 느끼는 것 역시 아무 의미가 없다. 하루종일 거리를 헤매고 다닌 건 내 책임이다. 루브르 박물관에 앉아 있었을 수도 있다. 아니, 그건 아니다, 그렇게 하지는 않왔을 것이다. 그곳에는 몸을 녹이려는 사람도 몇 있다. 그들은 벨벳을 씌운 긴 의자에 앉아 있고, 그들의 발은 마치 속이 빈 커다란 장화처럼 난방 장치의 격자 위에 나란히 올려져 있다. 지극히 겸손한 사람들이어서, 훈장이 많이 달린 어두운색 유니폼을 입은 직원들이 자신들을 보고도 아무 말 하지 않으면 고마워한다. 하지만 내가 들어가면 그들은 히죽히죽 웃는다. 히죽거리며 살짝 고개를 끄덕인다. 그런 다음 내가 그림들 앞에서 이리저리 옮겨다니면 그들의 눈이 나를 따라 움직인다. 희번덕거리며 미간을 좁힌 눈으로 줄곧 나를 지켜본다. 그러니 내가 루브르박물관에 가지 않은 것은 잘한 일이다. 나는 항상 돌아다녔다. 내가 얼마나 많은 도시와 도시의 여기저기를, 묘지들, 다리들, 골목길들을 돌아다녔는지 아무도 모를 것이다. 어디선가 채소 수레를 밀고 가는 남자를 보았다. 그는 "슈플뢰르*, 슈플뢰르!"라고 외쳤는데, 플뢰르의 외가 특이하게 침울한 발음이었다. 남자 옆에는 각진 체형의 못생긴 여자가 그를 가끔 쿡쿡 치며 함께 걸어가고 있었는데, 그녀가 그를 칠 때마다 남자는 그렇게 외쳤다. 때로 그 자신이 먼저 외치기도 했지만, 헛수고가 되었고, 그러다가도 즉시 이어서 외쳐야 했다. 어차피 그것을 사주던 사람의 집 앞이었기 때문이다. 그가 장님이라고 이미 말했던가? 아니라고? 그렇다, 그는 장님이었다. 그는 장님이었고, 외쳤다. 이렇게만 말하면 사실을 왜곡하는 것이다. 그가 끌던 수레를 언급하지 않는 것이고, 그가 꽃양배추라고 외쳤던 것을 듣지 못한 것처럼 말하는 것이다. 하지만 그것이 중요한가? 그것이 중요하다고 해도 나 자신에게 이

---

* '꽃양배추'를 뜻하는 프랑스어.

모든 것이 중요한 것과는 상관없지 않은가? 나는 어떤 늙은 남자를 보았는데, 그는 장님이었고 소리를 지르고 있었다. 그것을 나는 보았다. 보았던 것이다.

그런 집들이 있다는 것을 사람들은 믿을까? 아닐 것이다, 사람들은 내가 꾸며낸다고 할 것이다. 이번에는 정말이다, 아무것도 빠뜨리지 않았고, 또 당연히 아무것도 보태지 않았다. 어디서 보탤 것을 가져오겠는가? 사람들은 내가 가난하다는 것을 안다. 사람들은 그 사실을 알고 있다. 집들? 하지만 정확히 말하면, 그것은 더이상 존재하지 않는 집들이었다. 위에서부터 아래까지 다 헐어버린 집들이었다. 거기에 있었던 집들은 옆에 서 있던 다른 집들, 층이 높은 이웃집들이었다. 옆에 서 있던 것들이 모두 제거된 후로 이 집들도 분명 무너질 위험에 처해 있었을 것이다. 타르 칠이 된 기다란 마스트로 만든 골조 전체가 건물 잔해가 쌓여 있는 땅바닥과 이제 적나라하게 드러나 있는 옆 건물 벽 사이에 비스듬히 박혀 있었기 때문이다. 내가 이 벽에 대해 말한 적이 있는지 모르겠다. 그러나 말하자면 그것은 아직 남아 있는 집들의 첫번째 벽이 아니라(사람들은 그렇게 짐작할 수밖에 없겠지만) 예전에 있던 집들의 마지막 벽이다. 그 안쪽 벽을 보았다. 여러 층의 방 곳곳에 여전히 벽지가 붙어 있는 것을 보았다. 여기저기 바닥과 천장에도 부착물이 있었다. 방의 벽과 나란히, 벽 전체를 따라 때가 많이 낀 흰 공간 하나가 남아 있었고, 이 공간 구석구석에 화장실 하수관 파이프가 녹으로 얼룩지고 벌어진 채 이루 말할 수 없이 역겹고 물컹한 벌레 같은 것이 마치 소화운동을 하며 기어가는 듯한 모양으로 늘어져 있었다. 천장 가장자리에는 도시가스 호스가 이어진 자리를 따라 회색빛 먼지투성이 흔적이 남아 있었고, 이 흔적들은 여기저기로 완전히 예측불가능하게 꺾이면서 둥글게 구부러져 있었으며, 색이 칠해진 벽으로 흘러와, 가차 없이 시커멓게 뜯겨진 어떤 구멍 속으로 들어갔다. 그러나 그중에서도 가장 잊히지 않는 것은 벽들이었다. 이 방들의 질기고 질긴 삶은 짓밟히도록 가만히 있지 않았다. 아직도 삶은 거기 있었고, 남겨져 있는 못들을 꼭 붙들고 있었다. 손 너비 정도 남아 있는 바닥재 위에 서 있었으며, 또 아주 조금 내부가 남아 있는 방 모서리 부분의 부착물 아래 움츠리고 있었다. 사람들은 이 삶의 색깔이 매년 해가 가면서 천천히 변해 갔던 것을 볼 수 있었다. 파란색에서 곰팡이의 녹색으로, 녹색에서 회색으로, 누런색에서 오래되고 퇴색한 허연색으로 썩어 없어지는 것을 볼 수 있었다. 그러나 삶은 또한 거울이나 액자나 옷장 뒤에 남아 있는, 조금 때가 덜 탄 장소에도 존재하고 있었다. 왜냐하면 삶이 이곳의 윤곽을 드러냈고, 더욱 진하게 덧칠을 했으며, 이제 막 그 모습을 드러낸 숨겨진 장소에서도 거미와 먼지와 함께 존재했기 때문이다. 삶은 지워지고 떨어져나간 모든 줄무늬에 있었고, 또 카펫 아래쪽 주변에 형성된 축축한 기포 속에도 있었다. 찢어진 걸레 속에서도 흔들거렸고, 오랜 시간에 걸쳐 생겨난 역겨운 얼룩에서도 스며나왔다. 그리고 부서진 칸막이벽들의 파편으로 쭉 에워싸인 파란색이고 녹색이고 누런색이었던 벽에서도 삶들의 숨이, 아직 어떤 바람에도 파괴되지 않았던 끈질기고 굼뜨고 완고한 숨이 솟아올라 있었다. 거기에 서 있었던 것은 대낮과 병과 내쉬어진 숨과 몇 년 묵은 연기, 그리고 어깨 아래에서 갑자기 나타나 의복을 무겁게 만드는 땀, 입에서 느껴지는 텁텁함과 부풀어오르며 썩고 있는 발에서 나는 값싼 브랜디 냄새였다. 거기에는 코를 찌르는 오줌 냄새, 검댕이의 연소 냄새와 잿빛 감자 삶은 냄새, 그리고 오래된 굳기름의 무겁고 미끌거리는 냄새가 있었다. 보살핌을 받지 못한 갓난아기의 들큼하고도 오래 배여 가시지 않는 냄새가 거기 있었고, 학교가는 아이들에게서 나는 불안의 냄새, 그리고 남자가 다 된 소년들의 침대에서 나는 후더운 열기가 있었다. 그리고 많은 것이, 아래쪽에서 올라온, 증발하고 있었던 골목들의 심연으로부터 올라온 냄새에 덧붙여졌다. 도시 상공에서 깨끗하지 않은 비에 섞여 내려온 또다른 냄새도 있었다. 그리고 어떤 냄새들은 항상 같은 거리에서 머무르는 동안 약해지고 순해진 집 앞의 바람에 실려온 것들이었다. 그 외에도 원래 어디서 온 것인지 알 수 없는 많은 냄새가 있었다. 이미 말했던가, 사람들이 마지막 벽만 남기고 모두 허물어버렸다고—? 그럼 그 벽에 대해 계속 이야기하겠다. 아마 사람들은 내가 그 앞에 오랫동안 서 있었을 거라고 말할 것 같다. 그러나 맹세하건대, 나는 그 벽을 알아보자마자 곧바로 달아나기 시작했다. 내가 그 벽을 알아보았다는 것, 그것이 너무 끔찍했기 때문이다. 나는 이곳의 모든 것을 알고 있고, 그렇기 때문에 그것들이 즉시 나의 안으로 들어오는 것이다. 나의 안이 그것들의 집이다.

나는 그 모든 일 이후 약간 지쳐 있었다. 몸이 상했다고 할 수도 있을 것이다. 그래서 그 사람과도 마주치게 될 거라는 사실이 무척 부담스러웠다. 그는 내가 달걀프라이 두 개를 먹으러 들어간 작은 간이식당에서 나를 기다리고 있었다. 나는 배가 고팠다. 하루종일 먹을 시간이 없었다. 그러나 이때도 아무것도 입에 넣지 못했다. 프라이가 다 되기도 전에 다시 길거리로 내몰렸고, 사람들은 끈적끈적하게 나에게로 흘러들어왔다. 사육제 기간이고 저녁이었기 때문이다. 사람들 모두 시간이 있었고, 이리저리 몰려다녔고 서로 비벼대며 지나다니고 있었다. 그들의 얼굴은 가설공연장에서 흘러나오는 빛으로 가득차 있었고, 그들의 입에서는 마치 벌어진 상처에서 고름이 흘러나오는 것처럼 웃음소리가 흘러나왔다. 내가 조급하게 앞으로 나아가려 할수록 그들은 점점 더 많이 웃었고, 점점 더 빽빽하게 몰려들며 밀착해왔다. 한 여자의 숄이 어쩌다 내 몸 어딘가에 걸렸고, 내가 그것을 등뒤로 끌고 다닌 모양이었다. 사람들이 그걸 보고 나를 멈춰 세우며 웃었고 나도 웃어야 할 것 같은 기분이 들었지만, 그럴 수 없었다. 누군가 색종이 한 움큼을 내 눈앞에서 집어던졌는데, 마치 눈에 회초리를 맞은 것처럼 따가웠다. 모퉁이마다 사람들이 쐐기를 박아놓은 듯 서로 달라붙어 있어 한 사람이 다음 사람으로 계속 밀렸다. 그들 안에서는 앞으로의 이동은 없었고 단지 선 채로 성교를 하듯 위아래로 부드럽게 움직일 뿐이었다. 그런데 그들은 서 있었고, 나는 빽빽한 군중 속 갈라진 틈새와도 같은 차도 가장자리에서 마치 광란의 질주를 하는 사람처럼 달려가고 있었다. 하지만 사실 내게는 움직이는 것이 그들이었고, 나는 미동도 하지 않은 쪽이었다. 내게는 변한 것이 아무것도 없기 때문이었는데, 아무리 주의깊게 보아도 여전히 한쪽에서는 똑같은 집들, 다른 쪽에서는 가설공연장들밖에 알아볼 수 없었다. 어쩌면 모든 것은 확고하게 서 있었던 것이고, 모든 것이 돌고 있는 것처럼 보인 건 그저 내 안에서 일어난, 또 사람들 안에서 일어난 현기증 때문이었을지도 모른다. 나는 이 생각을 계속할 시간이 없었다. 땀을 많이 흘려 힘들었고, 몸을 마비시키는 듯한 고통이 내 안을 돌아다녔는데, 마치 나의 핏속에 지나치게 큰 뭔가가 들어와 혈관을 확장시키며 피와 함께 작동하는 것 같았다. 그때 나는 공기는 이미 오래전에 동이 났으며, 나는 다만 이미 내가 내뱉고 나서 나의 폐가 그냥 뇌둔 것을 그대로 다시 들이마실 뿐이라고 느꼈다.

하지만 이제 모두 끝났다. 나는 이겨냈다. 나는 지금 내 방에 등불을 켜고 앉아 있다. 난로를 사용할 생각은 하지 않았기 때문에 방이 약간 춥다. 만약 난로에서 연기가 나서 다시 밖으로 나가야 한다면 어쩐단 말인가? 나는 여기에 앉아 생각을 한다. 만약 내가 가난하지 않다면, 다른 방을 빌렸을 것이고, 너무 낡지 않은 가구가 딸려 있고, 지금 여기처럼 이전에 살았던 사람의 물건으로 가득차 있지 않은 방에 살았을 것이다. 처음에는 머리를 이 팔걸이의자에 기대기가 너무 괴로웠는데, 아주 지저분하고 잿빛 쟁반 모양의 쿠션 같은 것이 어떤 머리에도 다 맞을 것처럼 보이는 초록색 베개커버 속에 들어 있었다. 오랫동안 나는 머리 아래 손수건을 깔아놓는 신중함을 기했다. 하지만 지금 나는 그러기에는 너무 지쳐 있다. 그렇게 하지 않아도 괜찮다는 것을, 또 그것이 나의 뒷머리에 맞춘 것처럼 약간 오목하게 가라앉아 있다는 것을 알게 되었다. 하지만 내가 가난하지 않다면, 우선 좋은 난로 하나는 꼭 사고 싶다. 깊은 산림에서 베어 온 깨끗하고 단단한 장작을 땔 것이며, 이 형편없는 갈탄같이 연기 때문에 숨쉬기도 힘들고 머리를 띵하게 만드는 것은 쓰지 않을 것이다. 그다음에는 거친 소음을 내지 않고 청소를 해주고, 내가 필요한 대로 난롯불을 봐주는 누군가도 있어야 할 것이다. 십오 분 동안 난로 앞에 몸을 구부리고 앉아, 불 가까이에서 이마를 찌푸리고 눈을 뜬 채 불을 지피느라 몸을 움직이면, 하루 동안 쓸 에너지가 모두 소진되어버리기 때문이다. 또한 그러고 나서 사람들 속에 있으면, 그들은 그것을 금방 알아차린다. 가끔 사람들이 너무 많으면 마차를 잡아타고 거리를 지나갈 것이다. 매일 뒤발식당 같은 곳에서 식사를 할 것이며, 더이상 간이식당에 웅크리고 들어가지는 않을 것이다…… 혹시 그 사람이 뒤발 같은 곳에도 있을까? 아닐 것이다. 거기서는 그가 나를 기다릴 수 없을 것이다. 죽어가는 사람을 들여보내주지는 않는다. 죽어가는 사람? 나는 지금 내 방에 앉아 있다. 내게 일어난 일을 조용히 생각해보는 것도 괜찮을 것이다. 아무것도 불확실하게 놔두지 않는다는 건 좋은 일이다. 그러니까 말을 해보자면, 나는 그곳에 들어갔고, 처음에는 내가 자주 앉곤 하는 테이블에 누군가 다른 사람이 앉아 있는 것을 보았을 뿐이다. 나는 작은 바가 있는 쪽으로 고개를 돌려 인사한 다음, 주문하고 그 옆에 앉았다. 하지만 그때 그는 비록 미동도 하지 않았지만 나는 그를 감지했다. 그가 꼼짝도 하지 않는다는 바로 그 사실을 나는 몸으로 느꼈고 단번에 깨달았다. 우리 사이는 이미 연결되어 있었고, 나는 그가 너무 놀라 온몸이 굳었다는 것을 알았다. 나는 이 공포가, 그 사람 안에서 일어난 뭔가에 대한 공포감이 그를 마비시켰다는 것을 알고 있었다. 어쩌면 그의 몸에서 어떤 혈관 하나가 터졌는지도 모른다. 어쩌면 그가 오랫동안 두려워했던 어떤 독 하나가 바로 지금 그의 심실에 생겨났는지도 모른다. 어쩌면 어떤 큰 궤양 하나가 마치 세계를 바꾸어놓는 태양과도 같이 그의 뇌 속에서 터졌는지도 모른다. 말로 설명하기 힘들 정도로 엄청나게 애를 쓴 끝에 나는 가까스로 그가 있는 쪽을 보았다. 아직도 이 모든 것이 나의 망상이기를 바라고 있었기 때문이다. 하지만 일은 일어나고 말았고, 나는 벌떡 일어나서 급히 뛰어나갔다. 내가 잘못 생각한 것이 아니었기 때문이다. 그는 검은색 두꺼운 겨울 외투를 입고 앉아 있었고, 긴장으로 가득한 잿빛 얼굴은 모직 머플러 속에 깊숙이 묻혀 있었다. 그의 입은 엄청난 힘에 눌린 것처럼 굳게 닫혀 있었지만 그의 눈이 뭔가를 보고 있었는지는 단정할 수 없었다. 뿌옇게 김이 서려 회색빛이 된 안경이 앞에 걸려 살짝 흔들리고 있었다. 양쪽 콧방울은 벌어졌고, 귀밑 관자놀이까지 길게 자라 모든 것을 다 차지한 듯한 머리카락은 뜨거운 열기를 받은 것처럼 축 늘어져 있었다. 귀는 길쭉하고, 누렇고 커다란 그림자를 뒤에 드리우고 있었다. 그렇다, 그는 알고 있었다. 이제 사람들뿐만 아니라, 모든 것으로부터 멀어졌다는 것을. 단 한 순간이면 모든 것이 의미를 잃어버리게 될 것이다. 그리고 테이블과 컵, 지금 그가 꼭 달라붙어 있는 의자, 일상적이고 친숙한 모든 것이 이해할 수 없고 낯설고 무거운 것이 되어 있을 것이다. 그렇게 그는 거기 앉아 일이 일어날 순간을 기다렸다. 그리고 더이상 저항하지 않았다.

그런데 나는 아직 저항하고 있다. 비록 심장이 이미 늘어져 밖으로 나와 있다는 것을, 그리고 나를 성가시게 하는 사람들이 없어진다 해도 더이상 살 수 없다는 것을 이미 알고 있지만 나는 저항하고 있다. 한번 말해본다. 아무 일도 일어나지 않았다고. 그런데, 그랬더니 그것만으로 나는 저 남자를 이해할 수 있게 되었다. 내 안에서도 뭔가가 일어나서 그것이 나를 모든 것에서 떼어내어 갈라놓기 시작했던 것이다. 죽어가면서 더이상 아무도 알아볼 수 없는 상태가 된 어떤 남자의 이야기를 들을 때마다 얼마나 섬뜩했는지 모른다. 그럴 때면 나는 베개에서 얼굴을 들어올려 무언가를 찾는 고독한 얼굴 하나를 상상해보았다. 익숙한 뭔가를 찾았고 이미 한 번 본 적이 있는 뭔가를 찾았다. 하지만 아무것도 없었다. 나의 두려움이 그토록 크지 않았다면, 모든 것을 다르게 보는 것이, 또 그러면서도 삶을 사는 것이 불가능하지는 않다고 자신을 위로했을 것이다. 그러나 나는 두려웠다. 이 변화가 말할 수 없이 두려웠다. 꽤 좋아 보이는 이 세계에도 나는 아직 전혀 익숙해지지 않았던 것이다. 그런데 다른 세계에서 내가 무엇을 어찌하겠는가? 나는 너무나도 기꺼이 내가 좋아하게 된 의미들 속에 남아 있고 싶고 뭔가 변해야만 한다 해도, 적어도 개들과 함께 살 수 있기를 원하고, 서로가 함께 속하는 하나의 세계와 같은 것들을 원한다.

아직 한동안은 그 모든 것을 기록하고 말할 수 있다. 그러나 언젠가 내 손이 나로부터 멀어지는 때가 와서 내가 손에게 무언가를 쓰라고 시키면, 손은 내가 의도한 것이 아닌 다른 말들을 쓰게 될 것이다. 지금과는 다른 해석의 시간이 올 것이며, 말과 말이 서로 이어지지 못하여 그 모든 의미는 구름처럼 흩어지고 물처럼 흘러나가버릴 것이다. 이 모든 두려움에도 결국 나는 어떤 거대한 것 앞에 서 있는 사람과 같다. 기억해보면, 글을 쓰기 시작하기 전에도 종종 내 안에 거대한 어떤 것이 비슷하게 존재했다. 그러나 이번에 나는 쓰이게 될 것이다. 나는 새겨진 흔적이 계속 변모하게 될 흔적이다. 아, 아주 조금 뭔가 부족하다, 이것만 있다면, 나는 그 모든 것을 포착하고 받아들일 것이다. 단 한 걸음, 그 한 걸음만 내디디면 나의 극심한 곤궁은 지복이 될 것이다. 그러나 나는 바로 이 한 걸음을 내디딜 수 없었다. 나는 쓰러졌으며, 이미 부서져서 이제 일어설 수 없다. 물론 도움을 받을 수는 있을 거라 항상 믿고는 있다. 여기 내 앞에 매일 저녁 기도한 내용을 내가 직접 적어놓은 글이 있다. 나는 이것을 책에서 찾아내, 마치 나와 아주 가깝고 또 나 자신의 것인 양 내 손에서 흘러나온 것처럼 여겨지도록 베껴 썼다.

그리고 이제 그것을 다시 한번 쓰려 한다. 여기 나의 책상 앞에 무릎을 꿇고 앉아 쓸 것이다. 그렇게 하면 글로 읽을 때보다 좀더 오래 가지고 있을 수 있으며, 모든 단어가 오래 머물렀다가 시간을 두고 차츰차츰 잦아들 수가 있기 때문이다.

모든 사람에게도 나 자신에게도 불만인 나는 밤의 정적과 고독 속에서 조금이나마 나를 되찾고 위안을 얻고 싶다. 내가 사랑했던 자들의 영혼이여, 내가 노래했던 자들의 영혼이여, 나를 강하게 하고 내게 힘을 주어 세상의 허위와 썩어가는 냄새로부터 나를 멀리 있게 해주소서. 그리고 당신, 나의 신이시여, 내게 은총을 내리시어 아름다운 시 몇 줄을 쓰게 해주소서, 그리하여 내가 최악의 인간이 아니라는 것을, 내가 경멸하는 그들보다 못한 인간이 아니라는 것을 증명하게 해주소서.*

떠다니는 자들, 이름 없어 경멸당하는 자들의 자식들, 가장 미천한 자들로서 이 땅에서 쫓겨난 사람들, 이제 나는 그들이 조롱하며 부르는 노래의 대상이 되었구나. 그들의 험담거리가 되었구나.
……그들은 나를 혐오하며 가까이 오기를 꺼렸다……
……그들은 나를 해치기를 너무나 쉬이 하여 어떠한 도움도 필요치 않았다.
……하지만 이제 나의 영혼이 내 안에서 녹아 사라진다. 그리고

---

* 샤를 보들레르, 『파리의 우울』, 「새벽 한시에」 일부.

곤궁의 시간이 나를 사로잡았다.

밤이면 나의 사지는 마디마디 고통 없는 곳이 없고, 나를 쫓는 자들은 자려고 눕지도 않는다.

사람들의 엄청난 힘에 나의 옷은 매번 추하게 찢겨져 훼손되고, 떼지은 사람들은 그 조각으로 띠를 만들어 옷깃처럼 내 목을 죈다……

나의 오장육부는 들끓어 올라 그침이 없다. 곤궁의 시간이 나를 덮쳐버렸다……

나의 하프는 비탄이 되어버렸고, 나의 피리는 울음소리가 되어버렸다.*

의사는 나를 이해하지 못했다. 아무것도. 물론 설명하기가 어려웠다. 전기충격요법을 시도해보자고 했다. 좋다고 했다. 한시에 살페트리에르병원으로 오라고 하는 쪽지를 받았다. 거기로 갔다. 한참이나 여러 개 건물을 지나가야 했고, 마치 수감자처럼 흰색 캡을 쓴 사람들이 메마른 나무들 아래 여기저기 서 있는 안마당 몇 개를 통과해야 했다. 마침내 길고 어두운 통로 같은 공간으로 들어갔는데, 한쪽 면에 흐릿한 초록 유리 창문이 네 개 있었고, 각각의 창문들 사이를 넓고 검은 칸막이벽들이 나누어놓고 있었다. 그 앞에는 나무 벤치가 모든 벽을 다 이으며 길게 놓여 있었다. 그리고 바로 거기에 그 사람들이, 나를 내던져진 자로 알아보았던 그들이 바로 이 벤치에 앉아 나를 기다리고 있었

---

* 구약, 「욥기」 30장 참조.

다. 그랬다, 그들 모두가 거기에 있었다. 이 공간의 어스름에 익숙해졌을 즈음, 나는 서로 어깨를 맞대고 끝없이 열을 지어 앉아 있는 그들 가운데 몇 명은 다른 부류의 사람들일 수 있다는 것을 알아차렸다. 가령 소시민, 직공, 카페 여직원, 짐마차꾼 같은 사람들 말이다. 아래쪽, 복도의 좁은 부분에 놓인 특이한 의자에 뚱뚱한 여자 둘이 몸을 뻗고 앉아 수다를 떨고 있었는데, 아마 접수 안내인들이었을 것이다. 시계를 보았다. 한시 오 분 전이었다. 이제 오 분 후, 아니 십 분만 지나면 내 차례였다. 그 정도는 괜찮았다. 공기는 무겁고 탁했으며, 옷 냄새와 입김으로 가득했다. 어느 문틈에서 흘러나오는 에테르의 냉기가 점점 심해지면서 강하게 끼쳐왔다. 나는 왔다갔다하기 시작했다. 그리고 문득 이 사람들과 함께 배정을 받았다는 것, 사람들로 꽉 찬 이 일반 진료시간에 나를 오게 했다는 데 생각이 미쳤다. 이 사실은 내가 내던져진 자들에 속한다는 것을 처음으로 공식적으로 확인해주는 것이었다. 의사는 나를 보고 바로 알아차렸던 것인가? 하지만 의사를 방문할 때 나는 꽤 괜찮은 옷차림을 하고 있었고, 명함도 꽂아놓았었다. 그럼에도 의사는 어찌어찌 그 사실을 알아차린 것이 틀림없다. 어쩌면 내가 스스로 누설했을 수도 있다. 뭐, 어차피 이렇게 되었기 때문에 심각하게 받아들이지 않았다. 사람들은 여전히 조용히 앉아 있었고 내게 신경쓰는 사람은 아무도 없었다. 그중 몇 명은 아파하면서 통증을 누그러뜨리려는 듯 한쪽 다리를 흔들고 있었다. 이런저런 남자들이 머리를 손바닥으로 받치고 있었고, 또다른 몇몇은 고단하고 엉망이 된 얼굴로 깊은 잠을 자고 있었다. 목이 붉게 부어오른 뚱뚱한 남자가 몸을 앞으로 구부린 채 벤치에 앉아 바닥을 응시하고 있었고, 때때로 적당하다 싶은 곳에 철

썩하는 소리가 나도록 침을 뱉었다. 한쪽 구석에서는 아이가 흐느끼고 있었다. 아이는 길고 마른 다리를 벤치 위로 끌어올렸고, 이제 다리들과 작별이라도 해야 하는 것처럼 자기 쪽으로 꽉 끌어당기면서 감싸안고 있었다. 몸집이 작고 얼굴이 창백한 여인이 둥글고 검은 꽃들로 장식한 크레이프 모자를 비스듬히 쓰고 얇은 입술 주위로 주름을 만들어내며 미소 짓고 있었다. 하지만 상처가 있는 눈꺼풀에서는 끊임없이 눈물이 흘러내렸다. 이 여인에게서 멀지 않은 곳에 둥글고 매끄러운 얼굴에 눈이 튀어나온 소녀가 앉혀 있었는데, 이 소녀는 아무 표정이 없었다. 입을 약간 벌리고 있어서 하얗고 끈적끈적한 잇몸과 다 자라지 못한 채 썩어버린 오래된 치아들이 들여다보였다. 또 붕대들이 많이 보였다. 머리 전체를 겹겹이 감싸고 있어 더이상 누구에게도 속하지 않는 눈 하나만 겨우 남겨놓은 붕대들이 있었다. 완전히 감추고 있는 붕대도 있었고, 그 아래 무엇이 있는지 보여주는 붕대도 있었다. 손을 감쌌던 것이 풀어져서 마치 지저분한 침대 속에 있는 듯 더이상 손으로 보이지 않게 만드는 붕대도 있었다. 그리고 붕대로 칭칭 감긴 다리 하나가 줄지어 앉은 사람들로부터 튀어나와 있었는데 마치 사람 몸 전체인 것처럼 매우 컸다. 나는 이리저리 서성거리면서 차분해지려고 노력했다. 마주보이는 벽에 정신을 집중했다. 이 벽에는 한 짝으로만 된 문들이 있었는데, 이 문들이 천장까지는 닿지 않아서, 옆에 이어져 있을 공간과 복도가 완전히 분리되지 않는다는 것을 깨달았다. 시계를 보았다. 나는 한 시간을 서성거린 것이었다. 잠시 후 의사들이 왔다. 처음에는 젊은 의사 몇 명이 무심한 표정으로 지나갔고, 마침내 내가 찾아갔던 그 의사가 엷은 색 장갑을 끼고, 고급 실린더 모자에 우아한 외투를 입고 지나갔다. 그는 나를 보자 모자를 살짝 들어 건성으로 미소를 지어 보였다. 그래서 나는 곧 내 이름이 불릴 거라 기대했지만 그후로 또 다시 한 시간이 흘러갔다. 이 한 시간을 어떻게 보냈는지는 잘 기억나지 않는다. 그냥 흘러갔다. 간호사에 속하는 한 노인이 때묻은 앞치마를 두르고 내게 와서 어깨를 건드렸다. 나는 옆방들 중 하나로 들어갔다. 그 의사와 젊은 의사들이 테이블에 둘러앉아 있다가 나를 쳐다보았다. 누군가 나에게 의자 하나를 밀어주었다. 그랬다. 그리고 이제 나에 대해 이야기해야 했다. 가능한 한 짧게 부탁드립니다, 라는 말을 들었다. 모두 시간이 많지 않기 때문이라고 했다. 좀 이상한 기분이 들었다. 젊은 의사들은 앉아서, 자신들이 배웠던 저 우월한 위치에서의 전문가적 호기심으로 나를 쳐다보았다. 내가 알고 있었던 그 의사는 검고 뾰족한 수염을 만지작거리면서 건성으로 웃음을 지어 보였다. 나는 울음이 터질 것 같았는데, 이때 나는 내가 프랑스어로 이야기하는 것을 들었다. "선생님, 저는 제가 알려드릴 수 있는 것은 모두 이미 선생님에게 말씀드렸습니다. 이분들도 그 내용을 알아야 한다고 생각하신다면, 저와 상담했던 내용을 선생님이 몇 마디로 설명해주셨으면 합니다. 저는 그러기가 매우 힘들 것 같습니다." 의사는 정중한 미소를 지으며 몸을 일으켜 인턴들과 함께 창가 쪽으로 가서 손을 가로젓기도 하고 이리저리 흔들기도 하며 몇 마디 나누었다. 삼 분 후 젊은 의사들 중에 근시에다 다소 산만해 보이는 사람이 다시 테이블로 왔고, 단호한 표정을 지어 보이려 애쓰며 말했다. "잠은 잘 주무시죠?" "아뇨, 잘 못 잡니다." 그러자 그는 다시 의사들 쪽으로 황급히 되돌아갔다. 의사들은 잠시 의논한 다음 내 쪽으로 몸을 돌리고선 다시 부르겠다고 알려주었다.

나는 한시에 예약이 되어 있다고 그에게 상기시켰다. 그는 살짝 미소를 짓고는 작고 하얀 손을 획획 빠르게 저어 보였는데, 자신이 매우 바쁘다고 말하려는 것이었다. 그래서 나는 다시 원래의 복도로 돌아왔는데 공기는 훨씬 더 무겁게 내리눌렀고, 나는 지칠 대로 지친 상태였지만 또다시 이리저리 왔다갔다하기 시작했다. 결국은 습하고 꽉 들어찬 냄새에 현기증이 났다. 입구 쪽에 서 있다가 문을 조금 열었다. 밖은 아직 오후였고 햇살이 조금 비치는 것을 보았다. 기분이 말할 수 없이 나아졌다. 하지만 그렇게 서 있고서 일 분도 채 지나지 않아 나를 부르는 소리를 들었다. 두 걸음 정도 떨어진 곳의 작은 책상 앞에 앉아 있던 여자 직원이 나에게 쇳소리로 언성을 높이며 뭐라고 말하고 있었다. 누가 그 문을 열라고 했냐는 것이었다. 나는 공기가 답답해서 참을 수 없다고 말했다. 그랬더니 그건 네 사정이고, 문은 닫아놓아야 한다고 했다. 창문을 여는 것은 괜찮냐고 물어보았다. 안 된다고, 금지되어 있다고 했다. 나는 다시 왔다갔다하기로 했는데, 그것도 결국에는 뭔가 무디게 만드는 효과가 있고, 또 누구를 괴롭히는 것도 아니기 때문이었다. 하지만 작은 책상 앞에 앉아 있는 그 여자는 이 역시 못마땅해했다. 혹시 적당한 장소가 있는지 물어보았다. 없다고, 그렇게 할 수 있는 장소는 없다고 대답했다. 돌아다니는 것도 허용되지 않는다고 했다. 자리를 찾아야 한다고 했다. 자리 하나 정도는 있을 거라고. 그 말은 맞았다. 눈이 튀어나온 소녀의 옆자리가 비어 있는 것을 바로 발견했다. 거기 앉아 있는 동안, 이 상황은 틀림없이 뭔가 끔찍한 일을 예고하는 것이라는 느낌이 계속 들었다. 그러니까 내 왼쪽에는 잇몸이 썩어가는 소녀가 있었는데, 내 오른쪽에 무엇이 있는지는 한참이 지나서야 비로소 깨달았다. 그것은 요지부동의 엄청난 덩어리였다. 하나의 얼굴을 가진, 그리고 하나의 크고 무겁고 움직이지 않는 손을 가진 덩어리였다. 내가 보았던 쪽 얼굴은 텅 비어 있었다. 거기에는 표정도 전혀 없었고 기억도 전혀 없었으며, 옷은 마치 관에 넣기 전에 입힌 시체의 것인 양 섬뜩했다. 폭이 좁은 검은색 넥타이 역시 마찬가지로 헐렁하고 비인간화된 방식으로 목 주위에 느슨하게 감겨 있었다. 상의를 보면 이 의지 없는 육체에 누군가 다른 사람이 입혀놓았음을 알 수 있었다. 손은 사람들에 의해 바지 위에 아무렇게나 놓인 채 그대로이고, 심지어 머리카락은 시신을 염하는 장의사들이 빗겨놓은 것같이, 박제한 동물의 털처럼 뻣뻣하게 늘어서 있었다. 나는 모든 것을 주의깊게 관찰했다. 그러자 이것이 결국은 나를 위해 정해져 있었던 자리라는 생각이 들었다. 왜냐하면 난 이제야 내 삶에서 계속 머무르게 될 바로 그 장소에 도달했다고 믿었기 때문이다. 그렇다, 운명이란 것은 실로 얼마나 놀라운 행로를 더듬어 가는가.

갑자기 아주 가까이에서 깜짝 놀라 저항하며 외치는 아이의 소리가 연달아 들려왔고, 이어 입이 틀어막힌 채로 나오는 듯한 울음소리가 나지막이 들렸다. 도대체 어디서 나는 소리인지 알아내려고 애쓰는 동안, 억눌린 채로 나오는 작은 외침 소리가 다시 한번 흔들리듯 들려왔다. 그리고 나는 뭔가를 질문하는 여러 목소리를 들었으며, 낮게 명령하는 목소리도 하나 들었다. 그다음에는 어떤 무심한 기계가 그르렁거리는 소리를 내면서 아무것에도 아랑곳하지 않는다는 듯 작동하기 시작했다. 이때 나는 위쪽이 뚫려 있던 조금 전의 벽을 기억해냈고, 모든 것이 문 너머에서 들려온 것이며, 거기서 사람들이 일을 하고 있었다는 것이 분명해졌다. 실제로 때문은 앞치마를 두른 간호사가 가끔씩 나타나 눈짓을 하기도 했다. 그것이 나에게 하는 거라고는 전혀 생각지 못했다. 나보고 하는 것이었나? 아니었다. 남자 둘이 휠체어를 가지고 와서 내 옆의 그 덩어리를 들어올려 앉혔는데, 그제야 나는 그것이 반신불수의 노인임을 알았다. 그에게는 삶을 사느라 닳도록 사용된 또다른 쪽, 좀더 작은 다른 반쪽이 있었으며, 거기에 우울하고 슬픈 눈동자 하나가 눈을 뜨고 있는 것을 보았다. 그들은 노인을 안으로 밀고 들어갔고, 그래서 내 옆에는 자리가 많이 비게 되었다. 그리고 나는 앉아서 그들이 지적장애가 있는 저 소녀를 데리고 무엇을 하려는 것일까, 저 소녀 역시 소리를 지르지 않을까 하고 생각했다. 저 너머의 기계들이 마치 공장에서 나는 것처럼 유쾌하게 그르렁거리는 소리를 내기 시작했는데, 불안하게 만드는 소리는 전혀 아니었다.

갑자기 모든 소리가 멈추면서 고요해졌다. 이 고요함 가운데 자만에 가득한 거만한 목소리가 말했다. 내가 아는 목소리인 것 같았다.

"웃어보시오!" 잠시 아무 소리도 나지 않았다. "웃어보시오. 어서 웃어보시오." 나는 이미 웃고 있었다. 건너편의 저 남자가 왜 웃지 않는지는 알 수 없었다. 기계 하나가 덜커덩 소리를 내기 시작했다가 금방 다시 소리를 멈추었다. 말을 주고받는 소리가 들렸고, 그다음 다시 처음의 그 힘찬 목소리가 명령하기 시작했다. "앞avant이라고 말해보시오." 그다음에 철자를 하나씩 읽었다. "아-베-아-엔-테." 다시 정적이 흘렀다. "전혀 들리지 않으니, 다시 한번……"

그리고 그때, 저쪽에서 텁텁하고 애매모호하게 중얼거리는 소리가 났을 때, 오랜 세월이 지난 후 처음으로 그것이 다시 내게 나타났다. 어

린 시절 고열로 누워 있을 때, 처음으로 나에게 깊은 공포를 불러일으
켰던 그것, 커다란 것이었다. 그랬다. 사람들이 모두 침대 주위를 둘러
싸고 나의 맥박을 짚어보며 무엇 때문에 놀랐냐고 물어보면 나는 항상
그렇게 대답했다. 커다란 것이 있다고. 그리고 사람들이 의사를 불러
와, 의사가 내 옆에서 나를 달랬을 때도, 나는 커다란 것이 없어지기만
하면 된다고, 다른 것들은 모두 아무 상관이 없으니 그렇게만 해달라
고 청했다. 그러나 의사도 다른 사람들과 마찬가지였다. 당시 나는 어
렸고, 그런 나를 도와주기는 쉬웠을 텐데도, 그것을 없애지 못했다. 그
리고 이제 그것이 다시 나타났다. 그때 이후 그냥 사라졌고, 밤에 열이
많이 날 때도 나타나지 않았는데, 지금은 열이 없는데도 그것이 거기에
와 있었다. 이제 그것은 나에게서 자라나 마치 종양 같은 것, 마치 또하
나의 머리 같은 것이 되었으며, 너무나 커서 내게 속하는 것이 결코 될
수 없는데도 나의 일부가 되었다. 그것은 마치 죽어 있는 커다란 동물
처럼 거기 있었다. 살아 있을 때는 한때 나의 손이었거나 나의 팔이었
던 것처럼 거기에 있었다. 나의 피는 내 안에서도, 또 그것 안에서도 마
치 하나의 동일한 몸 전체에 흐르는 것처럼 흐르고 있다. 그리고 나의
심장은 이 커다란 것으로 피를 보내기 위해 온 힘을 다해야 했다. 피가
더이상 충분히 남아 있지 않을 정도였다. 게다가 피는 커다란 것 속으
로 들어가기를 꺼려서 병들고 나쁜 상태가 되어 되돌아왔다. 그러나 커
다란 것은 점점 부풀어올라, 마치 미지근하고 푸르스름한 혹처럼 내 얼
굴 앞으로, 입 앞으로 자라났으며, 남아 있는 나의 마지막 눈 위로는 이
미 그것의 가장자리 그림자가 드리우기 시작했다.

내가 어떻게 그 많은 정원을 통과해 그곳을 빠져나왔는지는 잘 기억

나지 않는다. 그때는 저녁이었고, 낯선 곳에서 길을 잃었으며, 끝없이 이어진 벽을 따라 큰 가로숫길을 한 방향으로 걸어올라갔으며, 끝이 나타나지 않으면 반대 방향으로 돌아서 아무 광장이나 나올 때까지 다시 걸었다. 거기서는 어느 거리로 들어가 걷기 시작했으며, 내가 한 번도 본 적 없는 길이 나왔고, 또다른 길이 나왔다. 때로 전차들이 지나치게 밝은 빛으로 단단히 두드기는 듯한 종소리를 내면서 질주해 왔다가 지나갔다. 하지만 전차의 행선지 판들을 보아도 모르는 지명들만 적혀 있었다. 내가 어느 지역에 있는지, 여기 어디쯤에 내 집이 있는지, 또 내가 더이상 이렇게 걷지 않으려면 어떻게 해야 하는지 알 수 없었다.

그리고 이번에는 항상 너무나 이상하게도 내 마음을 건드렸던 이 병까지 다시 찾아왔다. 확신하건대 사람들은 이 병을 과소평가했다. 다른 병들의 의미는 과대평가하는 것과 마찬가지로 말이다. 이 병에는 특정한 속성이 없다. 자신이 공격하는 대상의 속성을 받아들인다. 이 병은 몽유병자에게서 보이는 그런 확신을 가지고 모든 사람에게서 가장 깊은 곳의 위험을, 이미 지나간 것처럼 보이는 위험을 끄집어낸다. 그리고 바로 다음 순간 그것을 다시 그의 앞에 아주 가까이 가져다 세운다. 학창 시절에 이미 한 번 어쩔 수 없이 나쁜 짓을 시도했던 남자들, 소년기의 빈약하고 굳은 자신의 손이나 나쁜 짓에 속아넘어가 공모의 존재가 되었던 남자들은 다시 그 짓에 빠지거나, 아이였을 때 이겨냈던 어떤 병이 또다시 시작되기도 한다. 혹은 없어졌던 어떤 습관이 다시 나타나기도 하는데, 몇 년 동안 가지고 있던 버릇, 가령 머리를 살짝 멈칫거리면서 돌린다든지 하는 것들이다. 그리고 깊이 가라앉은 무언가에 붙어 있던 축축한 해조류와도 같이 그 불확실한 기억들의 뒤엉킨 전체가 이제 일어나는 일과 함께 활기를 띠기 시작한다. 사람들에게 결코 알려지지 않았을 그런 삶들이 이제 수면 위로 떠올라 실제로 있었던 것 사이로 섞여들어가고, 사람들이 알고 있다고 믿었던 과거의 것들을 밀어낸다. 왜냐하면 떠오르는 것 속에는 충분히 휴식을 취한 새로운 힘이 있는 반면, 항상 있었던 것은 너무 자주 상기되어 지쳐 있기 때문이다.

나는 침대에 누워 있다. 다섯 층계를 올라온 곳이다. 그리고 무엇으로도 방해받지 않는 나의 하루는 마치 시곗바늘 없는 시계판 같다. 오래전에 잃어버린 물건이 어느 아침 원래 자리에 놓여 있는 것처럼, 잘 간수되어 있는 상태로, 잃어버렸을 때보다 더 새것 같을 정도로 마치 그동안 누군가 손질을 해놓은 것처럼—그렇게 나의 이불 위 여기저기에 어린 시절 잃어버렸던 것들이 마치 새것처럼 놓여 있다. 잃어버렸던 불안들이 모두 거기에 다시 나타났다.

이불 가장자리로 삐져나와 있는 작은 실오라기 하나가 단단할 거라는, 마치 강철로 된 바늘처럼 단단하고 날카로울 거라는 불안, 내 잠옷에 달려 있는 이 조그마한 단추가 내 머리보다 더 클 거라는, 더 크고 무거울 거라는 불안, 지금 침대에서 떨어지는 이 빵 부스러기가 유리처럼 부스러져 바닥에 내려앉을 거라는 불안, 그럼으로써 모든 것이 원래부터 깨져 있을 거라는, 모든 것이 영원히 깨져 있을 거라는 짓누르는 듯한 불안. 그리고 찢어서 개봉한 편지에서 길게 뜯겨나간 가장자리 부분이 아무도 보아서는 안 되는 금지된 어떤 것이라는, 방안 어느 곳에 두어도 결코 안전하지 않을 정도로 말할 수 없이 가치 있는 것일 수 있다는 불안, 내가 잠이 들다가 난로 앞에 놓인 석탄조각을 집어삼킬지도 모른다는 불안, 뇌 속에서 어떤 숫자 하나가 커지기 시작해서, 마침내 더이상 내 안에 자리를 잡을 수 없을 정도로 커지지는 않을까 하는 불안, 내가 누워 있는 화강암이 잿빛 화강암일지도 모른다는 불안, 또 내가 소리를 지를지도 모른다는, 그래서 사람들이 방문 앞으로 달려와 문을 억지로 부숴 열어버릴지도 모른다는 불안, 내가 비밀을 누설할 수 있다는, 그래서 내가 두려워하는 모든 것을 다 말해버릴 수 있다는 불안, 그리고 모든 것이 말할 수 없는 것이기 때문에 아무것도 말할 수 없을지도 모른다는 불안―그리고 다른 불안들이…… 불안들이.

나는 어린 시절을 달라고 기도했고, 나의 어린 시절은 다시 나타났다. 그런데 나는 어린 시절이 그때와 마찬가지로 여전히 힘들다는 것을, 나이가 드는 것이 아무 도움이 되지 않는다는 것을 느낀다.

어제는 열이 좀 내렸고, 오늘은 마치 봄처럼, 그림 속의 봄처럼 하루가 시작되었다. 국립도서관으로 외출을 하고 싶다. 오랫동안 읽지 않았던 나의 시인들에게로 가고 싶다. 그다음에는 어쩌면 공원을 천천히 산책할 수도 있을 것이다. 넘실거리는 물이 있는 커다란 연못 위로 어쩌면 바람이 불 것이고, 아이들도 와서 빨간 돛대가 달린 배들을 띄워놓고 지켜볼 것이다.

오늘은 그런 기대를 별로 하지 않았다. 마치 이것이 가장 자연스럽고 간단한 일인 양 용감하게 외출했다. 그런데 또다시 무언가가, 나를 마치 종이처럼 집어들어 구겨서 내던져버린 무언가가 있었다, 한 번도 겪은 적 없는 무언가가 나타났다.

생미셸대로는 텅 빈 채 드넓게 펼쳐져 있었다. 약간 경사진 길이라 걷기가 편했다. 건물 위쪽 창문들이 유리의 투명한 울림으로 시작을 알리는 듯 열렸고, 그 반짝임이 하얀 새들처럼 거리를 날아갔다. 연붉은색 바퀴가 달린 마차가 지나갔고, 저 아래쪽에는 연녹색 뭔가를 들고 있는 사람이 있었다. 번쩍거리는 마구를 쓴 말들이 검게 포장된 말끔한 차도를 달렸다. 바람이 일었다, 신선하고 부드러웠다. 모든 것이 잠을 깨고 있었다. 냄새들, 외침들, 종소리 모두.

나는 붉은 옷을 입은 가짜 집시들이 저녁마다 연주하는 카페들 중 한 곳을 지나갔다. 밤을 지새운 공기가 양심의 가책을 느끼는 듯 열려 있는 창문에서 기어나왔다. 미끈하게 머리를 빗어 넘긴 웨이터들이 문 앞에서 길을 쓸고 있었다. 웨이터 한 명이 몸을 구부리고 누런색 모래를 한줌 한줌 테이블 아래로 던졌다. 그때 지나가던 사람이 그를 가볍게 건드리며 길 아래쪽을 가리켜 보였다. 얼굴이 시뻘게진 웨이터는 날카로운 시선으로 잠시 그쪽을 쳐다보았고, 그의 수염 없는 볼 위로 미소가 번졌는데, 뭔가가 엎질러진 것 같았다. 그는 다른 웨이터들에게 손짓을 해서 모두 불러모으고는 자신 역시 한 장면도 놓치지 않으려는 듯 웃는 얼굴을 좌우로 이리저리 몇 번 재빨리 돌려댔다. 이제 모두가 서서 아래를 내려다보거나 뭔가를 찾았는데, 그러면서 몇몇은 웃기도 했고, 거기 있어야 할 웃음거리를 아직 찾지 못해 기분 나쁜 표정을 짓는 사람도 있었다.

약간의 불안이 내 안에서 시작되는 것을 느꼈다. 내 안의 뭔가가 저 너머 다른 쪽으로 가라고 나를 내몰았지만 나는 그저 좀더 빨리 걷기 시작했고, 아무 생각 없이 내 앞의 몇 사람을 쳐다보게 되었는데, 특별히 눈에 띄는 것은 찾을 수 없었다. 그런데 푸른색 앞치마를 두르고 손잡이가 달린 빈 바구니를 든 어린 점원이 누군가의 뒷모습을 지켜보고 있는 것이 보였다. 시간이 충분히 지난 후, 그는 그 자리에서 건물 쪽으로 몸을 돌렸고, 웃고 있는 다른 점원에게 손을 이마 앞으로 들어 모두에게 익숙한 동작을 해 보였다. 그다음 검은 눈을 반짝거리고는 만족스러운 듯 몸을 흔들며 내 쪽으로 다가왔다.

나는 시야가 확보되는 대로 곧 특이하고도 눈에 띄는 누군가를 보게 되리라 기대했지만, 내 앞에는 키가 크고 마른 남자가 짙은 색 외투를 입고 짧게 깎은 잿빛 금발에 부드러운 질감의 검은색 모자를 쓰고 걸어가고 있을 뿐 길에는 아무도 없다는 것을 알게 되었다. 나는 옷차림에서나 행동에서나 그 사람에게서 특별히 우스꽝스러운 점은 없다고 확신했고, 그래서 그가 뭔가에 걸려 비틀거리며 넘어질 뻔했을 때, 난 이미 그 너머 아래 방향으로 시선을 옮겨 대로 쪽을 보려던 참이었다. 이때 나는 그의 뒤 가까이에서 따라가고 있었기 때문에 나도 넘어지지 않을까 조심하고 있었다. 하지만 그 자리에 가보니 아무것도 없었다, 전혀 없었다. 그 남자와 나, 우리 둘은 계속 길을 갔고, 우리 사이의 거리는 그대로였다. 건널목이 나왔을 때 어떤 일이 일어났는데, 내 앞을 가던 남자가 짝다리를 하고 비탈길 계단을 껑충 뛰어내려갔다. 마치 아이들이 기쁜 일이 있을 때 걷다가 폴짝폴짝 뛰어오르거나 껑충 뛰는 것처럼 말이다. 그가 건너편 보도로는 큰 보폭으로 한 번에 올라갔다. 그러나 위로 올라가자마자 한쪽 다리를 약간 끌어당겨 다른 쪽 다리로 높이 껑충 뛰었고, 곧바로 이어서 그렇게 계속 뛰었다. 이제 보니 이 갑작스러운 행동은 거기에 뭔가 아주 사소한 것이, 가령 과일 씨나

미끌미끌한 과일 껍질 같은 것이 있다고 생각하면 틀림없이 뭔가에 걸려 비틀거리는 것으로 간주될 만한 것이었다. 그런데 이상했던 것은 남자가 스스로 그런 방해물이 있다고 믿는 듯이 보였다는 것이다. 그가 그런 경우에 사람들이 보통 짓는, 화난 것 같기도 하고 비난하는 것 같기도 한 시선으로 마치 거치적거렸던 자리가 있다는 듯이 뒤를 돌아보았기 때문이다. 다시 한번 위험을 경고하는 뭔가가 나를 불러 길 건너편을 가리켰지만, 나는 거기에 따르지 않고, 남자의 다리에 모든 주의를 집중하며 계속 그 뒤에 남아 있었다. 스무 걸음 정도 가는 동안 그가 껑충 뛰는 일이 더이상 없어지자, 이상하게도 내 마음이 가벼워지는 느낌을 받았다는 것을 고백하지 않을 수 없다. 그러나 눈을 들어 바라보니, 남자에게 다른 성가신 일이 일어나 있었다. 외투 깃이 세워져 있었다. 그가 옷깃을 다시 접으려고 한 손으로도 해보고, 두 손으로 이리저리 아무리 애를 써봐도 뜻대로 되지 않았다. 그런 일은 종종 일어나기 마련이다. 그런 일이 나를 불안하게 하지는 않는다. 그러나 바로 다음 순간, 옷깃을 만지는 이 사람의 분주한 두 손에 두 가지 동작이 있다는 것을 깨닫고 나는 엄청난 놀라움을 금치 못했다. 하나는 비밀스럽고 재빠르게 옷깃을 슬쩍 세우는 동작이었고, 다른 하나는 꼼꼼하고 지속적으로, 마치 지나칠 정도로 정확하게 철자를 하나씩 읽는 것 같은 움직임으로 옷깃을 접는 동작이었다. 이 광경을 목격하고 너무 당황해서 남자의 목에, 높이 세워진 외투 깃과 신경질적으로 움직이는 손놀림 뒤에 방금 그의 다리를 떠나온 바로 그 끔찍한 두 음절짜리 껑충거림이 있다는 것을 나는 이미 이 분이 지난 후에야 알아보았다. 이 순간부터 나는 남자에게 매이게 되었다. 나는 이 껑충거림이 그의 육체 안에서 헤매고 있으며, 그러다가 여기저기서 터져나오려 한다는 것을 알아챘다. 나는 사람들에 대한 그의 불안감을 이해했고, 혹시 지나가는 사람들이 이것을 눈치채지는 않을지 나 자신이 조심스럽게 살펴보기 시작했다. 그의 다리가 갑자기 움찔하며 작은 도약을 했을 때, 내 등골이 오싹해졌다. 하지만 아무도 보지 못했다. 만약 누군가 눈치챈다면 나도 살짝 껑충거려볼까 상상도 해보았다. 확실히 그것은 호기심이 많은 사람들도 저기 길 위에 아주 사소하고 눈에 띄지 않는 장애물이 놓여 있고 우리 두 사람이 그걸 우연히 밟았다고 믿게 할 방법이었다. 하지만 내가 그런 식으로 도울 방법을 찾고 있을 때, 그 남자 자신이 새롭고 근사한 해결책을 생각해냈다. 잊고 말하지 않은 것이 있는데, 그는 지팡이를 가지고 있었다. 어두운색 나무로 되어 있고, 손잡이가 단순하고 둥글게 굽은 그저 평범한 지팡이였다. 뭔가 찾아내려는 초조함 속에 그에게 떠오른 것은 지팡이를 우선 한쪽 손으로(다른 쪽 손이 또 어디에 필요할지 모르기 때문에) 등 위, 척추 바로 위로 곧게 대어 허리 쪽을 단단히 누르고, 손잡이의 둥근 끝부분은 옷깃 안으로 밀어넣는 것이었는데, 그러면 목뼈와 등뼈를 단단하게 받치는 지지대처럼 느껴졌다. 그리 눈에 띄지 않는, 기껏해야 약간 거만해 보이는 자세였다. 기대도 하지 않았던 봄날이었기 때문에 이 정도는 중요하지 않았다. 누구도 주위를 둘러볼 생각을 하지 않았기 때문에, 그냥 넘어갔다. 일은 아주 잘 처리되었다. 물론 다음 건널목에서 두 번 껑충 뛰긴 했지만, 움직임이 작았고 거의 억제된 것이어서 전혀 문제될 것이 없었다. 그중 한 번은 분명히 눈에 띌 정도로 뛰었지만, 아주 매끄럽게 이루어져서 걱정할 정도는 아니었다(게다가 때마침 분무용 호스가 길 위에 가로질러 놓여 있었다). 아직은 모든 것이 잘되어가고 있었다. 가끔씩 그는 나머지 한 손으로도 지팡이를 힘주어 단단히 잡곤 했는데, 그러면 위험은 금방 다시 물리칠 수 있었다. 그럼에도 내가 느끼는 불안은 계속 자라났고, 그럼에도 내가 할 수 있는 것은 없었다. 그가 걸어가면서 무심하고 산만한 것처럼 보이려고 끝없이 전력투구하는 동안, 그의 몸에는 끔찍한 경련이 쌓였다는 것을 나는 알고 있었다. 자신에게서 그것이 계속 자라나고 있음을 느끼는 그의 불안은 내 안에도 있었다. 그리고 나는 그 경련이 그의 안에서 움직이기 시작할 때마다 그가 얼마나 힘을 주어 지팡이에 꽉 매달리는지 보았다. 그럴 때 이 손들이 표출하고 있는 것이 너무나 격렬하고 강력해서 너무나도 강할 수밖에 없는 그의 의지에 나는 모든 희망을 걸었다. 그러나 거기 있었던 것은 하나의 의지였다. 그 힘이 다하는 순간이 올 수밖에 없고, 그 순간은 그리 멀리 있을 수 없었다. 그리고 나는, 남자 뒤에서 심장을 세차게 쿵쾅거리며 따라가던 나는, 내가 가진 힘에서 약간을 마치 돈을 모으듯 한데 긁어모았고 그의 손을 보며 만약 필요하다면 이 힘을 가져가달라고 부탁했다.

나는 그가 이 청을 받아들였다고 생각한다. 내게 그것밖에 없으니, 더이상은 어쩔 수 없는 일이었다.

생미셸광장은 많은 마차와 이리저리 분주히 오가는 사람들로 가득했다. 우리는 종종 두 마차 사이에 서 있기도 했는데, 그럴 때면 그는 잠시 한숨을 돌리며, 휴식중인 것처럼 편안하게 행동했다. 조금 뛰어오르거나, 고개를 끄덕이는 일은 있었다. 그것은 어쩌면 그의 안에 갇혀 있는 병이 그를 이기려 사용한 속임수였는지도 모른다. 그 의지는 두 군데에서 꺾이고 말았고, 그 굴복에 따른 희미하고 유혹적인 흥분과 어쩔 수 없이 일어나는 두 박자가 사로잡혀 있던 근육에 남겨졌다. 그러나 지팡이는 아직 원래의 자리에 있었고, 손은 기분이 상하고 화가 난 듯 보였다. 그 상태로 우리는 다리에 들어섰고, 그렇게 계속 갔다. 또 계속 갔다. 좀더 불확실한 뭔가가 걸음 속으로 들어왔고, 그다음 그는 두 걸음을 옮긴 후 멈춰 섰다. 멈춰 서 있다. 왼쪽 손이 지팡이에서 약간 멀어지더니, 너무 천천히 올라가서 공중에서 이 손이 떨리는 것을 내가 볼 수 있을 정도였다. 그는 모자를 약간 뒤로 젖힌 뒤 이마를 가볍게 쓰다듬었다. 고개를 약간 돌렸고, 시선은 하늘과 집과 강물 너머 저편 그 어디에서도 멈추지 않은 채 이리저리 흔들렸다. 그다음 그는 쓰러졌다. 지팡이는 어디론가 사라졌고, 그는 마치 하늘을 날아오르려는 듯이 팔을 쫙 펼쳤다. 그로부터 마치 어떤 자연의 힘처럼 그것이 터져나와, 그를 앞으로 구부리게 하고 뒤로 낚아채는가 하면, 고개를 끄덕이게 하고, 또 몸을 옆으로 비스듬히 기울이게 했으며, 그에게서 춤의 힘을 일으켜내어 군중 속으로 자신을 내던지게 했다. 그때 이미 많은 사람이 몰려들어 그를 둘러쌌으므로 나는 더이상 그를 볼 수 없었다.

어딘가로 간다는 것이 더이상 무슨 의미가 있겠는가. 나는 텅 비어 있었다. 텅 빈 종잇장처럼 건물들을 따라 움직이다가 대로 쪽으로 다시 올라갔다.

*당신에게 뭔가 쓰려고 합니다. 어쩔 수 없이 이별하게 된 후 사실 쓸 말은 없지만, 그래도 한번 써보려고 합니다. 그래야만 할 것 같은 생각

---

* 편지의 초안.

이 드는데, 그건 팡테옹에서 그 성녀 그림을 보았기 때문입니다. 홀로 외로이 있는 성스러운 여인을 지나 지붕을, 또 문을 지나 그 안에서 수수한 빛으로 배경을 비추는 등불을 보았고, 그 너머에서 잠들어 있는 도시와 강물을, 그리고 달빛 속 저 먼 어딘가를 보았기 때문입니다. 잠들어 있는 도시를 그 성녀가 지키고 있었습니다. 나는 울었습니다. 모든 것이 예기치 않게 너무나 갑자기 거기 있었기 때문에 울었습니다. 그 앞에서 울었는데, 달리 어떻게 할 수가 없었습니다.

나는 지금 파리에 있습니다. 이 말을 들으면 사람들은 반색하고, 대부분은 부러워합니다. 당연히 그럴 것입니다. 파리는 대도시이고, 여러 가지 신기한 유혹으로 가득합니다. 나를 생각해보면, 어떤 점에서는 그런 유혹을 물리치지 못했다고 인정해야 할 것 같습니다. 이렇게밖에는 달리 말할 수 없다는 생각이 듭니다. 나는 유혹을 물리치지 못했고, 그 결과 약간의 변화가 일어났습니다. 성격이 바뀌었다고 할 수는 없지만 세계관은 조금 변했다고 할 수 있고, 어쨌든 나의 삶에는 변화가 생겼습니다. 이런 영향으로 내 안에서 모든 사물에 대해 완전히 다른 관점이 차츰 생겨났던 것입니다. 그리고 바로 여기에 지금까지 어떤 것보다 더 나를 사람들로부터 고립시키는 몇 가지 차이가 존재합니다. 변화된 어떤 세계, 새로운 의미로 가득찬 새로운 삶이 있습니다. 모든 것이 너무나 새롭기 때문에 현재로서는 조금 힘겹습니다. 나는 나 자신에 대한 일에도 여전히 초보자입니다.

바다를 보러 한번 올 수 있냐고 하셨지요?

네, 하지만 나는 당신이 여기로 올 수 있다고 생각했던 것입니다. 그리고 혹시 그곳에 의사가 있는지 물어보려다가 잊어버렸는데, 아무튼 이제는 그럴 필요가 없게 되었습니다.

보들레르의 「시체」라는 놀라운 시를 기억하나요? 나는 이제야 이 시를 이해할 수 있을 것 같습니다. 마지막 연을 제외하고는 그가 옳았습니다. 그런 일을 당했을 때 달리 무엇을 해야 했을까요? 시인으로서의 그의 과제는 이 끔찍한 것에서, 그저 구역질나는 것으로만 보이는 이 끔찍함 속에서 모든 존재자를 관통하는 존재자를 보는 것이었습니다. 선택이나 거부는 있을 수 없습니다. 당신은 플로베르가 구호성자 쥘리앵 이야기를 쓴 것이 우연이라고 생각하나요? 내게 중요한 것은 나병 환자 옆에 누워 마치 사랑을 나누는 밤처럼 심장의 온기로 그를 따뜻하게 해줄 수 있는가, 결국 이것인 것 같습니다. 그것만 가능하다면 결과는 좋지 않을 수 없을 것입니다.

내가 지금 이곳에서 실망으로 가득차 괴로워하고 있다고 생각하지는 말기 바랍니다. 오히려 그 반대입니다. 아무리 끔찍하다 해도 현실적인 것을 위해서라면 기대했던 모든 것을 기꺼이 포기할 준비가 되어 있다는 것이 나 자신도 가끔 놀랍습니다.

아, 이 기분을 조금이라도 나눌 수 있다면 어떨까요. 하지만 그럴 수 있다면, 그럴 수 있다고 한다면? 아니, 그럴 수 없습니다. 그것은 오직 '혼자 있음'이라는 대가를 치르고서만 비로소 있는 것입니다.

공기의 모든 요소에 실존하는 끔찍한 것. 투명한 공기와 함께 그것을 들이마신다. 하지만 그것은 네 안에서 가라앉아 쌓이고, 딱딱하게 굳어지며, 내장기관들 사이에서 예리하고 기하학적인 형태들을 취한다. 비통함과 전율에 빠져 있는 모든 것은, 형장에, 고문실에, 정신병원에, 수

술실에, 늦가을 아치형 다리 밑에 있는 그 모든 것은 끈질긴 불멸성을 지녔기 때문이다. 그 모든 것은 스스로를 견뎌내며 고집하는 가운데, 존재하는 모든 것을 질투하며 자신의 끔찍한 현실에 매달려 있다. 사람들은 그중 많은 것을 잊어버릴 수 있기를 바란다. 그들의 잠은 뇌에 파인 주름들을 부드럽게 줄질하여 매끄럽게 만들지만, 꿈이 잠을 밀어내고, 새겨져 있는 것들 위에 진하게 덧그린다. 그러면 사람들은 잠에서 깨어 숨을 헐떡이며 어둠 속으로 양초 불빛이 퍼져나가게 하고, 어느 정도 분명해진 안도감을 설탕물 마시듯 들이마신다. 아, 그러나 그 어느 구석에서인들 이 안전함이 지켜질 수 있는가? 아주 조금만 몸을 돌려도 시선은 이미 익숙한 것과 정겨운 것을 벗어나 있고, 방금만 해도 그토록 위안을 주었던 윤곽들이 어떤 공포의 테두리보다 더욱 뚜렷해진다. 공간을 더욱 공허하게 만드는 빛, 이 빛으로부터 너를 보호하라, 네가 지금 앉아 있는 곳 뒤에 어쩌면 어떤 그림자가 마치 주인처럼 서 있을지 모른다 생각하며 뒤돌아보지 마라. 차라리 어둠 속에 그대로 머물러 있으면서, 경계 없는 너의 심장이 구별되지 않는 모든 것들의 무거운 심장이 되려고 해보는 것이 낫다. 이제 자신에게 집중하면, 네 두 손 안에서 너 자신이 멈추는 것이 보이고, 가끔 너는 부정확한 움직임으로 너의 얼굴을 따라 그린다. 그러면 네 안에는 공간이 거의 없다. 그런데 이렇게 좁아지면 매우 커다란 것은 네 안에 머무를 수 없다는 것이, 또 엄청난 것도 그 안에 있어야 하며, 그래서 상황에 따라서는 스스로를 좁게 가두어야 한다는 것이 너를 진정시킨다. 하지만 바깥은, 바깥은 예측할 수 없다. 그리고 그 끔찍한 것이 바깥에서 강력하게 자라나면, 너의 내면 역시 그것으로 가득차버린다. 물론 부분적으로나마 네

뜻대로 할 수 있는 혈관 안이 아니라, 혹은 좀더 무심한 기관들의 점액질 안에서 채워지는 것이 아니라 그 커다란 것은 모세혈관에서 비대해진다. 파이프관과 같은 형태로 무수한 가지를 뻗고 있는 너의 현존 가장 바깥쪽 사지까지 위쪽으로 빨아들여간다. 그곳에서 그것은 선명해지기 시작한다. 그곳에서 그것은 너를 능가하기 시작한다. 도망쳐 갈 수 있는 마지막 자리로 여겨 높이 올라간 너의 호흡보다 그것은 더 높이 올라온다. 아, 이제 어디로 갈 것인가? 어디로 가야 할 것인가? 너의 심장이 너를 너 자신으로부터 내쫓고 있다. 너의 심장이 뒤에서 쫓아오고, 너는 거의 너의 밖으로 나가 있는 듯 서 있고, 더이상 돌아올 수 없다. 사람 발에 밟힌 딱정벌레처럼 너는 너로부터 흘러나온다. 겉으로만 약간의 견고함이나 적응력이 있다 해도 아무 소용 없다.

아, 아무것도 보이지 않는 밤하늘. 아, 희뿌연 창문 너머, 아, 세심하게 잠겨 있는 문들…… 오래전 그대로인 가구들, 물려받았고 확실한 것들이지만 결코 완전히는 이해받지 못한 채 놓여 있는 것들. 아, 복도 계단에 흐르는 정적, 옆방으로부터 흘러나오는 정적, 저 높이 천장에 붙어 있는 정적. 아, 어머니, 옛날에, 나의 어린 시절에 당신만이 유일하게 그 모든 정적을 막아주었습니다. 어머니는 정적을 떠맡고 이렇게 말합니다. 무서워하지 마, 나야, 엄마야. 무서움에 떨며 그 무서움으로 황폐해지는 존재를 달래기 위해 깊은 밤 내내 스스로 이 적막이 될 용기를 지녔던 유일한 사람이 어머니였습니다. 당신이 등불을 켜면, 그러면 당신은 이미 소리가 됩니다. 그리고 등불을 들고 말합니다, 엄마야, 무서워하지 마. 그리고 등불을 내려놓습니다, 아주 천천히 내려놓습니다. 그러면 틀림없습니다. 당신이 그 등불입니다. 당신이 바로 아무 다른 뜻 없이 거기에 있는, 익숙하고 정겨운 물건을 감싸고 있는 그 빛, 좋고 단순하고 분명한 것입니다. 그리고 그 빛이 벽 어딘가에서 불안에 떨거나, 마루청에서 한 걸음 움직여 옮겨가면 당신은 미소를 짓고, 또한 환한 바닥 위에서 무서워하고 있는 얼굴을 향해 투명하게 미소를 지어 보입니다. 당신이 혹시 모든 낮은 목소리를 가진 하계의 비밀과 하나이고, 그와 타협하며, 또 그 비밀에 합의한 것은 아닌지 생각하며 당신을 살피는 눈빛으로 보는 그 얼굴에 당신은 미소를 지어 보입니다. 지상을 지배하는 것 중에서 도대체 어떤 힘이 당신의 그 힘에 필적할 수 있을까요? 보세요, 왕들이 비스듬히 누워 허공을 응시할 때면, 이야기꾼들조차 그들의 기분을 돌리지 못합니다. 총애하는 여인의 황홀한 가슴에 안겨 있을 때도 공포가 느릿느릿 그 위로 기어다니면서 왕들을 부들부들 떨게 하고, 욕망을 상실하게 만듭니다. 하지만 어머니 당신이 와서 그 무시무시한 것을 당신 뒤로 붙들어두고, 당신 자신은 그 앞에, 완전히 가로막고 서 있습니다. 물론 여기저기를 열어젖힐 수 있는 커튼처럼 서 있는 것이 아닙니다. 그런 것이 아닙니다. 당신은 마치 당신을 필요로 하는 외침을 따라 이 무시무시한 것을 뛰어넘어 온 것처럼 옵니다. 마치 올 수 있는 모든 것을 앞질러 온 것처럼, 또 뒤에는 오직 이곳을 향한 당신의 서두르는 발걸음, 당신의 영원한 길, 당신의 사랑이 날아온 길만을 남겨놓은 것처럼 옵니다.

매일 지나다니는 주물 공방 입구 옆에 데스마스크가 두 개 걸려 있다. 익사한 소녀의 데스마스크는 얼굴이 너무 아름다웠고, 웃고 있었기 때문에, 마치 그 사실을 알고 있다는 듯이 정말로 웃고 있는 것 같았기 때문에 *시체공시장*에서 떠 온 거라고 한다. 그 아래에는 통달한 경지에 이른 그*의 얼굴이 걸려 있다. 서로 단단하게 결합된 감각들의 견고한 매듭을 알고 있는 얼굴. 끊임없이 증기를 발산하고자 갈망하는 음악의 너무나도 혹독한 자기압축을 알고 있는 얼굴. 자신이 만들어내는 음들 외에는 어떤 음도 존재할 수 없도록 신이 귀를 막아버린 자의 얼굴이다. 소음의 혼탁함과 덧없음에 그가 혼란스러워하지 않도록. 음이 지니는 청명함과 지속성은 그의 내면에 있었다. 그래서 음으로 울리지 않는 감각들만이 그의 내면으로 세계를 들여오도록, 그렇게 소리 없이, 기대에 차 기다리고 있는 어떤 세계를, 음이 창조되어 울리기 전의 아직 완성되지 않은 상태 그대로의 세계를.

세계의 완성자. 땅과 강물에 비가 되어 우연히 떨어져 아무렇게나 흘러내리고―눈에는 더욱 보이지 않게, 법칙에 기뻐하며 다시 모든 것들로부터 깨어나 상승하고 부유하며 하늘을 형성하는 것처럼, 그렇게 우리 침전물의 상승발전은 세계 창조자 당신으로부터 몸을 일으켜 세계를 음악으로 둥글게 감싸안았다.

당신의 음악, 그것은 우리를 위한 것이 아니라 세계를 위한 것이어야 했다. 누군가 당신을 위해 하며 클라비어 한 대를 만들어 테바이드**에 가져다놓았다면, 그래서 천사가 그 고독한 악기 앞으로 당신을 인도했더라면 좋았을 것이다. 왕들과 그들의 지적인 연인***들과 은자들이 잠들어 있는 그곳, 사막의 산맥이 열지어 있는 곳을 지나서 말이다. 그

---

* 베토벤.
** 고대 이집트 남부 지방.
*** 고대 그리스의 헤타이라.

럼 그 천사는 당신의 음악이 홀로이 시작될 수 있도록 조심하면서 몸을 높이 띄워올려 서둘러 그곳을 떠났을 것이다.

그러면 이제 넘쳐흐르는 자, 그대는 폭풍처럼 몰아칠 것이다. 누구에게도 들리지 않는, 오직 우주만이 감당할 수 있는 것을 우주에게 되돌려주었을 것이다. 베두인족은 미신적 두려움에 사로잡혀 저멀리 달아나 있을 것이다. 하지만 상인들은 당신이 마치 폭풍인 것처럼 당신의 음악 주위로 몰려들어 무릎을 꿇고 몸을 엎드렸을 것이다. 밤이 되면 사자 몇 마리만 멀리서 당신 주위를 맴돌며, 스스로에게 깜짝 놀라고, 몸속의 흥분된 피에 위협을 느낄 것이다.

이제 누가 탐욕적으로 열망하는 귀들로부터 당신을 다시 데려올 것인가? 성교는 하지만 결코 임신을 하지 않는 것과도 같은 불모의 귀를 지니고 돈에 의해 움직이는 자들을 누가 음악회장에서 쫓아낼 것인가? 음악의 정액이 울리며 흩어져나가면, 그들은 그것을 즐기며 매춘부처럼 그것으로 장난을 한다. 아니면 그들이 만족 없는 상태로 누워 있는 동안, 그것은 오난의 정액처럼 흘러내린다.*

아, 그러나 더럽혀지지 않은 귀를 가진 순결한 자가 당신이 울리는 음과 함께 눕게 된다면, 그는 지복의 감정으로 죽어버릴 것이며, 그렇지 않으면 무한한 것을 수태하여 만삭이 된 그의 뇌는 출산의 환호성으로 터질 듯이 가득찰 것이다.

나는 물론 쉽게 생각하지 않는다. 용기가 필요하다는 것을 알고 있다.

---

* 구약 「창세기」 38장에 나오는 이야기로, 오난은 아버지 유다의 명을 받고 형수와 동침하지만, 후손을 남기지 않으려고 정액을 흘려버린다.

하지만 일단 가정해보자, 엄청난 용기를 지닌 누군가가, 그 사람들을 추적하여 그다음에 어디로 기어들어가는지, 아직 많이 남은 오늘 하루 동안 무엇을 하고, 또 밤에 잠은 자는지(이런 것은 잊어버리거나 헷갈리지는 않기 때문에) 완전히 알아냈다고 생각해보자. 그중 특히 이것은, 그들이 잠을 자는지는 꼭 확인해보아야 할 것이다. 그러나 이 정도 용기로는 아직 충분하지 않다. 그들은 그저 보통 사람처럼 왔다갔다하는 것이 아니어서 미행하기가 쉽지 않기 때문이다. 그들은 어느 곳에 나타났다가 금방 다시 떠나버리고, 마치 장난감 병정처럼 서 있다가 금방 다시 치워진다. 그들을 발견하는 장소는 다소 외딴곳이긴 하지만, 그렇다고 완전히 숨겨진 곳은 아니다. 수풀이 뒤로 쑥 물러나 있고, 잔디밭을 둘러싸고 길이 나 있다. 그들은 거기에 서 있으며, 유리 돔 아래 서 있는 듯이 수없이 많은 투명한 공간이 그들 주변을 에워싸고 있다. 별로 눈에 띄지 않는 이 남자들은 키가 작고 여러모로 보아 수수한 차림을 하고 있기 때문에 어쩌면 사색에 잠긴 산책자로 보일 수도 있다. 하지만 그건 착각이다. 남자의 왼손이 낡은 외투의 처진 주머니에서 뭔가를 붙들려 하는 게 보이는가? 그 왼손이 어떻게 그것을 찾아 끄집어내고, 조그마한 그것을 서툴고 눈에 띄게 공중으로 들어올리는지 보이는가? 일 분도 채 되지 않아, 새 두세 마리, 참새들이 호기심에 가득차 총총거리며 다가온다. 만약 이 새들이 지닌 부동성의 관념과 자신을 일치시키는 데 그 남자가 성공한다면, 이 새들이 좀더 가까이 다가오지 않을 이유가 없다. 마침내 참새 한 마리가 날아올라 먹다 남은 (아마도) 단맛 나는 작은 빵조각을 무심하게, 분명 기대하지 않는 듯한 손가락으로 던져주는 그 손 높이에 잠시 머무르며 파닥거린다. 그리고 사람들이 적당한 거리는 두면서도 점점 더 많이 주위로 몰려들수록, 남자는 점점 더 사람들과의 공통점을 잃어간다. 그는 마치 타들어가는 초처럼 거기 서서 마지막 남은 심지로 불을 밝히며, 이로부터 전해지는 온기로 완전히 따뜻해진 몸은 미동도 없다. 그리고 저 작고 어리석은 많은 새들은 남자가 자신들을 어떻게 꾀어내고 있는지, 어떻게 유인하고 있는지 전혀 판단하지 못한다. 만약 구경꾼들이 없다면, 그를 충분히 오랫동안 거기 서 있게 둔다면, 확신하건대, 갑자기 천사가 나타나 마음을 굳게 먹은 듯 저 생명력 없는 손에 있는 들큼하고 오래된 빵조각을 받아먹었을 것이다. 그러나 항상 그렇듯이 지금 이 천사에게는 사람들이 방해가 되고 있다. 사람들은 새들이 오는 것에만 몰두하고 있다. 그러면 충분하다고 생각하며, 남자가 기대하는 것도 바로 그것이라고 주장한다. 비를 흠뻑 맞은 이 낡은 마네킹이 마치 작은 안마당에 박혀 있는 모형 범선처럼 땅 위에 약간 삐딱하게 서서 기대하는 것이 달리 무엇일 수 있겠는가. 이 마네킹의 자세 역시 자신의 삶 언제 어딘가에서 가장 심하게 흔들렸던 뱃머리 맨 앞 어딘가에 서 있었다는 데서 기인한 것인가? 한때 화려했기 때문에 이제는 그토록 퇴색한 것인가? 저 마네킹에게 한번 물어보겠는가?

하지만 만약 모이를 주는 여자를 본다면, 여자들에게는 아무것도 묻지 마라. 그들 뒤를 따라가볼 수는 있다. 그들은 아주 쉬운 일인 듯이 지나가면서도 모이를 준다. 하지만 그냥 두어라. 어떻게 그렇게 되었는지 그들은 모른다. 한번에 많이 생긴 빵은 손가방 안에 있고, 얇은 만틸라 밖으로 큰 조각이 손에 들려 있는데, 약간 뜯어먹은 자리가 침으로 축축하다. 자신의 침이 조금이나마 세상 밖으로 나왔다는 것, 그리고 작은 새들이 금방 잊어버릴지라도 이 뒷맛을 느끼며 이리저리 날아다 닌다는 것이 그들을 기분좋게 한다.

완고한 자*여, 당시 나는 당신의 책들을 읽었고, 그러면서 다른 사람들과 마찬가지로 전체가 아니라 내가 보고 싶은 부분만 골라 취하고선 그것으로 충분하다 여기려 했다. 그때의 나는 아직 명성이라는 것을 제대로 꿰뚫어보지 못했고, 생성중의 존재가 작업하고 있는 건축 현장에 대중이 난입하여 그가 놓으려던 돌들의 위치를 바꾸게 하는 것이 바로 명성이라는 것을 알지 못했다.

어디엔가 있을 젊은이여, 그대 안에서 두려움을 불러일으키는 무언가가 피어오른다면, 아직 아무도 그대를 모른다는 사실을 다행이라 생각해라. 그리고 사람들이 그대를 무용지물이라 생각하며 꺼려한다면, 그대를 완전히 포기하고, 또 그대가 가진 소중한 생각 때문에 그대를 파멸시키려 한다면, 그대는 오히려 내면에서 결의를 다지게 될 것이며, 이때의 분명한 위험은 나중에 그대를 이리저리 뿌리고 퍼뜨려 아무것도 아닌 존재로 만들어버릴 명성이 이미 준비해놓았던 교활한 적의에 비하면 아무것도 아니다.

누구에게도 그대에 대해 이야기해달라고 부탁하지 마라. 조롱하는 말조차도 해달라 하지 마라. 시간이 지나 그대의 이름이 어느 정도 사람들 사이에 알려졌다고 느끼면, 이 이름을 사람들 입에 오르내리는 그 모든 것보다 덜 진지한 것으로 받아들여라. 나의 이름은 시시한 것이

---

* 헨리크 입센(1828~1906).

되어버렸다, 이렇게 생각해라. 그리고 그대의 이름을 버려라. 대신 다른 아무 이름 하나를 취해서 신이 한밤중에 그 이름을 부를 수 있도록 해라. 그리고 누구도 알지 못하도록 그 이름을 숨겨라.

그대, 가장 고독한 자여, 가장 멀리 있는 자여, 그들은 어떻게 명성의 반열에 든 그대를 끌어내렸던가. 얼마 전의 일인가? 철저히 당신을 반대했던 것이 불과 얼마 전인데, 지금은 마치 자기편인 것처럼 당신을 대한다. 그들은 당신의 언어를 자만의 우리에 몰아넣고 광장으로 가져가 전시하면서 자신들은 안전하다고 생각하며 그것을 자극한다. 당신 안의 끔찍한 맹수 같은 모든 언어를.

그때 나는 처음으로 당신을 읽었다. 그것들이, 절망에 빠진 맹수들이 내게서 뛰쳐나가 나의 사막에서 나를 덮쳤을 때였다. 가야 할 길이 모든 지도에 잘못 표시되어 있는 당신이 결국 그렇게 되었듯이 나도 절망에 빠져 있었다. 지도에서 당신의 행로는 마치 도약이라도 하듯 하늘을 뚫고 지나간다. 이 길은 이토록 희망 없는 쌍곡선이 되어 단 한 번 구부러져 우리에게 다가왔다가 깜짝 놀라 다시 멀리 사라진다. 한 여자가 머무르든 떠나든 누군가에게 현기증이 나거나 혹은 광기가 덮치거나, 죽은 자가 생생히 살아 있고 산 자가 죽은 것이나 마찬가지라 해도 당신과 무슨 상관이란 말인가? 이 모든 것은 당신에게 너무나 자연스러웠다. 당신은 그때 현관을 지나가듯 스쳐지나가면서 걸음을 멈추지 않았다. 그러나 당신은 우리 인간사가 끓어올랐다가 가라앉고, 색깔이 변하는 곳에 이르러서는, 내면에 이르러서는 발길을 멈추고 몸을 굽혀 살펴보았다. 지금까지 누군가 있었던 어떤 곳보다 더 깊숙한 내면이었다. 갑자기 당신 앞에 문 하나가 열렸고, 이제 당신은 환히 타오르는 불빛의 뾰족한 끝자락에 있었다. 결코 그 누구도 데려가지 않을 그곳에 앉아서, 사람을 믿지 못하는 자 당신은 변화하고 있는 일시적인 것들을 구별했다. 그리고 뭔가를 만들어내거나 말하는 것이 아니라 보여주는 것이 당신의 핏속에 있었기 때문에 당신은 바로 거기서 엄청난 결심을 했다. 당신 자신도 처음에는 확대경을 통해서만 인지할 수 있었던 이 미세한 것을 완전히 혼자서, 수천의 관중이 앞에 있는 것처럼 모든 사람 앞에 거대하게 만들어 보일 결심을 했던 것이다. 그리고 당신의 연극이 생겨났다. 수백 년 동안 물방울로 압축된 이 무공간이나 다름없는 삶이라는 것을 다른 여러 예술이 찾아내어 한 명 한 명 사람들이 점차적으로 볼 수 있게 되고, 이들이 그렇게 차츰차츰 깨닫는 동안 마침내 그들 앞에 펼쳐지는 장면의 비유를 통해 저 숭고한 소문이 증명되는 것을 함께 확인하자고 요구할 때까지 당신은 기다릴 수 없었던 것이다. 당신은 그때까지 기다릴 수 없어 직접 그곳에 있었으며, 거기서 거의 측정할 수 없는 것을 분명히 밝혀내 붙들고 있어야 했다. 반 눈금도 정도 상승한 어떤 감정을, 또 당신이 아주 가까이서 읽어내었던, 그 무엇으로도 억눌리지 않는 의지의 기울기를, 한 방울의 동경 속에서 아주 살짝 비쳤던 우울을, 극소량의 믿음 속에서 여러 색깔로 등장했던 이 허무를 밝혀내고 붙들어야 했다. 이제 그 과정들 속에 바로 삶이 있었기 때문에, 우리 안으로 미끄러져들어와 내면으로 물러나 있던 우리의 삶이 어떤 추측도 가능하지 않을 정도로 깊게 놓여 있었기 때문이다.

당신은 바로 그렇게 '보여주기'를 의도하며 시간을 초월한 비극적 시인이었던 만큼, 모세혈관 같은 현상을 단번에 가장 설득력 있는 몸짓으로, 눈앞에 가장 확실히 존재하는 것들로 바꾸어야 했다. 그래서 당신은 내면에서 본 것에 상응하는 것을 가시적인 것 속에서 찾아내려고 점점 조바심을 내며 필사적이 되어 당신의 작품에서 전례 없이 과격한 행위를 했던 것이다. 거기에는 토끼 한 마리가, 다락방이, 오르락내리락할 수 있는 홀이 있었다. 거기에는 옆방에서 유리잔 부딪치는 소리가 들리고, 창문 앞에서 불이 나고, 그리고 태양이 있었다. 교회가 있었고, 교회처럼 보이는 암벽 골짜기가 있었다. 그러나 그것으로는 충분하지 않았다. 결국 탑이, 산 전체가 등장해야 했고, 풍경을 모두 뒤덮어버리는 산사태가 등장해 포착 불가능한 것을 표현하기 위해 구체적인 것으로 가득 채워놓은 무대를 뒤흔들었다. 당신은 더이상 할 수 없었다. 당신이 이어놓은 양끝은 단숨에 서로 멀리 떨어져 돌아갔고, 당신의 광기 어린 힘은 신축성이 있는 지휘봉과 함께 달아나버렸다. 당신의 작업은 거의 존재하지 않았던 것과 마찬가지였다.

과연 누가 당신이 끝까지 남아 보통 때와 똑같이 완고하게 창문에서 떠나지 않으려 했다는 것을 이해할 수 있겠는가? 당신은 지나가는 사람들을 보려 했던 것이다. 만약 다시 시작할 결심을 하게 되면, 언젠가 그들로부터 뭔가를 만들어낼 수 있지 않을까 생각했기 때문이다.

그 당시 나는 처음으로 어떤 여자에 대해 아무것도 말할 수 없다는 사실을 깨달았다. 사람들은 그녀에 대해 이야기할 때, 그녀에 대한 것은 남겨두고 다른 것들만 언급하며 묘사하고 만다는 것을, 가령 주변 사람들이나 어느 장소, 혹은 물건들만 언급하고 일정한 대목에서 부드럽고 조심스러운 듯이 모든 것을 멈춘다는 것을 알아챘다. 그녀를 감싸는 가벼운 윤곽선만 결코 진하게 덧그리지 않은 채 남겨놓는 것이었다. 그래서 나는 "그녀는 어떤 사람이었어?"라고 물었다. 그러자 "금발이야, 너랑 거의 비슷하게"라고 말하고는 그 외에 그들이 알고 있는 여러 가지를 늘어놓았다. 하지만 그 이야기들로 오히려 모호해졌고, 나는 더이상 아무것도 분명하게 그려볼 수 없었다. 하지만 정확히 말해 그녀를 본다고 할 수 있었던 것은 내가 계속 졸라서 엄마가 말해주었을 때뿐이었다—

—그럴 때면 엄마는 개가 등장하는 장면에 이르러서는 언제나 눈을 감은 채, 생각에 푹 빠져 있지만 투명한 광채로 가득한 얼굴을 두 손으로 감싸 어떤 간절함을 표현하는 듯했는데, 손은 관자놀이에 무심히 가닿아 있었다. "나는 봤어, 말테." 그녀가 기억을 되살리며 말했다. "나는 봤어." 이 말을 들었던 것은 엄마가 살아 있던 마지막 몇 년 중 어느 때였다. 더이상 아무도 만나려 하지 않고 언제나, 심지어 여행을 할 때도 은으로 된 작고 촘촘한 체를 가지고 다니면서 음료를 걸러 마시던 때였다. 고체 형태 음식은 더이상 먹지 않았고, 다만 혼자 있을 때 비스킷이나 빵을 잘게 부숴 마치 아기가 빵가루를 집어먹는 것처럼 가루 같은 조각을 하나하나 집어먹기는 했다. 당시 엄마는 이미 바늘에 대한 두려움에 완전히 사로잡혀 있었다. 사람들에게는 그저 변명조로 이렇게만 말했다. "나는 아무것도 소화시키지 못할 뿐이에요. 신경쓸 필요 없어요. 내 상태는 아주 좋아요." 그러나 갑자기 내게로 몸을 돌리고 힘겹게 미소를 지으며(내가 좀 컸을 때였기 때문에) 말했다. "바늘이 왜 그렇게 많다니, 말테. 온 사방에 널려 있구나. 바늘이 얼마나 쉽게 떨어져나올지 생각만 해도……" 엄마는 농담조로 말했지만, 제대로 고정되어 있지 않은 바늘들이 언제라도 떨어져나와 어디에 꽂힐지 모른다고

생각하며 공포에 몸을 떨었다.

그러나 엄마가 잉에보르에 대해 이야기할 때는 아무 일도 일어나지 않았다. 이때는 특별히 조심하지 않았다. 큰 소리로 말했고, 잉에보르의 웃음소리를 떠올리며 자신도 웃었는데, 그럴 때면 잉에보르가 얼마나 아름다웠는지 눈앞에 보이는 것 같았다. "잉에보르는 우리 모두를 즐겁게 했지. 네 아버지까지도. 말 그대로 즐겁게 해줬어, 말테." 엄마가 말했다. "그런데 잉에보르가 그렇게 아파 보이지도 않았는데 죽을 거라는 말을 들었을 때 우리는 모두 피하며 그 사실을 숨겼지. 잉에보르가 언젠가 한번 침대에 걸터앉아 혼잣말을 했어. 마치 자신이 하는 말이 어떻게 들리는지 알아보려는 것처럼 하더구나. '모두 그렇게 조심하실 필요 없어요. 모두가 다 아는 사실이니 마음놓으세요. 이렇게 된 것도 나쁘지 않고, 나는 일어난 일을 그대로 받아들이는 게 좋을 것 같아요. 제가 더이상 바라지 않아요.' 이렇게 말이야. 한번 상상해봐. 우리 모두를 즐겁게 해주던 그 잉에보르가 '더이상 바라지 않는다'고 말하다니. 혹시 네가 어른이 되면 언젠가 이해하게 될까, 말테? 나중에 한번 떠올려봐. 어쩌면 생각이 날 거야. 그런 일을 이해해주는 누군가가 있다는 건 아주 좋은 일일 거야."

엄마는 혼자 있을 때 바로 '그런 일'에 몰두하며 시간을 보냈고, 그즈음 몇 년 동안 엄마는 항상 혼자였다.

"난 그런 일이 잘 이해가 안 돼." 엄마는 가끔 특유의 대담한 미소를 지으며 이렇게 말했는데, 그 미소는 누구에게도 보이고 싶지 않고, 미소를 지은 것만으로 그 목적을 이룬 것처럼 보였다. "그것을 알아내는 일에 아무도 관심을 갖지 않는다는 게. 내가 남자라면, 바로 내가 남자라면, 나는 그 일에 대해 한번 진지하게 생각해보겠어. 순서와 이치에 따라 제대로, 처음부터 말이야. 어쨌든 한 번의 시작은 있어야 하니까. 그리고 일단 시작만 할 수 있어도 이미 뭔가 한 것이나 마찬가지니까. 그런데 말테, 우리는 모두 그렇게 사라져가는 것일 텐데, 우리 모두가 산만하게 흩뿌려져서 뭔가에 빠져 정신이 없고, 우리가 이렇게 사라져가고 있다는 사실에 진지하게 관심을 기울이지 않는 것 같아. 하늘에서 별똥별이 떨어지는데 아무도 보지 않고, 그래서 뭔가 소원을 비는 사람도 없는 것처럼 말이야. 말테, 너는 소원을 비는 것을 잊지 마. 소원을 비는 것을 포기해서는 안 돼. 실현되지 않을 수 있지만, 아주 오래가는 소원들도 있어. 한평생 품고 있기 때문에, 그래서 오히려 그것이 이루어지는 걸 전혀 고대할 수 없는 소원들도 있어."

엄마는 잉에보르가 쓰던 책장이 달린 작은 접이식 책상을 자기 방으로 올려다놓게 했는데, 그 앞에 있는 엄마 모습을 자주 볼 수 있었다. 나는 그 방에 마음대로 들어가도 좋다는 허락을 받았고, 내 발소리가 카펫 속으로 사라져 들리지 않아도 엄마는 내가 온 것을 느끼고 한쪽 손을 다른 쪽 어깨 뒤로 뻗어주었다. 이 손은 무게감이 전혀 없어서 거기에 입을 맞추면 밤에 잠들기 전 내 눈앞에 내밀어지는 상아 십자가에 입을 대는 느낌이 들었다. 엄마에게 이 책상은 다소 낮아서, 그 앞에서 책상판을 열고 당겨 앉은 엄마를 보면 마치 악기 앞에 앉아 있는 것처럼 보였다. "이 안에 햇빛이 가득 들어 있어"라고 엄마는 말했는데, 실제로 책상 내부는 신기할 정도로 밝았고, 노란색 래커 칠을 한 낡은 내부 표면에 빨간 꽃과 파란 꽃이 나란히 그려져 있었다. 꽃 세 송이가 나란히 그려진 곳에는 항상 보라색 꽃이 가운데서 빨간 꽃과 파란 꽃 사이를 갈라놓았다. 꽃들의 색깔과 가느다랗게 수평으로 연결된 당초 무늬의 초록 역시 그 자체로 깊숙해 짙고 어두웠으며, 그만큼 바탕 역시 원래 선명하진 않았다. 이로 인해 내적으로는 서로 대립적인 관계를 이루는 이 색조들 사이에서 분명히 표출되지는 않지만 기묘하게 은은한 조화가 생겨났다.

엄마는 작은 서랍들을 잡아당겨 열어보았는데, 모두 비어 있었다.

"아, 장미." 엄마가 아직 남아 있는 흐릿한 향기를 맡으려는 듯 앞으로 몸을 기울이며 말했다. 그럴 때 엄마는 항상 아무도 생각하지 못한 채 은밀하게 숨겨져 있던 용수철 하나를 무심코 건드려 열리게 된 비밀서랍에서처럼 갑자기 뭔가를 발견할 수 있을 거라는 상상을 했다. "갑자기 튀어나올 거야, 두고 봐." 엄마가 진지하게 말하고 모든 서랍을 하나하나 급하게 끌어당겼다. 그러나 실제로 서랍들 속에 남아 있던 종이는 엄마가 전에 읽어보지도 않고 세심하게 잘 접어서 한데 정리해놓았던 것이었다. "읽어봐도 무슨 말인지 모를 거야. 틀림없이 나한테는 너무 어려운 말일 거야." 엄마에게는 모든 것이 자신한테는 너무 복잡할 거라는 확신이 있었다. "삶에는 초보자 반이 따로 없어. 항상 처음부터 가장 어려운 것을 요구해." 사람들 말에 따르면 엄마는 여동생이 끔찍한 죽음을 맞은 후로 그렇게 되었다고 하는데, 여동생인 윌레고르 스켈 백작부인은 무도회가 시작되기 직전 촛대가 달린 벽거울 앞에서 머리의 꽃장식을 고쳐 꽂으려다 불에 타 죽었다. 그러나 말년의 엄마에게는 잉에보르가 가장 이해하기 어려운 존재였던 것 같다.

그래서 내가 청할 때마다 엄마가 들려주었던 이야기를 여기에 그대로 써보려 한다.

그때는 한여름이었고, 잉에보르의 장례식을 치르고 난 후의 목요일이었어. 함께 모여앉아 차를 마시곤 하던 테라스에서는 거대한 느릅나무들 사이로 가족묘지의 합각머리 장식을 볼 수 있었지. 한 사람이 더 와서 앉을 거라는 생각은 들지 않게 테이블이 준비되어 있었고, 우리는 넓게 퍼져 앉아 있었어. 그리고 모두 뭔가를 들고 왔는데, 책이나 각자 일거리를 가져왔기 때문에 오히려 자리가 좁을 지경이었어. 아벨로네(어머니의 막냇동생)가 모두에게 차를 따라주었고, 우리는 서로 이 것저것 건네느라 바빴는데, 오직 네 외할아버지만 안락의자에 앉아 집 쪽을 바라보고 있었어. 우편물이 오는 시간이었거든. 그리고 대부분 잉에보르가 그 일을 맡았어. 잉에보르는 식사 준비를 맡아 챙기느라 좀 더 오래 집에 남아 있었기 때문이야. 잉에보르가 아팠던 몇 주 동안 우리에게는 그애가 오지 않는 것에 익숙해질 만큼 충분한 시간이 있었지. 그애가 올 수 없다는 걸 잘 알고 있었거든. 그런데 말테, 바로 이날 오후, 그애가 정말로 올 수 없었던 그때, 잉에보르가 왔어. 아마도 우리 잘못이었을 거야. 우리가 불렀는지도 몰라. 왜냐하면 내가 기억하기로는, 난 갑자기 거기 앉아서 도대체 뭐가 달라졌는지 생각해내려고 애를 쓰고 있었거든. 그런데 그것이 무엇인지 갑자기 말을 할 수 없었어. 난 완전히 잊어버리고 있었어. 고개를 들어보니 사람들 시선이 모두 집 쪽을 향해 있었는데, 눈에 띄는 뭔가를 보는 시선이 아니라 아주 차분하고 일상적인 것을 기대하듯이 보고 있었지. 그리고 그때 내가 막 말을 하려고 했어—(지금도 생각하면 몸이 오싹해진다, 말테) 세상에, 내가 뭐라고 말하려 했냐면, "얘는 대체 어디 있는 거야—"라고 말하려 했어. 그때 카발리에르가 늘 그랬던 것처럼 테이블 밑에서 튀어나와 그 애에게 달려가는 거야. 말테, 나는 보았어, 똑똑히 보았어, 그애가 오지 않았는데도 카발리에르가 달려간 거야. 그 개에게는 그애가 왔던 거지. 우리는 카발리에르가 잉에보르를 향해 달려갔다는 것을 알 수 있었어. 카발리에르는 두 번 몸을 돌려 마치 물어보기라도 하듯 우리를 쳐다보았어. 그러고는 평소와 똑같이 빠르게 달려 그애에게 가닿았어. 빙빙 돌며 뛰어오르기 시작했거든. 거기 없는 무언가의 주위를 빙빙 돌더니 그애를 핥으려고 똑바로 몸을 세워 뛰어오른 거야. 개가 기쁨에 겨워 낑낑거리며 우는 소리를 들었어. 개가 그렇게 높이 뛰어오르고, 그것도 몇 번이나 급하게 계속해서 뛰어오르는 것을 보니, 그렇게 뛰어올라서 우리에게는 그애의 모습을 감추려 한다는 생각이 들 정도였어. 그런데 갑자기 한 번 끙끙대는 소리가 나더니, 공중으로 뛰어오른 몸을 돌려 바닥으로 떨어져버렸어, 이상할 정도로 서투른 모양으로. 바닥에 너무나 이상하게 납작 뻗은 채 움직이지 않았어. 그때 다른 쪽에서 하인이 편지를 가지고 집밖으로 나왔어. 하인은 잠시 머뭇거렸는데, 분명 우리 얼굴을 보면서 다가오는 것이 그리 쉽지 않았던 거겠지. 네 아버지도 하인에게 그대로 있으라고 손짓을 했어. 말테, 네 아버지는 동물을 좋아하지 않았어. 그래도 카발리에르에게 갔지. 무척 천천히 가는 것 같았어. 그리고 그 개 위로 몸을 숙였어. 그리고 하인에게 뭔가 말했는데, 한 음절로 된 아주 짧은 말이었어. 그러자 하인이 급히 달려가 카발리에르를 들어올리려고 하는 것이 보였지. 하지만 네 아버지가 직접 그 개를 안아 들고는 마치 어디로 가야 할지 정확히 안다는 듯이 집안으로 들어갔어.

언젠가 한번 그 이야기를 듣다가 날이 거의 어두워졌을 때, 나는 엄마에게 '손'에 대한 이야기를 하려고 했다. 그때 나는 바로 지금이라면 그 이야기를 할 수 있겠다고 생각했다. 시작하려고 숨을 한 번 들이쉰 순간, 지난번에 하인이 사람들의 얼굴을 보면서 곧바로 다가오지 못했던 것이 잘 이해가 되었던 사실이 떠올랐다. 그리고 무척 어둡긴 했지만 엄마가 내가 본 것을 보았을 때 어떤 얼굴을 할지 두려웠다. 나는 다시 한번 숨을 들이쉬었고, 뭔가 하고 싶은 말이 있는 게 아니라는 인상을 주려고 했다. 몇 년이 지난 어느 날 밤 우르네클로스테르의 회랑에서 그 이상한 일이 있고 나서, 나는 에리크에게 이때의 일을 털어놓을 생각을 며칠 동안 하고 있었다. 그러나 에리크는 그날 밤 우리가 대화한 이후로 완전히 마음을 닫고 나를 피했다. 나를 경멸하고 있었던 것 같다. 나는 그애에게 '손' 이야기를 해주고 싶었다. 내가 정말로 그런 일을 경험했다는 것을 에리크에게 이해시킬 수 있다면, 그애의 마음을 얻을 수 있을 거라 믿었다(그렇게 되기를 간절히 원했던 이유가 있었다). 그러나 에리크가 아주 교묘하게 나를 피했기 때문에 결국 그렇게 되지 않았다. 게다가 우리는 곧 그곳을 떠나왔다. 그래서 너무나 이상하게 도, 나의 유년 시절 저멀리 놓여 있는 어떤 사건을 내가(결국 나 자신에게만) 이야기하는 것은 이것이 처음이다.

당시 내 키가 아직 무척 작았다는 것은 책상에서 편하게 팔을 뻗어 그림을 그리려면 안락의자 위에 무릎을 꿇고 앉아야 했다는 것으로 알 수 있다. 내 기억이 맞는다면, 어느 겨울밤이었고, 시내의 공동주택에 살고 있을 때였다. 내 방 창문과 창문 사이에 책상이 있었고, 방에는 도화지와 *보모*의 책을 비추는 램프 외에는 등불이 없었다. *보모*는 내 옆에서 약간 뒤쪽에 앉아 책을 읽고 있었다. 그녀는 책을 읽을 때면 어딘가 멀리 가 있었다. 책에 빠져 그랬는지는 모르겠지만. 몇 시간이고 계속 책을 읽기도 했는데, 책장을 넘기는 일은 매우 드물었다. 한 장 한 장이 그녀의 눈 아래서 점점 가득 채워지는 것 같았고, 꼭 필요한데도 거기에 없는 어떤 특정한 단어들을 덧붙여 함께 응시하는 것처럼 보였다. 그림을 그리는 동안 그런 생각이 들었다. 나는 분명한 의도 없이 천천히 그렸고, 다음에 어떻게 해야 할지 모를 때는 고개를 약간 오른쪽으로 기울인 채 그려놓은 것들을 전체적으로 바라보았다. 그렇게 하면 어디를 보충해야 할지 바로 알 수 있었다. 그때는 전쟁터로 말을 타고 달려가고 있거나, 전투중인 장교들을 그렸다. 사실 후자가 훨씬 그리기 간단했는데, 거의 모든 것을 뒤덮은 연기만 여기저기에 그리면 되었기 때문이다. 물론 어머니는 내가 그때 그린 것들은 섬이었다고 항상 주장한다. 키 큰 나무들과 성 한 채, 계단 하나, 주변에 꽃들이 있고, 이 꽃들이 물속에 비치는 그런 섬들이라고 말이다. 하지만 나는 그것이 엄마가 꾸며낸 이야기였거나, 훨씬 나중에 있었던 일이었을 거라 생각한다.

그날 저녁 분명 나는 기사를 그리고 있었다. 아주 특이하게 장식된 말을 탄 무척 눈에 띄는 기사였고, 색연필을 자주 바꾸어 들어야 할 만큼 다채로운 색깔로 그렸다. 그중에서도 특히 빨간색이 중요해서 빨간색을 계속 집어가며 사용했다. 그때도 또다시 빨간색이 필요했을 때였다. 그런데 그 빨간색 색연필이 돌돌 굴러가(아직도 그 장면이 눈에 선하다) 불빛을 받고 있는 도화지를 가로질러 책상 모서리로, 미처 잡을 새도 없이 내 앞을 지나 아래로 떨어져서 어디론가 사라져버렸다. 그 색깔이 꼭 필요한 순간이었기 때문에 의자에서 일어나 색연필을 찾기 위해 바닥으로 힘들게 내려가야 한다는 게 정말 화가 났다. 내가 서툴렀기 때문에 하나하나가 번거로운 행사를 치르는 것처럼 더욱 힘이 들었다. 내 다리가 너무 길기라도 한 것처럼 밖으로 빼낼 수가 없었다. 너무 오랫동안 무릎을 꿇은 자세로 앉아 있었기 때문에 다리는 마비된 것처럼 무감각했다. 무엇이 내게 속한 것이고 무엇이 의자에 속한 것인지 알 수 없을 정도였다. 그래도 마침내 어떻게든 정신없이 아래로 내려왔고, 나는 책상 아래에서 벽 쪽으로 죽 깔려 있던 모직 카펫 위에서 있었다. 그런데 그때 새로운 어려움이 닥쳤다. 밝은 위쪽에서 흰 종이 위의 색채에 완전히 열중해 있던 내 눈은 갑자기 암흑이 내 앞에서 문을 걸어 잠근 듯한 책상 밑 어둠 속에서 아무것도 식별할 수 없었고, 이 암흑에 부딪힐까봐 겁이 났다. 그래서 나는 내 감각에 의지해 무릎을 꿇고 왼손으로 바닥을 짚고, 오른손으로 털이 길고 차가운 카펫 바닥을 이리저리 더듬기 시작했다. 카펫의 감촉은 아주 친밀하게 느껴졌다. 하지만 색연필은 흔적도 찾을 수 없었다. 나는 시간을 많이 허비했다는 생각이 들어 바로 *보모*를 불러 등불을 비춰달라고 부탁하려 했다. 나의 눈이 어쩔 수 없이 적응하려 노력했던 그 어둠이 차츰차츰 밝아지기 시작할 때였다. 밝은색 테두리로 마감되어 있는 뒤쪽 벽을 알아볼 수 있었다. 또 책상 다리들 너머로 방향을 잡을 수도 있었다. 무엇보다도 쫙 펴고 있는 나의 손을 볼 수 있었는데, 완전히 혼자서, 조금은 수중동물과도 같이 저 아래에서 움직이며 바닥을 탐색하고 있었다. 그때 내가 이 손을 거의 호기심에 가득차 바라보았던 것이 아직도 기억

난다. 내가 지금까지 한 번도 본 적 없는 움직임으로 내 손이 저 아래를 그토록 마음대로 여기저기 더듬어 다니는 것을 보자, 가르쳐주지 않은 일도 다 해낼 수 있을 것 같았다. 나는 손이 돌진하는 대로 따라가면서 재미를 느꼈으며, 앞으로 일어날 어떤 일에도 만반의 준비가 되어 있었다. 하지만 갑자기 벽에서 또다른 손 하나가 나타나, 내 손을 향해 다가올 수 있다고, 그것도 지금까지 한 번도 본 적 없는 좀더 크고 엄청나게 야윈 손 하나가 나타나리라고 생각이나 했겠는가? 이 손도 비슷한 방식으로 다른 쪽에서부터 바닥을 더듬기 시작했고, 이제 쫙 펼쳐진 두 개의 손은 아무것도 모르고 움직이며 서로에게 다가가고 있었다. 나의 호기심은 아직 제대로 발동되기도 전에 갑자기 사라져버렸고, 거기에는 공포만 남았다. 나는 손들 중 하나는 나의 것이고, 이 손이 돌이킬 수 없는 어떤 일에 휘말리게 되었음을 느꼈다. 나는 그 손에 대한 나의 모든 권리를 사용하여 손을 멈추었고, 여전히 바닥을 더듬고 있는 다른 한 손에서 눈을 떼지 않으면서 드러나지 않게 서서히 뒤로 끌어당겼다. 그 손은 결코 포기하지 않고 계속해서 찾을 것 같았다. 내가 어떻게 다시 책상 앞으로 올라왔는지 잘 모르겠다. 나는 의자에 몸을 깊숙이 파묻고 앉아 있었다. 이가 부딪칠 정도로 덜덜 떨렸고, 얼굴에서 핏기가 완전히 사라지고, 나의 눈동자도 푸른빛을 잃은 것 같았다. *보모*를 부르려 했지만, 그럴 수가 없었다. 그런데 그때 그녀가 스스로 뭔가에 놀란 듯 읽고 있던 책을 내던지고는 내게로 와 의자 옆에 무릎을 꿇고 내 이름을 불렀다. 아마도 나를 흔들어 깨웠던 것 같다. 하지만 그때 나는 의식이 분명했다. 몇 번인가 숨을 삼켰는데, 그녀에게 이 이야기를 하려고 했기 때문이었다.

하지만 도대체 어떻게? 엄청나게 정신을 집중해 이야기해보려 했지만, 다른 사람이 이해할 수 있도록 표현하는 것은 불가능했다. 이 사건을 전달할 수 있는 말이 있었다 해도 그 말을 찾아내기에 당시의 나는 너무 어렸다. 그런데 그때 갑자기, 나의 나이를 넘어서는 그런 말이 갑자기 나타날 수도 있다는 불안감이 나를 덮쳤다. 그러면 그 말을 해야 한다는 것이 무엇보다도 더 끔찍하게 느껴졌다. 저 아래에서 일어난 현실을 또다시 겪는 것이, 다르고 변형된 방식으로 처음부터 다시 겪는 것이, 그리고 나 자신이 이것을 어떻게 고백하는지 다시 들을 힘이 내게는 없었다.

그때 무언가가 나의 삶으로 들어왔다고, 곧장 나의 삶으로 들어와 내가 평생 혼자 짊어지고 다녀야 할 그 무엇으로 느꼈다고 주장한다면, 그건 당연히 상상에 지나지 않을 것이다. 작은 격자 침대에 누워 잠은 안 자고, 어렴풋이 삶이 이렇게 될 거라 예견하고 있었을 내 모습을 떠올려본다. 오직 한 **사람**을 위해 준비되어 있지만, 말로는 표현할 수 없는 온갖 특별한 것들로 가득차 있는 삶을. 분명한 사실은, 내 안에서 차츰차츰 어떤 슬프고 무거운 자부심이 자라났다는 것이다. 사람들이 그렇게 내면적인 것들로 가득차 침묵 속에서 살아가는 모습을 상상해보았다. 나는 어른들에게 커다란 연민을 느꼈다. 그들이 존경스러웠고, 그래서 그들을 존경한다고 말해주어야겠다고 결심했다. 그리고 그 얘기를 다음번에 *보모*에게 말하기로 마음먹었다.

그리고 그다음에 이런 병들 중 하나가 찾아왔다. 손에 대한 그 경험이 내가 최초로 겪은 이상한 경험이 아님을 내게 증명하기 위해 찾아

온 병이었다. 고열이 내 안을 마구 파고들어 가장 밑바닥에서 내가 알지 못했던 경험들, 장면들, 사실들을 끄집어내 보였다. 나는 그렇게 누워 있었다, 내가 무더기로 쌓여 있었다. 그리고 이 모든 것을 다시 내 안으로 들여와 순서대로 차곡차곡 정리하라는 명령이 떨어지는 순간을 기다렸다. 그렇게 하기 시작했다. 그런데 그것이 내 손안에서 자라났고, 뻗어나왔고, 너무나 많았다. 나는 갑자기 화가 났고, 모든 것을 덩어리로 뭉쳐 내 안으로 던져넣고 꽉꽉 눌러 담았다. 하지만 이제 위가 닫히지 않았다. 나는 소리를 질렀다. 반쯤 열린 나의 상태 그대로, 소리를 지르고 또 질렀다. 그리고 내 바깥을 보기 시작했을 때는 사람들이 오래전부터 내 침대 주위에 서서 내 손을 붙잡고 있었다. 촛불 하나가 타고 있었고, 사람들의 커다란 그림자가 그들 뒤에서 흔들리고 있었다. 그리고 아버지가 나에게 무슨 일이 있었는지 말해보라고 명령을 내렸다. 친절하고도 부드러운 명령이었지만, 명령은 명령이었다. 내가 대답하지 않자 아버지는 조바심을 냈다.

엄마는 밤에는 한 번도 온 적 없었다—아니, 딱 한 번 온 적 있었다. 나는 멈추지 않고 소리를 지르고 또 질렀고, 보모가 왔고, 가정부 시베르센과 마부 게오르그까지 달려왔지만 소용이 없었다. 그래서 사람들은 결국 무도회에 간 부모님을 데려오기 위해 마차를 보냈다. 황태자가 연 무도회였을 것이다. 그리고 문득 정원으로 마차가 들어오는 소리를 들었다. 나는 이제 잠잠해져서 침대에 앉아 문 쪽을 바라보았다. 그때 다른 방에서 옷자락 스치는 소리가 희미하게 났고, 엄마가 궁중 야회복 차림으로 방으로 들어와, 옷은 전혀 신경쓰지 않고 달리다시피 다가와 하얀 모피 숄을 뒤로 떨어뜨리고는 맨팔로 나를 안아주었다. 나는 그 어느 때보다 놀랍고 감격스러워하며 엄마의 머리카락과 단정히 꾸민 작은 얼굴을, 엄마의 귀에 달린 차가운 보석과 꽃향기가 나는 어깨 가장자리의 비단을 어루만지며 그 감촉을 느꼈다. 우리는 그렇게 가만히 있다가, 애정어린 마음으로 울면서 서로에게 키스했고, 그러다가 아버지가 오자 이제 떨어져야 한다고 느꼈다. "열이 너무 심해요." 엄마가 조심스럽게 말하는 소리가 들렸고, 아버지는 내 손을 잡고 맥박을 쟀다. 아버지는 수석 수렵관 제복을 입고 아름답고 폭이 넓은, 코끼리가 그려진 군청색 띠를 두르고 있었다. "우리를 부르다니, 쓸데없는 짓을 했군." 그는 나가면서 나는 보지도 않고 방안에 대고 말했다. 부모님은 심각한 일이 아니면 다시 돌아오겠다는 약속을 했다고 했다. 심각한 일은 아니었던 것이다. 하지만 내 이불 위에서 엄마의 무도회 댄스 카드와 하얀 동백꽃을 발견했다. 처음 보는 꽃이었는데, 꽃이 매우 서늘한 것 같아 두 눈 위에 올려놓았다.

그러나 정말 지루했던 것은 그렇게 병을 앓는 동안의 오후 시간이었다. 힘든 밤이 지난 다음 아침에는 항상 잠에 빠져들었고, 잠이 깨어 이제 다시 아침이라 생각하면 오후였고, 오후로 머물며 멈추지 않고 계속 오후였다. 그렇게 깨끗이 정리된 침대에 계속 누워 있었는데, 어쩌면 관절의 발육은 조금 진척되었겠지만, 뭔가를 상상하기에는 너무나 피곤했다. 애플무스 맛이 입안에 계속 남아 있어, 아무 의도 없이 그냥 내버려두면 그것이 이미 모든 것을 다한 것이었다. 여러 가지 생각들 대신 상쾌한 신맛 자체가 이리저리 돌아다니며 입안에 퍼졌다. 나중에 다시 기력을 회복했을 때는 등에 베개를 받치고 앉아 병정놀이를 할 수 있었다. 하지만 장난감 병정은 비스듬한 침대 테이블에서 너무 잘 넘어졌고, 하나가 넘어지면 일렬 전체가 쓰러져버렸다. 그렇지만 그때마다 처음부터 새로 시작할 수 있을 정도로 완전히 생기를 되찾은 건 아직 아니었다. 갑자기 모든 것이 벅차게 느껴지면 전부 다 빨리 치워달라고 부탁했고, 그리고 나서 조금 멀찍이 아무것도 없는 이불 위에 두 손만 놓여 있는 걸 자꾸만 보면 기분이 좋았다.

언젠가 엄마가 와서 삼십 분 정도 동화책을 읽어주었는데(정확히 말하면 시베르센이 더 오래 읽어주었지만), 물론 그저 동화 때문에 온 것은 아니었다. 엄마와 나는 동화를 좋아하지 않는다는 점에서는 의견이 일치했다. 우리는 경이로움에 대해 다른 종류의 관념을 가지고 있었다. 모든 것이 자연스러운 일들 속에서 일어날 때야말로 그것이 언제나 가장 경이로운 것이라 생각했다. 우리는 하늘을 날아다니는 것은 그리 대단하게 생각하지 않았다. 요정은 우리를 실망시켰고, 다른 뭔가로 변신하는 것에도 매우 피상적인 교체만을 기대할 뿐이었다. 그럼에도 우리는 뭔가에 열중하는 것처럼 보이기 위해 동화책을 조금은 읽었다. 누군가 방에 들어오면 우리가 무엇을 하고 있었는지 먼저 설명할 마음이 내키지 않았기 때문이다. 특히 아버지가 들어왔을 때는 과장되어 보일 정도로 열중하는 척했다.

하지만 아무도 우리를 방해하지 않는 것이 확실하고, 밖이 어두워지기 시작하면 엄마와 나 모두에게 오래된 것처럼 여겨지고 그래서 미소를 띠며 떠올리곤 하던 둘만의 추억에 빠져들 수 있었다. 왜냐하면 그 이후로 우리 둘 다 더 성숙해졌기 때문이다. 내가 남자애가 아니라 작은 소녀였으면 하고 엄마가 바랐던 때가 있었다. 나는 어찌어찌하여 그것을 짐작해냈고, 그래서 오후가 되면 가끔 엄마 방문을 두드릴 생각을 하게 되었다. 그리고 엄마가 누구냐고 물으면, 나는 문밖에서 행복한 목소리로 "소피"라고 대답했는데, 그때 나는 내 작은 목소리로 목구멍이 간질거릴 정도로 부드럽게 꾸며내어 말했다. 방에 들어가면(나는 다른 날에도 입었던 작은 소녀의 옷 같은 평상복을 입고 소매를 완전히 걷어올렸다) 나는 그냥 소피였다. 엄마의 작은 소피는 집안일을 잘했고, 말썽꾸러기 말테가 돌아와도 혼동되지 않도록 엄마가 소피의 머리를 땋아주어야 했다. 말테가 돌아오는 것이 꼭 그렇게 환영받을 일은 물론 아니었고, 엄마에게도, 소피에게도 말테가 없는 쪽이 편했다. 그리고 이들의 대화는(소피는 항상 높은 톤의 목소리를 유지했다) 대부분 말테의 버릇없는 행동을 죽 나열하고 그에 대한 불평을 늘어놓는 것으로 이루어졌다. "어휴, 이 말테를 어떡하면 좋지." 엄마는 이러면서 한숨을 쉬었다. 그러면 소피는 마치 아는 남자아이가 한 무더기라도 되는 듯이 남자아이들의 일반적인 못된 짓들을 속속들이 이해했다.

"소피가 어떻게 됐는지 궁금하다." 엄마는 그런 일들을 회상하다가 갑자기 멈추고 말했다. 물론 말테는 이제 그것에 대해 어떤 것도 알려줄 수 없었다. 하지만 엄마가 소피는 틀림없이 죽었을 거라고 말하자, 말테는 그렇지 않다고 고집부리면서, 아니라는 증명은 할 수 없지만, 죽었다고 생각하지는 말아달라고 애원했다.

지금 생각해보면, 그래도 내가 매번 그 열병의 세계에서 완전히 다시 빠져나와 사람들 모두가 익숙한 것과 함께 있다는 느낌 속에서 격려를 받고 싶어하고, 분명히 이해할 수 있는 것 속에서 조심스럽게 서로 어울리는 그토록 끈끈한 공동의 삶에 적응했다는 것이 이상할 정도다. 여기서는 무언가 요구되는 것이 정해져 있었고, 그렇게 되거나 혹은 그렇지 되지 않았다. 제삼의 가능성은 있을 수 없었다. 여기서는 어쩔 수 없이 너무나 슬픈 일들이 있었고, 기분좋은 일들이 있었으며, 또 수없이 많은 사소한 일들이 있었다. 하지만 누군가에게 즐거운 일이 생기면, 그것은 즐거운 일이었고, 거기에 맞게 처신해야 했다. 기본적으로 모든 일이 아주 단순했고, 그래서 일단 이해하기만 하면 그다음부터는 저절로 이루어지는 것이나 마찬가지였다. 그러면 다른 모든 것도 역시 약속되어 있는 경계들 속으로 잘 맞아들어갔다. 밖은 한여름인데 지루하고 반복적인 학교 수업 시간들이 그랬고, 산책을 한 뒤 프랑스어로 설명해야 했던 산책 시간이 그랬다. 손님들이 와서 불려 들어가, 그들이 마침 슬픈 기분에 빠진 내 표정을 재미있어하며 놀릴 때, 슬픈 얼굴 외에는 다른 얼굴이 없는 어떤 새들의 얼굴을 놀리듯이 나를 놀려대던 시간이 그랬다. 그리고 잘 모르는 아이들이 초대됐던 생일도 물론 그랬다. 사람을 당황하게 해놓고 당황하는 아이들, 다른 사람 얼굴에 상처를 내놓거나, 방금 받은 선물을 깨뜨려버리거나, 상자나 서랍에 들어 있는 것을 모두 끄집어내 무더기로 쌓아놓곤 갑자기 도망가버리는 뻔뻔스러운 아이들. 그러나 언제나처럼 혼자서 놀 때면, 이 약속된 세계, 전체적으로는 그리 해롭지 않은 세계를 갑자기 벗어나 완전히 다르고 전혀 예측할 수 없는 상황으로 빠져드는 일이 일어나기도 했다.

보모는 당시 편두통이 무척 심했는데, 그런 날에 나는 사람들이 찾기 힘든 곳에 가 있었다. 내가 알기로 아버지가 마침 나를 찾았는데 내가 없으면 마부를 정원으로 보내곤 했지만, 나는 그곳에 없었다. 건물 위쪽 손님방 중 하나에 있었고, 여기서 나는 이 마부가 집을 달려나가 길고 넓은 가로숫길이 시작되는 곳 근처에서 나를 부르며 찾아다니는 모습을 볼 수 있었다. 손님방들은 울스고르 저택의 합각머리에 나란히 위치하고 있었고, 당시에는 저택을 찾아오는 손님이 드물었기 때문에 거의 언제나 비어 있었다. 그런데 손님방 몇 개를 지나 모퉁이에 있는 큰방이 나에게는 엄청난 유혹의 대상이었다. 그 방에 들어가면 유엘 제독으로 보이는 오래된 흉상밖에 보이지 않았다. 하지만 이 방의 벽에는 속이 깊은 회색 벽장이 죽 이어져 있었고, 창문까지도 벽장들 위쪽 흰색 칠이 된 텅 빈 벽에 나 있었다. 나는 이 벽장들 중 하나에 열쇠가 꽂혀 있는 것을 발견했는데, 모든 벽장문에 다 맞는 열쇠였다. 그래서 나는 재빨리 모든 것을 샅샅이 살펴보았다. 18세기에 만들어진 시종관 연미복들은 은사로 수가 놓여 있어 무척 차가웠고, 아름다운 무늬가 수놓인 조끼와 한 벌이었다. 덴마크 기사 훈장인 단네브로 훈장과 코끼리 훈장 의상은 처음에는 여자옷처럼 보일 정도로 화려하고 입기도 까다로웠지만, 안감이 덧대어져 촉감이 아주 부드러웠다. 그리고 제대로 된 정식 야회복들도 있었는데, 여기에 딸린 페티코트나 슈미즈는 따로 분리되어 마치 유행이 한참 지나 머리 부분은 모두 다른 용도로 사용하고, 커다란 토막으로만 남은 마리오네트 인형들처럼 부자연스럽게 그앞에 그냥 걸려 있었다. 그런데 그 옆의 벽장들은 문을 열어보자 내부가 무척 어두웠는데, 높은 목깃까지 단추를 채운 제복으로 가득했기 때문이었다. 이 제복들은 다른 옷들보다 훨씬 더 낡아 보였고, 마치 옷들조차 자기들이 이렇게 잘 보관되는 것을 원치 않는 듯했다.

내가 이 모든 것을 끄집어내어 불빛에 비춰봤다고 해서 이상하게 여길 사람은 없을 것이다. 또 내가 이것저것을 몸에 갖다대보고 어깨에 걸쳐보고 맞을 만한 옷을 급히 입고 기대에 가득차고 흥분에 겨워 옆에 있는 손님방으로 달려가서 다양한 크기의 녹색 유릿조각들로 된 좁다란 전신거울 앞에 섰다는 것 역시 이상하게 여기지 않을 것이다. 아, 그런 옷을 입고 있으니 얼마나 떨렸는지, 또 그렇게 되어본 것이 얼마나 감격적이었는지. 그리고 그때 거울의 희뿌연 배경에서 뭔가가 나와 그 앞에서 다가가는 사람보다 느리게 다가왔는데, 거울은 이 존재를 곧바로 믿지도 않았고 졸린 상태여서 앞에서 시키는 대로 즉시 따라 하지 않았기 때문이었다. 물론 거울은 결국 따라 할 수밖에 없었다. 그리고 이제 거기에는 매우 놀랄 만한 것, 낯선 어떤 것이 있었다. 생각했던 것과 전혀 다르게 갑작스러운 것, 독자적인 것이었으며, 바로 다음 순간 거기서 자신을 알아보기 직전의 한순간을 재빨리 한눈에 포착했는데, 거기에는 아주 미세한 차이에 의해 그 즐거움 전체가 깨질 수도 있었던 모종의 아이러니가 스며 있었다. 그러나 그 즉시 말을 하기 시작하고 허리 굽혀 인사하기 시작하면, 또 눈짓을 하고, 뒤돌아보며 멀어졌다가 격앙된 기분으로 다시 돌아오기를 반복하면, 원할 때까지 상상을 계속 자기 것으로 붙들어둘 수 있었다.

당시 나는 어떤 특정한 종류의 의상에서 즉각적인 영향을 받는다는 것을 알게 되었다. 그런 옷 하나를 몸에 걸쳐보자, 나는 그 옷의 위력에 사로잡혔다고 인정하지 않을 수 없었다. 옷이 내 움직임, 내 표정, 심지어 내 머릿속에 떠오르는 것들까지도 지시했던 것이다. 레이스로 장식된 옷소매 안으로 빠져들어갔다가 또다시 같은 종류의 옷소매 속으로 끼워넣어졌던 내 손은 평상시의 내 손이 전혀 아니었다. 손은 마치 한 명의 배우처럼 움직여 다녔다. 아니, 다소 과장되게 들릴지 모르겠지만, 심지어 이 손은 그런 자신을 구경하고 있었다고 말하고 싶을 정도다. 하지만 이런 변장놀이는 나 자신이 낯설어질 정도까지는 이르지 않았다. 오히려 그와 반대로 내가 점점 다양한 모습으로 변할수록 더욱더 나 자신을 확신하게 되었다. 나는 점점 더 대담해졌다. 점점 더 높이 나를 던져올렸다. 던져진 것을 잡아내는 나의 능숙함을 전혀 의심하지 않았기 때문이다. 빠르게 자라나는 이 확신 안에 들어 있는 유혹을 나는 알아채지 못했다. 이제 치명적 불행으로 이어지기까지 필요했던 것은 단 한 가지가 남아 있었고, 그것은 그때까지 열 수 없다고 생각했던 마지막 벽장이 어느 날 굴복하며, 특정한 의상 대신에 온갖 종류의 모호한 가면무도회 도구들을 나에게 펼쳐 보여주었고, 그것들의 상상적 애매성이 흥분으로 뺨을 벌겋게 달아오르게 했다. 거기에 무엇이 있었는지 하나하나 열거할 수는 없다. 바우타*가 생각나는데, 그 외에 여러 색깔의 도미노**가 있었고, 동전이 달려 있어 쟁그랑거리는 맑은 소리를 내는 주름 많은 터키풍 바지와 페르시아 모자도 많았는데, 이 모자에는 방충용으로 장뇌를 넣어놓은 작은 주머니가 삐져나와 있었고, 또 색이 흐릿하고 영롱함을 잃은 보석들이 박힌 왕관 모양 머리띠도 있었다. 나는 이것들을 약간 경멸했다. 밝은 곳으로 끄집어내 보면 너무나 궁색한 비현실에 속하는 것이었고, 헐벗고 지쳐빠진 채 그저 걸려 있었으며, 무기력하게 뒤섞여 널려 있었다. 하지만 나를 일종의 도취 상태에 빠지

---

* 하얗고 입이 없는 것이 특징인 베네치아 가면.
** 복면 두건, 또는 두건이 달린 외투.

게 했던 것은 널따란 외투, 목도리, 어깨숄, 베일 같은 것들이었다. 흐느적거리고 커다랗고 아직 사용한 적 없는 이 옷감들은 부드럽고 어루만져주는 느낌이었고, 너무 매끄러워 제대로 잡기도 어려웠으며, 마치 바람처럼 우리 곁을 스치며 날아가버릴 듯 가벼운 것도 있고, 무거워서 부담스럽기만 한 것도 있었다. 이 옷감들 속에서 처음으로 나는 진정으로 자유롭고 무한히 유동적인 가능성을 보았다. 가령 팔려가는 여자 노예가 되거나, 잔 다르크가 되거나, 늙은 왕, 또 마술사가 되는 것까지, 그 모든 것이 내 손안에 달려 있었다. 특히 거기에는 가면이 있었는데, 크고 위협적이거나 진짜 수염을 달고 숱이 많고 진한 눈썹을 치켜뜨며 깜짝 놀라는 얼굴도 있었다. 나는 이전에는 이런 가면들을 본 적이 없었지만, 가면이 있어야 한다는 것을 즉시 깨달았다. 나는 우리가 키웠던 개가 마치 가면을 쓰고 있는 듯한 인상을 주었던 기억이 떠올라 웃었다. 털이 난 제 얼굴을 언제나 뒤에서 들여다보는 듯했던 그 개의 진심어린 눈을 떠올려보았다. 나는 변장을 하면서도 웃었기 때문에, 원래 무엇으로 변장하려 했는지 완전히 잊어버리고 말았다. 그래서 거울 앞에서 다시 한번 뒤늦게 무엇으로 변장할까 정하면서 새롭고 또 긴장되었다. 내가 둘러쓴 얼굴에서 특이하게도 공허한 냄새가 났고, 그것이 내 얼굴 위에 단단히 붙어 있었지만 그런데도 나는 편안하게 내다볼 수 있었다. 가면에 익숙해지자 즉시 나는 가장 먼저 천을 여러 가지 골라 터번처럼 머리에 감았고, 그래서 엄청나게 큰 노란색 외투 안까지 내려와 아래쪽이 가려져 있던 가면은, 이제 위쪽과 옆쪽 가장자리까지 거의 완전히 가려졌다. 마침내 더이상 할 수 있는 것이 없어지자, 나는 이제 완전히 변장이 되었다고 생각했다. 나는 커다란 지팡이 하나를 들고 팔을 최대한 뻗어 내 옆에 동반한 채 조금은 힘들었지만 내가 생각하기에 위엄 있는 태도로 손님방 거울 앞까지 질질 끌며 걸어갔다.

그 모습은 모든 기대를 뛰어넘을 정도로 훌륭했다. 거울도 그 모습을 비추었고, 너무나 그럴듯했다. 많이 움직일 필요도 전혀 없었고, 아무것도 하지 않아도 보이는 모습 그 자체로 완벽했다. 그러나 내가 도대체 무엇이 되었는지 아는 것도 중요했기 때문에, 몸을 조금 돌려 두 팔을 들어올렸다. 크게, 마치 주문을 외우듯이 움직였고, 그것이 유일하게 가장 어울리는 동작이었음을 알아차렸다. 그러나 바로 그 엄숙한 순간, 변장을 해서 제대로 들리지 않았던 내 귀 바로 옆에서 여러 가지가 한꺼번에 부딪치며 철거덕거리는 소리가 들렸다. 너무 놀라 건너편 거울 속 존재를 시야에서 놓쳐버렸고, 깨지기 쉬운 물건들이 놓여 있던 작고 둥근 테이블을 넘어뜨렸다는 것을 깨닫고 기분이 나빠졌다. 나는 할 수 있는 만큼 몸을 숙여보았고, 극도의 불길한 예감이 적중했다는 것을 확인했다. 모든 것이 둘로 쪼개진 것처럼 보였다. 녹색과 보라색이 섞인 쓸모없는 앵무새 도자기 한 쌍은 당연히, 각각 다른 방식으로 고약하게 깨졌다. 비단 같은 광택을 내며 고치를 지은 곤충들처럼 눈깔사탕이 깡통에서 굴러나왔는데, 뚜껑은 반쪽만 보이고, 나머지 반쪽은 아예 어디론가 사라져버렸다. 그러나 가장 큰 골칫거리는 작은 병 하나가 수천 개의 아주 작은 조각들로 박살이 나면서 오래된 향유가 쏟아져나와 매우 섬뜩한 표정의 사람 얼굴 같은 얼룩을 남겨놓은 것이었다. 재빨리 몸에 걸치고 있던 것을 아무것이나 잡아 닦아보았지만, 얼룩은 점점 시커멓고 불쾌하게 변했다. 완전히 절망에 빠졌다. 나는 일어나서 모든 것을 되돌려놓을 수 있을 만한 물건을 찾았다. 그러나 아무것도 찾지 못했다. 앞을 보거나 조금 움직이는 데에도 많은 장애가 있어서 스스로도 더이상 이해할 수 없는 이 바보 같은 상태에 화가 치밀어 올랐다. 걸치고 있던 것을 전부 잡아당겨 벗어버리려 했지만 더 단단하게 죄어들 뿐이었다. 외투 끈이 목을 죄고, 머리 위에 둘둘 감아놓은 것은 마치 그 위에 점점 더 많아지는 듯이 나를 눌렀다. 숨이 답답해졌고, 엎질러진 액체의 오래된 악취에 탁해진 공기가 뒤덮고 있는 것 같았다.

열이 오르고 화가 난 나는 거울 앞으로 달려갔고, 가면 사이로 간신히, 손을 이리저리 움직이고 있는 내 모습을 들여다보았다. 거울은 이 순간만 기다리고 있었다. 복수할 시간이 다가온 것이다. 엄청나게 커져가는 압박감을 느끼며 나를 뒤덮고 있는 이 상태에서 어떻게든 벗어나려고 안간힘을 쓰고 있는 동안 거울은, 무슨 수를 썼는지는 모르겠지만, 내가 고개를 들어 어떤 상을 보도록 만들었다. 아니, 그건 상이 아니라 하나의 현실이었다. 낯설고 이해할 수 없는 기괴한 현실이었고, 내가 어떻게 할 수도 없이 나에게서 넘쳐나고 있던 현실이었다. 이제 거울이 강자였고, 나는 거울이었다. 내 앞에 서 있는 이 거대하고 끔찍한 낯선 존재를 뚫어져라 쳐다보았고, 그와 단둘이 있다는 사실이 소름 끼쳤다. 하지만 내가 이렇게 생각하고 있던 바로 그때, 최악의 상황이 벌어지고 말았다. 나는 정신을 잃고 그냥 쓰러져버렸다. 아주 잠깐 나 자신에 대한 뭐라 설명할 수 없는 안타깝고 헛된 동경을 느꼈지만, 그런 다음에는 그 존재뿐이었다. 그 외에는 아무것도 없었다.

나는 그곳에서 도망쳐 달려나갔다. 하지만 달린 것은 '그것'이었다. 그것은 여기저기 부딪혔다. 집의 구조를 몰랐고, 어디로 가야 할지 몰랐다. 계단을 내려갔다가 복도에서 누군가의 위로 넘겨졌고, 그 사람이 소리를 지르며 달아났다. 문 하나가 열리면서 사람들 몇 명이 나왔다. 아, 다행히 아는 사람들이었다. 시베르센, 그 친절한 시베르센이 있었고, 하녀와 은그릇을 담당하는 하인이 있었다. 이제 결정의 순간이 왔다. 하지만 그들은 내게로 달려와 구해주지 않았다. 잔인하기 그지없었다. 그냥 서서 웃기만 했다. 이럴 수가, 그들은 그렇게 서서 웃을 수 있는 사람들이었다. 나는 울었다. 하지만 눈물은 가면 때문에 밖으로 흘러나오지 않고 내 얼굴 위로 흐르다가 금세 말랐고, 다시 흐르다가 또 말라버렸다. 결국 나는 그들 앞에서 지금까지 누구도 그런 적 없는 것처럼 무릎을 꿇었다. 무릎을 꿇고 손을 그들 쪽으로 들어올리며 간청했다. "나를 꺼내주세요. 아직 늦지 않았을 거예요. 나를 꺼내 꼭 붙잡아주세요." 하지만 그들은 듣지 못했다. 내 목소리가 더이상 나오지 않던 것이다.

시베르센은 그때 내가 어떻게 쓰러졌는지, 사람들이 내가 계속 장난을 치고 있다고 생각하며 어떻게 계속 웃었는지, 죽기 전까지 그 이야기를 되풀이했다. 그들은 그 정도로 내 장난에 익숙해 있었던 것이다. 하지만 나는 여전히 그대로 누워 있었고, 아무 대답도 못했다고 한다. 그리고 마침내 내가 정신을 잃고 온갖 천에 둘둘 싸인 덩어리처럼, 그냥 하나의 덩어리처럼 놓여 있다는 것을 알게 되었을 때의 놀라움은 대단했다고 한다.

시간은 헤아려볼 겨를도 없이 빠르게 흘렀고, 어느새 목사 예스페르센 박사가 방문하기로 한 날이 다가왔다. 그가 오면 아침식사 시간은 모두에게 힘겹고 지루했다. 목사는 항상 그를 위해 자신을 기꺼이 희생하는 신앙심 깊은 이웃들에 익숙했기 때문에 우리집에서는 전혀 적응하지 못했다. 말하자면 그는 뭍에 올라와 공기를 낚아채듯 숨을 쉬는 듯했다. 스스로 단련한 아가미 호흡은 힘들게 이어져 거품이 생겼고, 위험하지 않은 것이 없었다. 대화의 소재는 엄밀히 말해 아무것도 없었다. 남아 있던 몇 가지가 믿을 수 없는 가격으로 팔렸다. 남아 있는 재고 청산이었다. 예스페르센 박사는 우리집에서 일종의 사적인 인물로 머물러야 했지만, 그런 적은 한 번도 없었다. 그는 사리분별을 하게 되었을 때부터 영혼의 영역에 종사했다. 그에게 영혼은 자신이 대표하는 공적 기관이었으며, 그는 그 일을 게을리 한 적이 결코 없었다. 심지어 아내를 대할 때도 마찬가지로, 라바터가 표현했듯이, "검소하고 진실하며, 출산을 통해 축복을 받은 레베카"에게도 그랬다.*

(한편 아버지에 대해 말해보자면, 신에 대한 그의 태도는 전적으로 올바르고 더할 나위 없이 정중했다. 교회에서 아버지가 서서 대기하는 동안 약간 몸을 굽힐 때면, 마치 신 앞에 서 있는 신의 수렵관처럼 보였다. 그와 달리 엄마는 누군가 신을 향해 정중한 태도를 취할 수 있다는 것을 거의 모독으로 여겼다. 만약 분명하고 상세한 제식이 있는 종교에 몸담게 되었다면, 엄마에게는 몇 시간 동안 무릎을 꿇고 몸을 굽혀 엎드린 채 가슴 앞과 양쪽 어깨 주위로 둥글게 손을 뻗어 크게 성호를 긋는 것이 천상의 행복이었을 것이다. 사실 엄마는 내게 기도를 가르쳐주지 않았다. 그러나 내가 무릎을 꿇고 앉아 그때그때 인상적으로 보이는 대로 손을 구부렸다 폈다 하거나 제대로 깍지 끼고 기도를 하면 그것

---

* 스위스 신학자이자 저술가 라바터(1741~1801)가 열한 명의 자식을 낳은 마티아스 클라우디스(1740~1815)의 아내 레베카에 대해 쓴 일기에서 인용함.

이 엄마에게는 위안이 되었다. 나는 대체로 조용히 지내면서 일찍부터 여러 변화를 단계적으로 겪었는데, 훨씬 나중에 절망적인 시기에 가서야 이것을 신과 연관지을 수 있었다. 물론 이때의 신은 너무나 격렬해서 형성되자마자 거의 동시에 산산이 부서졌다. 당연히 그후에는 처음부터 다시 시작해야 했다. 그렇게 다시 시작할 때면, 혼자서 겪어내야 하는 것이 마땅하지만 나는 가끔 엄마가 필요하다고 생각했다. 물론 그때는 엄마가 고인이 된 지 이미 오래였다.)*

예스페르센 박사에게 엄마는 다소 무시하는 태도를 보였다. 그와 대화를 시작했다가도 그가 자신의 말에 열중하면, 그것으로 충분하다고 생각하고 갑자기 이미 그는 가고 없다는 듯이 완전히 잊어버렸다. 가끔 엄마는 "저 사람은 어떻게 저렇게 여기저기 떠돌아다니면서 죽어가는 사람들 집에 찾아 들어가는지 모르겠어"라고 말했다.

그래서 예스페르센 박사는 엄마의 임종 때도 왔지만, 엄마는 목사를 더이상 보지 못했던 것이 분명하다. 엄마의 감각이 시력부터 시작해 하나씩 차례로 멈추기 시작했다. 가을이었고, 다시 시내로 거처를 옮겨야 했는데, 바로 그때 엄마가 병에 걸렸고, 그 즉시 서서히, 가망 없이 표면 전체에서 죽어가기 시작했다. 의사들이 왔고, 어느 날에는 의사들이 한꺼번에 와서 집 전체를 지배했다. 몇 시간이 흘렀고, 그동안 우리집은 의사들, 추밀원 고문과 그의 보좌관의 것 같았으며, 우리는 아무 말도 해서는 안 될 것 같은 분위기였다. 그러나 그후로 그들 모두가 흥미를 잃어버리고 각각 개별적으로만 그저 의례처럼 찾아와 시가를 피우

---

* 괄호 안은 원고의 여백에 적은 글이다.

고 포트와인을 마셨다. 그러는 사이 엄마는 죽었다.

사람들은 이제 엄마의 유일한 남자 형제인 크리스티안 브라헤 백작이 오기만 기다렸는데, 그들의 기억에 따르면, 그는 한동안 터키 군대에 근무했고 출중한 능력을 보였다고 했다. 어느 아침 그가 외국인 하인과 함께 도착했는데, 아버지보다 키도 크고 늙어 보이기도 해서 깜짝 놀랐다. 아버지와 외삼촌, 두 신사는 곧바로 엄마 이야기로 추측되는 몇 마디를 나누었다. 그리고 잠깐 침묵이 흘렀다. 아버지가 말했다. "집 사람은 많이 일그러져 있어요." 나는 이 표현의 의미를 알지 못했지만 이 말을 들었을 때 냉기를 느꼈다. 아버지 역시 이 말을 입 밖으로 내면서 힘들어하는 듯했다. 하지만 그 사실을 인정함으로써 무엇보다 고통을 느꼈던 것은 그의 자부심이었을 것이다.

그후 몇 년이 지나서야 나는 크리스티안 백작에 대해 다시 듣게 되었다. 우르네클로스테르에서였고, 그에 대한 이야기를 즐겨 해준 사람은 마틸데 브라헤였다. 그사이 나는 그녀가 세세한 에피소드를 꽤 많이 자기 마음대로 구성해냈다고 확신하게 되었다. 왜냐하면 외삼촌의 삶에 대해서는 가족들조차 항상 떠도는 소문만 들었을 뿐이고, 본인이 한 번도 그 소문들을 부정하지 않았으며 또 소문이란 거의 무한정으로 해석될 수 있는 것이기 때문이었다. 우르네클로스테르는 이제 그의 소유지가 되었다. 그러나 그가 거기 사는지는 아무도 모른다. 어쩌면 아직도 늘 해오던 대로 여행을 다니고 있는지도 모른다. 어쩌면 그의 죽음을 알리는 기별이 지구 어느 끝자락에서부터 오는 중인지도 모른다. 서투른 영어로, 혹은 외국인 하인이 모르는 언어로 쓴 편지가. 어쩌면 이 사람은 어느 날 삼촌이 죽어 홀로 남겨져도 자신에 대해서는 어떤 흔적도 드러내지 않을지 모른다. 어쩌면 그들 두 사람은 이미 오래전에 사라졌고, 실종된 선박의 승선자 명단에 그들의 것이 아닌 이름으로 있는지도 모른다.

물론 당시 우르네클로스테르에 마차가 들어올 때면 난 항상 그가 들어오는 모습을 보게 되기를 기대했고, 내 심장은 유난히 힘차게 두근거렸다. 마틸데 브라헤가 주장하기로는, 그는 그런 식으로 나타날 것이고, 가장 나타날 것 같지 않을 때 갑자기 등장하는 것이 그의 독특한 버릇이라고 했다. 외삼촌은 한 번도 오지 않았다. 그렇지만 외삼촌에 대한 나의 상상력은 몇 주 동안 계속해서 그에게 몰두했다. 마치 그와 나 사이에는 어떤 관계의 끈이 있어야 할 것 같은 느낌이었고, 그에 대해 뭔가 확실한 것을 알고 싶었다.

그러는 사이에 나의 관심은 완전히 바뀌어, 몇 가지 일로 인해 크리스티네 브라헤에게로 옮겨갔지만, 이상하게도 그녀가 어떤 삶을 사는지는 궁금하지 않았다. 하지만 그녀의 초상화가 회랑에 걸려 있는지 걸려 있지 않은지는 궁금하고 마음에 걸렸다. 그리고 그 사실을 확인해보고 싶은 마음이 일방적으로 나를 사로잡고 괴롭히며 점점 커져 며칠 밤 잠들지 못하다가 마침내 전혀 예기치 않게 그것이 그곳에, 내가 일어나서 두려움에 떨고 있는 듯한 등불을 들고 올라가 서게 된 바로 그곳에 있는 것을 보았다.

나는 두려움 같은 것은 생각하지 않았다. 어떤 생각도 하지 않고 그냥 걸어갔다. 높은 문들이 그림자가 되어 내 앞에서 또 위에서 장난치듯 위쪽으로 구부러져갔다. 내가 거쳐 지나온 방들은 잠잠했다. 그리고 마침내 나에게 감겨 달라붙는 바람의 깊이를 통해 이제 회랑에 들어섰음을 느꼈다. 오른쪽으로 밤과 함께 창문이 느껴졌고, 왼쪽에는 분명 그림들이 걸려 있었다. 나는 등불을 최대한 높이 들어올렸다. 그랬다. 거기에 그림이 있었다.

처음에는 여자 초상화만 볼 생각이었지만, 곧바로 울스고르에 걸려 있던 그림들과 비슷한 이것저것을 차례로 알아봤다. 그리고 내가 아래서 등불을 비추자 그림들은 꿈쩍이며 빛 쪽으로 다가오려는 듯했고, 그래서 잠시나마 기다려주지 않는다면 무정한 것 같았다. 이곳에는 완만하게 곡선을 그리는 넓은 뺨 양옆으로 멋지게 땋아내려 카드네트 스타일을 한 크리스티안 4세*의 초상화가 많았다. 그의 아내들로 추측되는 초상화들도 있었는데, 그 가운데 내가 아는 사람은 키르스티네 뭉크뿐이었다. 그리고 갑자기 엘렌 마르스빈 부인**이 미망인 의상에, 가장자리도 진주 장식줄로 둘러싸인 운두 높은 모자를 쓰고 불신에 가득한 눈으로 나를 보았다. 크리스티안왕의 아이들도 있었다. 새로 얻은 아내들에게서 연이어 태어난 아이들이 있었다. 불행을 당하기 전 가장 빛나던 시절의 엘레오노레***가 '범접할 수 없는' 모습으로 백마를 타고 있었다. 궐덴뢰베 가문 사람들이 있었다. 스페인에서 여자들에게 화장을 하고 다닌다는 말을 들을 정도로 혈색이 좋았다는 한스 울리크****, 사

---

* 덴마크와 노르웨이 왕(1577~1648).
** 키르스티네(키르스텐) 뭉크의 어머니.
*** 크리스티안 4세와 키르스티네 뭉크 사이에 태어난 딸.
**** 크리스티안 4세의 사생아(1615~1645). '궐덴뢰베(황금사자)'는 덴마크-노르웨이 왕가가 사생아에게 주어지는 성이었다.

람들이 한번 보면 결코 잊지 못하는 울리크 크리스티안이 있었다. 그리고 울펠트 가문* 사람들은 거의 모두 걸려 있었다. 그리고 한쪽 눈을 까맣게 덧칠한 사람은 아마도 서른셋의 나이에 제국 백작과 육군 제독이 된 헨리크 홀크인 것 같았다. 그는 신부가 될 힐레보르 크라프세에게 가는 길에 신부가 아니라 검을 받는 꿈을 꾸었다고 한다. 그리고 이 꿈을 진지하게 받아들여 길을 되돌아가서 짧지만 과감한 삶을 시작했고, 이 삶을 페스트로 마감했다. 나는 이 사람들을 모두 알고 있었다. 네이메헌 평화회의에 참석한 사절단의 초상화는 울스고르에도 걸려 있었는데, 모두 한꺼번에 그려졌기 때문에 서로 비슷비슷해 보였다. 모두 육감적이고 마치 뭔가를 응시하는 듯한 입술 위로 수염을 짧게 깎아 줍고 가늘게 다듬어놓았다. 울리크 공작은 당연히 알아봤다. 오테 브라헤와 클라우스 도Daa, 그리고 이 가문의 마지막 후손인 스텐 로젠스파레도 알고 있었다. 그들의 초상화를 이미 울스고르의 홀에서 보았거나, 오래된 화첩에서 그들을 그려놓은 동판화를 발견했었기 때문이다.

그러나 내가 전혀 본 적 없는 사람들도 많았다. 여자들은 별로 없고 아이들은 많이 보였다. 등불을 든 팔이 지친 지 오래되어 자주 떨렸지만, 그래도 이 아이들을 보려고 계속 다시 등불을 들어올렸다. 나는 손에 새 한 마리를 올려놓고 잊어버린 이 작은 소녀들을 이해할 수 있었다. 작은 개 한 마리가 그들 사이 바닥에 앉아 있었고, 공도 하나 놓여 있었다. 그 옆 탁자 위에는 과일과 꽃이 있었다. 뒤쪽 기둥에는 그루베, 빌레, 또는 로센크란츠 가문의 문장이 아주 조그맣게 아무렇게나 걸려

---

* 엘레오노레(레오노라)가 혼인한 남자의 가문.

있었다. 사람들은 많을수록 좋다고 생각한 듯이 이 소녀들 주위에 온갖 것들을 가져다놓았다. 그러나 소녀들은 그저 그렇게 아이의 옷을 입고 서서 기다렸다. 사람들은 소녀들이 기다리는 모습을 보았다. 그때 나는 다시 여인들을, 크리스티네 브라헤를 생각하게 되었고, 내가 이 여인들을 알아볼 수 있을지 궁금했다.

그래서 나는 재빨리 회랑 끝까지 갔다가 되돌아오면서 크리스티네 브라헤를 찾아볼 생각이었다. 그런데 그때 뭔가에 부딪혔다. 내가 너무 갑작스럽게 돌아서자 에리크가 급히 뒤로 물러나면서 속삭였다. "등불 조심해."

"너도 여기 있었어?" 내가 숨을 가쁘게 몰아쉬며 물었다. 이 상황이 좋은 건지 나쁜 건지 분간이 되지 않았다. 에리크는 웃기만 했고, 나는 어떻게 해야 할지 알 수 없었다. 손에 든 등불이 흔들려서 에리크의 표정을 똑바로 알아볼 수 없었다. 어쨌든 에리크가 여기 있다는 게 좋은 일은 아닌 듯했다. 그때 에리크가 내 쪽으로 다가오며 말했다. "그 여자 초상화가 없어. 우리도 아직 위에서 찾고 있거든." 에리크가 낮은 목소리로 말하며 불안한 눈동자로 위쪽 어딘가를 가리켰다. 나는 에리크가 다락방을 가리킨다는 것을 알아챘다. 그런데 문득 이상한 생각이 들었다.

"우리라니?" 내가 물었다. "그럼 크리스티네도 위에 있다는 거야?"

"응." 에리크가 고개를 끄덕이고 내 가까이로 다가섰다.

"그 여자도 같이 찾고 있다고?"

"그래, 우리는 같이 찾고 있어."

"그러니까 그림이 다른 곳으로 옮겨졌다는 거야?"

"그래, 생각해보면 뻔한 일이지." 에리크가 못마땅한 듯이 대답했다. 그러나 나는 크리스티네가 그 그림을 찾는 이유가 무엇인지 정말 알 수 없었다.

"그 여자는 자기 모습을 보고 싶은 거야." 에리크가 아주 가까이서 속 삭이듯 말했다.

"응, 그렇구나." 나는 이해한 척했다. 그때 에리크가 내가 들고 있던 등불을 불어서 꺼버렸다. 나는 에리크가 눈썹을 치켜세운 채 몸을 앞으로 뻗어 불빛 쪽으로 다가오는 것을 보았다. 그러고는 캄캄해졌다. 나도 모르게 뒤로 한발 물러섰다.

"뭐하는 거야?" 내가 숨죽인 채 외쳤고, 목안이 완전히 말라 있었다. 에리크는 내 팔에 달려들어 매달리며 키득키득 웃었다. "뭐하는 거냐고?" 나는 떼어내려 했지만, 에리크는 꼭 붙어 있었다. 그리고 막아보기도 전에 에리크가 내 목에 팔을 둘렀다. 그러고는 "말해줄까?" 하고 귓속말을 했는데, 내 귀에 침이 약간 튀었다.

"응, 빨리 말해줘."

나는 내가 무슨 말을 하고 있는지 몰랐다. 에리크가 나를 완전히 감싸안으며 몸을 쭉 폈다.

"나는 그 여자에게 거울을 가져다주었어." 에리크가 말하며 다시 키득거렸다.

"거울을?"

"응, 초상화가 거기 없으니까."

"아냐, 말도 안 돼." 내가 대꾸했다.

에리크가 갑자기 나를 창문 쪽으로 좀더 끌어당기며 내 위팔을 꽉

불드는 바람에 나는 비명을 질렀다.

"그런데 크리스티네는 그 안에 없어." 에리크가 귓속말했다.

나도 모르게 에리크를 힘껏 밀쳐냈고, 그애에게서 어딘가가 부러진 것처럼 딱 소리가 났다.

"가, 저리 가," 그런데 이제 내가 웃음을 참을 수 없었다. "거울 안에 없다고? 도대체 왜?"

"너 바보야?" 에리크가 더이상 속삭이지 않고 화를 내며 대꾸했다. 그애의 목소리는 아직 한 번도 해본 적 없는 새로운 시도를 이제 처음 하려는 것처럼 완전히 돌변했다. "거울 안에 있으면 여기에는 없는 거고, 여기에 있으면 거울 안에는 있을 수 없는 거야." 그애가 어른스럽고 단호하게 말했다.

"당연히 그렇지." 나는 별로 생각해보지도 않고 재빨리 대답했다. 그러지 않으면 그애가 나를 혼자 남겨두고 가버릴까봐 불안했기 때문이다. 나는 팔을 뻗어 그애를 붙잡기까지 했다.

"우리 친구할까?" 내가 제안했다. 에리크는 가만히 있었다. 그러고는 당돌하게 대답했다. "난 아무래도 상관없어."

나는 우리의 우정을 시작하는 의미로 뭔가 해보려 했으나, 에리크를 껴안을 수는 없었다. 겨우 "친애하는 에리크"라고 말을 꺼내며 몸 어딘가를 살짝 건드렸을 뿐이다. 나는 갑자기 몹시 피곤했다. 주위를 둘러보았다. 어떻게 여기까지 왔는지, 내가 왜 두려워하지 않았는지 이해할 수 없었다. 창문이 어디 있는지, 초상화들이 어디 있는지 제대로 알지 못했다. 그곳을 나올 때 나는 에리크의 안내를 받아야 했다.

"그림들은 네게 아무 짓도 안 해." 그애는 이렇게 관대하게 나를 안심

시키고는 다시 한번 키득거렸다.

사랑하는, 사랑하는 에리크. 아마도 너는 나의 유일한 친구였던 것 같다. 내겐 친구라고는 없었으니까. 네가 우정에 별 의미를 두지 않았던 것은 다소 유감이다. 네게 많은 이야기를 하고 싶었을 텐데. 우리는 서로 잘 맞았을지도 몰라. 알 수 없는 일이지. 그때 누가 너의 초상화를 그렸던 기억이 난다. 할아버지가 사람을 불러서 너를 그려달라고 했었지. 매일 아침 한 시간씩. 화가가 어떻게 생겼는지는 기억나지 않고 마틸데 브라헤가 쉴새없이 그 사람의 이름을 부르고 또 불렀는데 이름도 잊어버렸어.

　혹시 그 화가도 지금 내가 떠올리고 있는 너처럼, 너를 보았을까? 너는 밝은 자주색 벨벳 정장을 입고 있었어. 마틸데 브라헤는 그 정장을 무척 좋아했지. 하지만 그런 건 이제 아무래도 상관없어. 화가가 너를 보았는지, 그것이 알고 싶을 뿐이야. 그가 진짜 화가라고 가정해보자. 그가 그림을 완성하기 전에 네가 죽을 수도 있다고는 생각지 않았다고, 그 일을 감상적으로 받아들이지 않고 그냥 자기 일을 했다고 가정해보자. 그가 서로 다르게 생긴 너의 갈색 두 눈에 매료되었다고, 움직이지 않는 너의 한쪽 눈을 전혀 이상하게 생각하지 않았다고, 탁자를 살짝 짚고 있는 너의 손 옆에 아무것도 올려놓지 않는 세심함이 그에게 있었다고 가정해보자. 그 외에도 필요한 모든 것을 떠올려 정말 그렇다고 가정해보자. 그러면 초상화 하나가, 너의 초상화이고 우르네클로스테르의 회랑에 있는 마지막 그림이 여기 있을 것이다.

　(그곳에 가서 초상화를 모두 보았을 때, 마지막에 또 한 소년이 보이

는 것이다. 잠깐, 저 사람은 누구지? 브라헤 집안사람이다. 검은 방패 바탕에 은빛 줄무늬와 공작새 깃털이 보이지? 이름도 적혀 있다. 에리크 브라헤. 옛날에 처형당한 그 에리크 브라헤가 아닐까? 물론 그 일은 잘 알려져 있지. 하지만 그 사람일 리 없어. 이 소년은 소년으로 죽었고, 언제인가는 중요하지 않아. 그림을 보면 알 수 있잖아?)

손님이 와서 에리크가 불려 나오면, 그때마다 마틸데 브라헤 양은 에리크가 정말 믿을 수 없을 정도로 내 외할머니인 브라헤 백작부인을 닮았다고 강조했다. 백작부인은 아주 대단한 귀부인이었던 것 같다. 나는 이 할머니를 몰랐다. 반면 아버지의 어머니는 아주 잘 기억하고 있다. 이 친할머니가 울스고르의 원래 안주인이었고, 그 사실은 이후로도 변하지 않았다. 엄마가 수렵관의 아내로 이 집안에 들어온 것을 못마땅해하며 받아들인 후에도 달라진 것은 없었다. 할머니는 그후로 계속 자신은 뒤로 물러난 듯 행동했지만, 사소한 용무만 하인을 엄마에게 보내 처리하게 하고, 중요한 일들은 누구에게도 설명하지 않고 결정하여 마음대로 처리했다. 내가 보기에 엄마도 그런 방식에 달리 의견은 없었던 것 같다. 대저택을 전체적으로 관리하는 일은 엄마에게 맞지 않았는데, 사물을 사소한 것과 중요한 것으로 나눌 수 있는 능력이 전혀 없었기 때문이다. 사람들이 하는 모든 말이 그녀에게는 항상 전부였고, 그래서 다른 것들도 있다는 사실을 잊어버렸다. 엄마는 시어머니에 대해 한 번도 불평한 적이 없었다. 불평이 있었더라도 누구에게 하소연할 수 있었겠는가? 아버지는 할머니에게 무척 깍듯한 아들이었고, 할아버지는 하고 싶은 말이 별로 없었다.

마르가레테 브리게 부인은 내가 기억하는 한, 키가 크고 호리호리한 몸집에 언제나 무뚝뚝한 노인이었다. 틀림없이 시종관인 할아버지보다 훨씬 나이가 많았을 것이다. 할머니는 우리 한가운데에서 누구도 개의치 않고 자신의 삶을 살았다. 우리 중 누구에게도 의존하지 않았고, 노쇠한 옥세 백작영애를 일종의 말동무처럼 늘 곁에 두었는데, 무슨 은혜를 입었는지는 몰라도 할머니는 이 백작영애에게 무한한 의무감을 느꼈다. 그러나 그건 분명 유일한 예외였음이 틀림없다. 왜냐하면 호의를 베푸는 것은 할머니의 방식이 아니었기 때문이다. 할머니는 아이를 좋아하지 않았고, 동물도 가까이 오지 못하게 했다. 할머니에게도 좋아하는 뭔가가 있었는지 나는 모르겠다. 처녀 시절 할머니는 외모가 수려한 펠릭스 리흐놉스키 후작과 약혼한 사이였는데, 이 남자는 프랑크푸르트에서 참혹하게 죽었다고 한다. 그리고 할머니가 임종한 후 그 후작의 초상화 한 점이 발견되었는데, 내가 잘못 알고 있는 게 아니라면 이 초상화는 나중에 그의 가족에게 돌려보내졌다. 지금 생각해보면, 할머니는 시골에 은둔해 살았던 그 삶으로 인해 다른 어떤 삶을, 화려하게 빛나는, 그녀에게 마땅한 삶을 놓친 것이었는지도 모른다는 생각이 든다. 할머니 자신이 그 삶을 애통히 여기는지 그렇지 않은지는 말하기 힘들다. 어쩌면 할머니는 그 삶이 오지 않았고, 행운과 능력을 얻어 살아갈 기회를 놓쳤다는 이유로 그 삶을 경멸했는지도 모른다. 할머니는 그 정도로 모든 것을 자신 안에 집어넣었고, 그 위에 깨지기 쉽고 금속성 빛이 나는 껍질을 여러 겹 입혔는데, 가장 바깥의 껍질은 언제나 새롭고 차가운 느낌을 주었다. 물론 가끔은 자신이 충분한 관심을 받지 못한다는 사실에 단순한 초조함을 드러내기도 했다. 나도 함께 식탁에 있을 때, 할머니가 갑자기 음식을 잘못 삼켜 사레가 들렸는데, 그 방식이 눈에 띄고 요란스러워 앉아 있던 모든 사람의 주의를 끌었고, 그것이 한순간이나마 할머니를 매우 기발하고 재미있게 보이게 했다. 할머니가 스스로에게 원했던 모습 역시 대강 그런 것이었을지도 모른다. 그 사이 생각해보니, 너무나 자주 일어났던 이 우연 같은 일들을 항상 진지하게 받아들인 사람은 아버지뿐이었던 것 같다. 아버지는 공손하게 몸을 약간 기울여 할머니를 살펴보았는데, 사람들이 아버지가 자신의 멀쩡한 기도를 당장 할머니에게 떼어주기를 간절히 바란다고 느낄 정도였다. 시종관 할아버지도 즉시 식사를 멈추었는데, 와인을 한 모금 마시고는 아무 말도 하지 않았다.

할아버지가 식사시간에 아내를 상대로 자기 입장을 보여준 일이 딱 한 번 있다. 오래전 일이었다. 그러나 그 이야기는 짓궂고 은밀하게 계속 전해져왔다. 이때의 일을 아직 듣지 못한 사람이 어디에나 있었기 때문이다. 그 이야기에 따르면, 할머니는 실수로 탁자에 흘린 와인 얼룩에 한동안 매우 화를 냈다고 한다. 어떤 이유로 생긴 것이든, 할머니는 그런 얼룩을 발견하면 격심한 질책과 함께 흘린 사람을 웃음거리로 만들었다. 중요한 손님들이 왔을 때도 한 번 그런 일이 있었다고 한다. 흔히 생기기 마련인 와인 몇 방울 자국에 할머니는 과민하게 반응하면서 조롱 섞인 질책을 했고, 할아버지가 아무리 눈에 띄지 않게 신호를 보내고, 농담을 섞어 경고하는 눈치를 주어도 할머니는 집요하게 비난 섞인 잔소리를 이어갔는데, 그러다 중간에 갑자기 멈춰야 했다. 지금까지 한 번도 없었던 일이, 정말 믿기 힘든 일이 일어났던 것이다. 할아버지가 누군가의 잔을 채우고 있던 붉은 와인병을 달라고 했고, 모두가 주목하는 가운데 자신의 잔을 직접 채웠다. 그런데 이상하게도 할아버지는 잔이 이미 가득찼는데도 멈추지 않았고, 점점 주위가 조용해지는 가운데 느리고 조심스럽게 계속 따랐다. 웃음을 참고 있던 엄마가 마침내 폭소를 터뜨렸고, 그러면서 그 일 전체가 웃음으로 수습되었다. 그제야 모두가 안도의 한숨을 쉬었고, 할아버지는 둘러보다가 하인에게 와인병을 건넸다.

그후 할머니에게 또다른 버릇 하나가 나타났다. 할머니는 집안에 아픈 사람이 있는 것을 참지 못했다. 한번은 요리사가 손을 다쳐 붕대를 감았는데 할머니가 이것을 보고는 집안 전체가 요오드포름 냄새로 가득찼다고 우겼고, 그런 일로 요리사를 해고할 수 없다고 아무리 설득해도 통하지 않았다. 할머니는 아프다는 것 자체를 떠올리는 것을 원치 않았다. 누군가 할머니 앞에서 조심하지 않고 사소한 불편함이라도 표현하면, 할머니는 그런 것까지 개인적인 모욕으로 받아들여 오랫동안 못마땅하게 여기며 마음에 담아두었다.

그해 가을, 엄마가 죽었을 때 할머니는 소피 옥세와 함께 방에만 틀어박혀 지냈고, 우리 모두와 왕래를 끊었다. 아들 역시 예외가 아니었다. 사실 엄마의 죽음은 때가 매우 좋지 않았다. 어느 방이나 추웠고, 난로에서 연기가 났으며, 쥐가 집안으로 들어와서 안심할 수 있는 곳이 없었다. 그뿐만이 아니었다. 할머니 마르가레테 브리게는 엄마의 죽음에 격노했다. 즉 자신이 입 밖에 내기를 거부했던 일이 일어났다는 것, 또 언젠가는 죽게 되겠지만, 아직 그때가 언제인지 전혀 확정되지 않은 자신에 앞서 젊은 여자가 감히 우선권을 가졌다는 데 화를 냈다. 할머니는 자신도 언젠가는 죽을 수밖에 없다고 자주 생각했다. 그러나 재촉

당하고 싶지는 않았던 것이다. 할머니는 분명 자신이 죽고 싶을 때 죽을 것이었다. 그런 뒤에야 다른 사람들도 모두, 만약 죽는 것이 급하다면, 그 뒤를 따라 마음대로 죽을 수 있을 것이었다.

할머니는 엄마의 죽음에 대해 결코 우리를 완전히 용서하지 않았다. 어쨌든 그녀는 그해 겨울에 부쩍 노쇠해졌다. 걸을 때는 여전히 키가 커 보였지만, 소파에 앉으면 푹 주저앉았고, 귀도 점점 멀어갔다. 바로 앞에 앉아서 몇 시간이고 바라보아도 느끼지 못했다. 그녀는 어딘가에 들어가 있었다. 아주 드물게만, 그리고 아주 잠깐 동안만 제정신으로 돌아왔지만, 그곳은 더이상 그녀가 살지 않는 텅 빈 곳이었다. 그러면 백작영애가 만틸라를 제대로 씌워주어도 방금 씻은 커다란 두 손으로 마치 물이 엎질러졌거나 우리가 별로 청결하지 않다는 듯이 자신의 옷매무새를 가다듬었다.

할머니는 봄이 가까운 어느 날 밤 시내에서 죽었다. 소피 옥세는 방문을 열어놓고 있었지만, 아무것도 알아채지 못했다. 다음날 아침에야 발견된 할머니의 몸은 유리처럼 차가웠다.

바로 시종관 할아버지의 지독하고 끔찍한 병이 시작되었다. 마치 할머니의 임종을 기다렸던 것 같았다. 할아버지 자신이 피하지 못할 죽음을 철저하게 죽을 수 있기 위해 그래야 했던 것 같았다.

내가 아벨로네를 처음 본 것은 엄마가 죽은 다음해였다. 아벨로네는 언제나 거기에 있었다. 그녀 자신에게는 무척 손해되는 일이었다. 게다가 아벨로네는 호감 가는 인상이 아니었는데, 나는 아주 어렸을 때 어떤 이유로 그렇게 확신했지만 진지하게 검토해본 적은 없었다. 그녀에게 어떤 사정이 있는지 물어보는 것 역시 그때까지만 해도 쓸데없는 일처럼 여겨졌다. 그녀는 거기에 있었고, 사람들은 할 수 있는 만큼 아벨로네를 부려먹었다. 그런데 어느 날 나는 문득 궁금해졌다. 아벨로네는 왜 거기 있지? 우리에게는 제각기, 반드시 명확한 이유는 아니더라도, 가령 옥세 양의 경우처럼 우리가 거기 있어야 할 나름의 이유가 있었다. 그런데 아벨로네는 무엇 때문에 거기 있었을까? 한동안은 그녀에게 휴식이 필요하다는 이야기가 있었다. 하지만 그런 말은 금세 사라졌다. 아벨로네가 휴식을 취할 수 있도록 도움을 주는 사람은 아무도 없었다. 그녀에게서 쉬고 있다는 인상을 받아본 적이 한 번도 없었다.

그런데 아벨로네에게는 좋은 점이 있었다. 노래를 불렀다. 그녀가 노래를 부르던 시절이 있었다는 말이다. 아벨로네 안에는 강하고 흔들리지 않는 어떤 음악이 있었다. 천사가 남성이라는 것이 사실이라면, 아벨로네의 목소리에는 남성적인 무언가가 깃들어 있었다. 찬란하고 천상적인 남성성이 깃들이 있었다. 나의 경우, 이미 어려서부터 음악에 대한 불신이 있었지만(음악이 다른 모든 것보다 더 강하게 나를 내 바깥으로 들어올려서가 아니라, 음악이 나를 발견했던 곳이 아닌 더 깊이, 어딘가 완성되지 않은 것 속으로 데려다놓는다는 것을 깨달았기 때문이다) 아벨로네의 음악은 받아들일 수 있었고, 이 음악을 듣고 있으면 이곳이 천국이 아닐까 여겨지는 곳까지 높이높이 올라갈 수 있었다. 아벨로네가 나에게 또다른 하늘을 열어 보여줄 거라고는 예상하지 못했다.

우리의 관계는 아벨로네가 엄마의 소녀 시절 이야기를 해주면서 시작되었다. 그녀는 엄마가 얼마나 용감하고 혈기왕성했는지 설득력 있게 전하려 애를 썼다. 당시 춤이나 승마에서 엄마와 견줄 만한 사람이 아무도 없었다고 그녀는 확신했다. "그분은 가장 대담했고 지칠 줄을 몰랐어. 그러더니 갑자기 결혼을 했어." 아벨로네는 그렇게 오랜 세월이 지났는데도 여전히 놀라운 듯이 말했다. "전혀 예상하지 못한 일이었어. 아무도 믿으려 하지 않았지."

나는 아벨로네가 결혼하지 않은 이유가 궁금했다. 내 눈에는 그녀가 비교적 나이가 들어 보였기 때문에 이제라도 결혼할 수 있을 거라는 생각은 들지 않았다.

"사람이 아무도 없었어." 그냥 그렇게만 대답했는데, 그때 아벨로네는 정말로 아름다워 보였다. 아벨로네가 아름다운가? 나는 깜짝 놀라 자문해보았다. 그후 나는 집을 떠나 귀족학교에 입학했고, 끔찍하고 지독한 시간이 시작되었다. 그러나 내가 그곳 소뢰의 학교에서 아이들과 떨어져 창가에 앉아 있을 때, 그들이 나를 그냥 내버려둘 그때는 거기서 바깥의 나무들을 바라보았고, 그런 순간이나 밤에는 내 마음속에서 아벨로네가 아름답다는 확신이 점점 커져갔다. 그러고는 그녀에게 길고 짧은 편지, 수많은 은밀한 편지를 쓰기 시작했고, 그때 나는 울스고르에 대한 이야기와 나의 불행에 대해 쓴다고 생각했다. 하지만 지금 돌이켜보면 그건 역시 연애편지였다. 왜냐하면 전혀 올 것 같지 않던 방학이 드디어 시작되었을 때, 우리는 마치 약속이나 한 것처럼 사람들의 보는 눈이 없는 곳에서 만났기 때문이다.

우리 사이에 약속은 전혀 없었지만, 마차가 정원으로 접어들었을 때, 마치 낯선 손님처럼 마차를 타고 들어오고 싶지 않았던 나는 내리지 않을 수 없었다. 벌써 완연한 여름이었다. 나는 어느 길 하나로 들어가

금사슬나무 쪽으로 달려갔다. 그리고 거기에 아벨로네가 있었다. 아름
다운, 아름다운 아벨로네가.

나를 바라보았을 때의 그녀를, 그때의 일을 결코 잊지 않을 것이다.
그녀가 어떤 식으로 자신의 시선을 담고 있었는지, 고정되지 않은 무언
가가 그 시선을 뒤로 약간 젖힌 얼굴에 붙들어두고 있는 것 같았다.

아, 그곳 기후가 변하지 않았을까? 울스고르 근처가 우리의 온기로
좀더 온화해지지 않았을까? 지금은 장미 한 송이 한 송이가 좀더 오래
까지, 12월까지 꽃을 피우지 않을까?

아벨로네, 당신에 대해서는 아무 말도 하지 않을 것이다. 서로에 대
해 잘못 생각했기 때문이 아니다. 당신은 한 사람만을, 그 당시에도 결
코 잊지 않았던 그 한 사람만을 사랑했던, 사랑받는 여인이 아니라 사
랑하는 여인이었고, 나는 모든 여인을 사랑했기 때문이다. 말로 하는
표현은 결코 정확할 수 없기 때문이다.

아벨로네, 여기 태피스트리가 있습니다. 벽에 거는 장식 융단들*입니
다. 당신이 이곳에 있다고 상상합니다. 태피스트리 여섯 장이 앞에 걸
려 있어요. 자, 한번 천천히 지나가봅시다. 하지만 우선 잠깐 뒤로 물러
서서 전체를 동시에 보기 바랍니다. 그림이 무척 평온해 보이지 않나
요? 저 안에 변화는 별로 없습니다. 어느 융단에나 타원형의 푸른 섬이
은은한 붉은색 바탕 한가운데 떠 있는데, 섬에는 꽃들이 만발하고 혼자
놀고 있는 작은 동물들이 살고 있습니다. 저기 마지막 융단에서만 섬이

---

* 15세기 말 프랑스에서 제작된 것으로 추정되는 여섯 장의 태피스트리 연작 〈여인과 일
각수〉로, 각각 인간의 오감과 욕망을 형상화했다.

마치 가벼워진 것처럼 약간 떠올라 있습니다. 섬마다 인물이 하나씩 있는데, 입은 옷은 다르지만 다 같은 여인입니다. 가끔 여인 옆에 보이는 조금 더 작은 크기의 인물은 시녀이고, 섬마다 문장紋章을 들고 있는 동물들이 커다랗게, 섬 위에 있기도 하고 어떤 장면에 들어가 있기도 합니다. 왼쪽에는 사자가, 오른쪽에는 밝은색 일각수가 있습니다. 사자와 일각수가 같은 깃발을 위로 높이 들고 있고, 붉은 바탕에 푸른 줄 위로 떠오르는 은빛 달 세 개가 있습니다―자, 보았죠? 그럼 첫번째 태피스트리부터 시작할까요?

여인은 매에게 먹이를 주고 있습니다. 그녀의 의상이 무척 훌륭합니다. 매는 장갑 낀 여인의 손 위에 앉아 파닥거리고 있네요. 여인은 그쪽으로 시선을 향한 채 매에게 뭔가를 주려고 시녀가 가져온 굽다리접시에 손을 뻗고 있습니다. 오른쪽 아래를 보면 바닥에 드리워진 여인의 긴 옷자락 위에 비단결 같은 털을 가진 작은 개 한 마리가 앉아 여인을 올려다보며 자신도 잊지 말고 봐주기를 바랍니다. 그리고 이미 보았나요? 뒤쪽으로 낮게 쳐진 장미 울타리가 섬의 경계를 이루고 있습니다. 문장을 들고 있는 동물들은 문장에 어울리게 늠름하게 몸을 세우고 있습니다. 깃대에 달린 문장 깃발이 망토처럼 이 동물들의 목을 감고 있습니다. 아름다운 브로치가 깃발을 여미고 있네요. 문장이 바람에 나부낍니다.

그다음 태피스트리로 향하다가, 깊이 몰입해 있는 여인을 발견하고 더 조심스럽게 다가가게 됩니다. 여인은 꽃으로 작고 둥근 화관을 엮고 있습니다. 시녀가 들고 있는 얕은 쟁반에서 그다음에 무슨 색 카네이션을 꽂을까 하면서, 방금 뽑은 꽃 한 송이를 이 화관에 끼워넣습니다. 뒤에 있는 벤치에는 새로 딴 장미꽃이 가득한 바구니가 아직 그대로 놓여 있는데, 마침 원숭이 한 마리가 이것을 발견했네요. 이번에는 카네이션으로만 만들 것 같습니다. 사자는 더이상 관심을 보이지 않지만, 오른쪽에 있는 일각수는 이 장면을 이해하며 지켜보고 있습니다.

이러한 고요 속으로 어찌 음악이 오지 않을 수 있을까요? 음악이 이미 나지막이 울리고 있지 않았을까요? 여인은 한껏 치장을 하고서도 은은한 차림으로 휴대용 오르간으로 다가가 (정말 느리지 않나요?) 선 채로 연주를 하고, 시녀는 파이프오르간의 음관을 사이에 두고 건너편에서 송풍기를 움직이고 있습니다. 이 여인이 이토록 아름다웠던 적은 없었습니다. 머리 모양이 아주 독특한데, 두 갈래로 땋은 머리를 앞으로 넘겨 이마 머리장식 위에서 하나로 묶었고, 그 뭉치 끝은 마치 투구의 짧은 깃털 장식처럼 솟아나와 있네요. 언짢은 기색의 사자는 마지못해 음악소리를 견디고 있군요. 억지로 포효를 참고 있는 것 같습니다. 그러나 일각수는 음악의 물결 속에서 감동을 받은 듯 기분이 좋아 보입니다.

섬이 넓어졌습니다. 천막이 세워져 있습니다. 푸른색 다마스크 직물에 금빛 불꽃무늬가 있는 천막입니다. 두 동물이 천막 자락을 집어올리고 있고, 여인은 거의 황후와도 같은 의상을 입었지만 어딘지 모르게 꾸밈없는 자태로 걸어나옵니다. 진주 장식도 그녀 자신에 비하면 아무것도 아닙니다. 시녀가 작은 상자를 열면, 여인은 목걸이를 꺼냅니다. 무게감이 있고 무척 아름다운 장신구인데, 항상 감춰놓았던 것이죠. 작은 개가 여인 옆에 마련된 작은 단 위에 올라앉아 여인의 장신구를 바라봅니다. 그런데 저기 천막 위쪽 가장자리에 있는 경구를 발견했나요? 이렇게 적혀 있습니다. *"나의 유일한 갈망에게."*

그런데 무슨 일이 일어난 걸까요? 저 아래 조그마한 토끼는 무엇 때문에 껑충 뛰고 있고, 왜 우리는 토끼가 뛰는 것을 즉시 보게 되는 것일까요? 모든 것이 어색합니다. 사자는 아무것도 하지 않네요. 여인이 직접 깃발을 들고 있습니다. 아니면 깃발에 기대고 있는 것인가요? 여인의 다른 한 손은 일각수의 뿔을 잡고 있습니다. 슬픔의 표현일까요? 그렇다면 슬픔이 저토록 강직할 수 있을까요? 상복이 닳아 해진 데가 있는 저 검푸른 벨벳처럼 저토록 깊이 침묵하고 있을 수 있을까요?

그런데 이번에는 축제가 등장하는데, 초대받은 사람은 없습니다. 여기서 기대는 필요 없습니다. 모든 것이 다 있습니다. 모든 것이 영원히 있습니다. 사자는 거의 위협적으로 주위를 둘러봅니다. 누구도 와서는 안 되는 것 같습니다. 우리는 여인이 지쳐 있는 모습을 본 적이 없는데, 지금은 지친 걸까요? 아니면 그저 무거운 것을 들었기 때문에 앉아 있는 걸까요? 아마 성체 안치기를 들고 있다고 생각할 수도 있겠네요. 하지만 여인은 다른 팔을 일각수 쪽으로 기울이고 있고, 일각수는 기분이 좋아 뒷다리로 서서 여인의 무릎에 앞발을 올렸습니다. 여인이 들고 있는 것은 거울입니다. 보이지요? 여인은 일각수에게 거울에 비친 모습을 보여주고 있는 것입니다—

아벨로네, 난 지금 당신이 여기에 있다고 상상합니다. 이해할 수 있겠죠, 아벨로네? 당신이 꼭 이해해야 한다고 생각합니다.

이제 이 태피스트리 연작 〈여인과 일각수〉도 부사크의 고성*에 없다. 모든 것이 집밖으로 사라지는 시대가 되었고, 집에는 더이상 아무것도 보관할 수 없다. 위험이 확실한 안전함보다 더 확실한 것이 되었다. 르비스트 가문의 태피스트를 물려받으며 대를 이은 사람은 없었고, 그 혈통을 지닌 사람도 더는 없다. 그들은 모두 먼 과거의 사람들이 되었다. 피에르 도뷔송, 아무도 이 이름을 입 밖에 내어 말하지 않는다. 유서 깊은 가문이 배출한 위대한 기사단장, 아마도 그의 뜻에 따라 이 그림들이, 모든 것을 찬미하면서 아무것도 희생시키지 않는 그림들로 이루어진 이 태피스트리가 직조되었을 것이다**(아, 일찍이 시인들은 여인들

---

* 1881년 박물관으로 옮겨지기 전까지, 르비스트 가문 소유 부사크성에 〈여인과 일각수〉가 걸려 있었다.

에 대해 모두 얼마나 다르게 서술했던가, 이 태피스트리의 그림들이 암시하는 것보다는 훨씬 더 사실적으로, 말 그대로 표현했다. 분명 우리는 그 이상 알아서는 안 되었다). 이제 사람들은 우연히 그 앞에 와서 우연히 모인 사람들 속에 서 있다가 자신이 초대받지 않았다는 사실을 깨닫고 깜짝 놀란다. 그러나 거기에는 많지는 않지만 그냥 지나쳐가는 사람들도 있다. 젊은 사람들은 이러저러한 특징을 눈여겨봐두는 것이 자신의 습관이 된 경우가 아닌 한 거의 그 앞에 머무르지 않는다.

그런데 가끔 젊은 처녀들이 그 앞에 서 있는 것을 볼 수 있다. 더이상 아무것도 보관되지 않는 집을 떠나온 젊은 처녀들이 박물관에 많이 찾아오기 때문이다. 그들은 태피스트리들 앞에 서서 잠시 자신을 잊는다. 그들은 이 나지막한 삶, 느리고 결코 완전히는 해명되지 않는 몸짓들로 이루어진 삶이 있었다는 것을 언제나 느끼고 있었고, 자신의 삶이 바로 그럴 거라 생각했던 한때를 어렴풋이 기억해낸다. 그러다가 급히 공책을 꺼내 스케치를 시작한다. 꽃이든 즐거워 보이는 작은 동물이든 상관없다. 무엇을 그리든 상관없다고 방금 누가 가르쳐주기라도 한 것 같다. 사실 그런 것은 아무 문제가 아니다. 그린다는 것, 그것이 중요하다. 그들은 그림을 그리기 위해 어느 날 저항하듯 집을 떠나왔기 때문이다. 그들 모두 좋은 집안 출신이다. 그런데 지금 스케치를 하면서 팔을 움직이자 옷 뒤쪽의 단추가 잠겨 있지 않거나, 잠겨 있다 해도 끝까지 잠겨 있지 않은 것이 보인다. 손이 닿지 않는 단추가 몇 개 있는 것이다. 이 옷을 만들 당시에는 이 처녀들이 어느 날 갑자기 혼자서 집을 나가

** 실제로 〈여인과 일각수〉의 제작을 의뢰한 이는 앙투안 르비스트로 알려져 있고, 도뷔송 가문은 대대로 태피스트리를 만들었다.

게 되리라 생각지 않았던 것이다. 가족과 살면 단추를 채워줄 누군가가 있기 마련이다. 하지만 여기, 이렇게 큰 도시에서 도대체 누가 그것을 해주겠는가? 여자 친구 하나는 있어야 하는데, 그들도 사정은 다 똑같아서, 결국 서로서로 옷 단추를 채워주게 된다. 그게 웃기는 일이고, 결국은 떠올리고 싶지 않은 가족을 다시 떠올리게 한다.

물론 그림을 그리는 동안, 이따금 집을 떠나지 말고 그대로 있었으면 어땠을까 생각하게 되는 건 어쩔 수 없다. 경건한 태도로 살 수 있었다면, 다른 사람들과 같은 속도로 진정으로 경건하게 살 수 있었다면 하고 말이다. 하지만 그런 일을 공동으로 추구한다는 것이 너무나 이상하게 보였다. 우리 앞의 길은 어쩐지 더 좁아졌고, 가족들은 더이상 신에게로 함께 다가갈 수 없다. 이제는 어쩔 수 없이 함께할 수밖에 없는 여러 가지 일만 남아 있을 뿐이었다. 하지만 그런 것들을 정직하게 나누면 각자에게 돌아가는 것이 너무 적어 수치스러울 정도였다. 또 나눌때 속이기라도 하면, 분쟁이 일어났다. 아니다, 차라리 무엇이든 그리는 편이 훨씬 낫다. 시간이 흐를수록 비슷하게 그리게 된다. 예술이란 그렇게 서서히 갈고닦아 습득한 기술일 때 진정으로 부러워할 만한 가치가 있는 것이다.

이 젊은 처녀들은 일단 시작한 일에 집중하느라 더이상 고개를 들어 태피스트리를 보지 않는다. 그 모든 그림을 그리면서도 그들은 이 태피스트리에 짜인 장면들에서 형언할 수 없는 무한함으로 찬란하게 펼쳐지고 있는 불변의 삶을 자신 안에서 억누르고 있을 뿐이라는 것을 깨닫지 못한다. 그들은 그것을 믿으려 하지 않는다. 그토록 많은 것이 달라지는 지금, 그들도 달라지기를 원한다. 그들은 거의 자신을 포기하기 직전이고, 스스로에 대해서도 여자들이 없는 자리에서 남자들이 말하듯이 그렇게 생각하기 직전이다. 그렇게 하는 것이 자신들의 진보로 보이기 때문이다. 이 젊은 처녀들은 바보처럼 삶을 놓쳐버리지 않으려면 즐거움을 찾고 또 찾고, 더 강력한 즐거움을 추구해야 한다고, 바로 그런 것이 삶이라고 거의 확신한다. 그들은 이미 주위를 둘러보며 찾기 시작했다. 지금까지 언제나 다른 사람들에게 발견되는 데 강점을 지녔던 그들이 말이다.

내 생각에 그 이유는 그들이 지쳤기 때문인 것 같다. 여인들은 수백 년 동안 사랑이라는 작업 전체를 도맡아 해왔다. 항상 그들이 양쪽의 대화를 모두 혼자서 담당했다. 남자는 따라가기만 했고, 그나마 서툴렀기 때문이다. 여인들이 사랑에 능숙해지지 못한 것 역시 남자들의 산만함과 게으름, 그리고 무성의의 일종인 질투 때문이었다. 그럼에도 여인들은 밤낮으로 인내하며 사랑과 비련을 키워갔다. 그리고 바로 이 여인들로부터 저 끝없는 고난의 무게를 견디며 지독하게 사랑을 하는 여인들이 생겨났다. 이 여인들은 남자를 부르면서 그를 넘어섰고, 남자가 돌아오지 않으면 그를 넘어 더 커져 있었다. 고통이 혹독하고 얼음 같은 장엄함으로 급변할 때까지 사랑을 멈추지 않았던 가스파라 스탐파*나 어느 포르투갈 여인**이 그랬다. 우리는 그런 여인들에 대해 알고 있다. 기적처럼 보존된 편지들이 남아 있고, 원망과 비탄의 시가 실린 책들도 있고, 그리고 화랑에서 눈물을 흘리는 모습으로 우리를 응시하는 그림들도 있다. 이 그림들의 화가는 운다는 것이 무엇인지 몰

---

* 이탈리아 시인(1523~1554).
** 작자 미상의 『포르투갈 수녀의 편지』의 화자 마리아나 알코포라두.

랐기 때문에 눈물을 설득력 있게 만들 수 있었다. 그러나 그보다 셀 수 없이 많은 여인이 있었다. 자신의 편지를 불태워버렸던 여인들, 더이상 편지를 쓸 기력이 없었던 여인들, 그리고 또다른 여인들도 있다. 가슴 속에 있던 소중함의 씨앗과 함께 견고해진 백발의 여인들도 있다. 여인의 외형을 잃고 강해진 여인들, 이들은 너무 지쳤기 때문에 오히려 강해졌고 자신의 남자들과 비슷해지도록 내버려두었지만 여인들의 사랑이 작동하던, 그 어둠 속 내면에서는 완전히 달랐다. 원하지 않던 임신을 하고 여덟번째 아이를 낳다가 죽은 여인들, 이들은 사랑의 기쁨을 고대하는 처녀들의 몸짓과 경쾌함을 가지고 있었다. 난폭한 남자와 술꾼을 떠나지 않았던 여인들, 이들은 그 남자로부터 가장 멀리 떨어질 수 있는 방법을 자신 안에서 찾았기 때문에 그럴 수 있었다. 이런 여인들은 사람들 속에 있을 때도 자신을 숨길 수 없는 듯이, 마치 축복 받은 자들과 교감하는 존재처럼 은은하게 빛났다. 그런 여인이 얼마나 많았는지, 또 어떤 여인들이었는지 누가 말할 수 있겠는가? 마치 자신들을 붙들 실마리가 될 말들을 그들이 미리 다 없애버린 것 같다.

하지만 너무나 많은 것이 달라져가는 지금, 이제는 우리가 스스로 변화해야 하지 않을까? 조금이라도 발전하도록 시도하고, 사랑이라는 작업에서 우리 남자들의 몫을 차츰차츰 맡으려 해야 하지 않을까? 우리는 사랑의 모든 노고에서 벗어나 있었지만, 그 때문에 사랑은 마치 어린아이의 장난감 상자에 가끔 진짜 레이스 조각 하나가 끼어 들어와서 즐거움을 선사하다가, 더이상 즐거움을 주지 못해 결국 망가지고 조각난 것 사이에서 다른 것들보다 더 시시한 것이 되는 것처럼 기분풀이로 전락하고 말았다. 우리는 아마추어가 모두 그렇듯이 가벼운 향락에 젖어 타락했으며, 사랑의 대가라는 악평을 듣고 있다. 하지만 우리 스스로 자신의 성공을 무시해보면 어떨까? 항상 우리를 위해 행해졌던 사랑의 작업을 처음부터 한번 배워보기 시작하면 어떨까? 많은 것이 달라지는 지금, 우리가 그곳으로 가 초보자가 되어보면 어떨까?

엄마가 작은 레이스 뭉치를 풀어 펼칠 때 어떤 기분이었을지 지금은 나도 안다. 엄마는 잉에보르의 접이식 책상에 딸린 서랍 중 하나에 자신의 물건을 넣어두었다.

"말테, 우리 그거 구경할까?" 그녀는 노란색 래커 칠이 된 서랍에 있던 모든 것을 지금 막 선물받은 듯 기뻐하며 말했다. 그러고는 기대에 부푼 나머지 비단같이 얇은 종이를 제대로 풀지 못했다. 그럴 때마다 내가 도와주어야 했다. 하지만 레이스가 보이면 나 역시 아주 흥분되었다. 레이스는 나무 막대에 감겨 있었지만, 막대는 레이스로 뒤덮여 전혀 보이지 않았다. 우리는 천천히 레이스를 풀어가면서 펼쳐져나오는 무늬를 바라보았고, 무늬 하나가 끝날 때마다 살짝 놀라곤 했다. 무늬가 매번 너무 갑자기 끝나버렸던 것이다.

가장 먼저 이탈리아에서 만든 가장자리 레이스가 나왔는데 한 올씩 뽑은 실로 짠 튼튼한 편물의 무늬가 반복되었고, 농가의 정원처럼 선명했다. 그다음에는 갑자기 베네치아풍 수제 레이스의 격자무늬가 수도원이나 감옥에 갇힌 것처럼 우리의 시선이 향하고 있던 일련의 광경 전체를 가로막았다. 그러나 시야가 다시 트이면서 저멀리 있는 정원까지 들여다볼 수 있었는데, 정원은 점점 기교가 화려해졌고, 마치 온실에 있는 것처럼 눈앞이 가득차 빽빽하고 온화해졌다. 우리가 모르는 화려한 식물들이 거대한 잎을 펼쳐 보였고, 덩굴줄기들이 어지럽다는 듯이 서로를 움켜쥐려 했으며, 푸앵달랑송 레이스 위에 커다랗게 핀 꽃들이 꽃가루를 날려 모든 것을 뿌옇게 만들었다. 갑자기 너무나 피곤하고 정신이 멍해져서 발랑시엔 레이스의 길게 뻗은 길을 따라나섰다. 서리가 내린 겨울이었고 이른아침이었다. 뱅슈 레이스의 눈 덮인 덤불을 헤치고 나가 아직 아무도 가보지 않은 곳에 도착했다. 나뭇가지들이 기묘하게 앞쪽으로 드리워 있고 분명 그 아래 무덤이 있는 것 같았지만 우리는 서로에게 그 사실을 감추었다. 추위가 점점 가까이 들이닥쳤고, 마침내 작고 아주 섬세한 테두리용 레이스 편물이 나타났을 때 엄마가 말했다. "오, 이제 우리 눈에 꽃무늬 성에가 서렸네." 정말 그랬다. 우리 마음속이 너무나 따뜻했기 때문이다.

레이스를 다시 감으면서 우리는 둘 다 한숨을 내쉬었다. 시간이 아주 오래 걸리는 일이었지만 다른 사람에게 맡기고 싶지 않았다.

"이걸 우리가 다 짜야 한다고 생각해봐……" 엄마가 진심으로 두려운 것처럼 말했다. 나는 상상도 되지 않았다. 그때 문득 나는 끊임없이 실을 잣고 그래야만 평온을 찾을 수 있었던 작은 동물들을 생각하고 있는 자신을 깨달았다. 아니다, 이것을 짠 것은 당연히 여인들이었다.

"이걸 만든 사람들은 틀림없이 천국에 갔을 거예요." 내가 감탄하며 말했다. 오랫동안 천국에 대해 물어보지 않았다는 생각을 그때 했던 기억이 난다. 엄마는 한숨을 쉬었고, 레이스는 모두 다시 감겨 있었다.

잠시 후, 나는 이미 잊어버리고 있었는데, 엄마가 아주 천천히 말했다. "천국에 갔다고? 내 생각에 그 사람들은 틀림없이 저 안에 있어. 레이스를 펼쳐 보고 있으면, 그것이 영원한 천상의 행복일 수 있다는 생각이 들어. 그게 어떤 것인지 어차피 우리는 잘 모르잖아."

가끔 집에 손님이 오면, 슐린 씨네 가세가 기울었다는 이야기를 했다. 몇 년 전 오래된 대저택에 큰불이 나서 지금은 건물 양쪽 좁은 별채에서 검소하게 산다고 했다. 그러나 손님을 초대하는 일은 그들 가족에게 천성적인 습관 같은 것이었다. 결코 포기할 수 없는 일이었다. 만약 누군가 예고도 없이 우리집을 방문한다면, 아마도 슐린가에서 오는 길이었을 것이고, 또 누군가 갑자기 시계를 보고 자리를 떠나려 한다면 틀림없이 뤼스타게르에 있는 슐린가에 가야 하는 것이었을 것이다.

그때 엄마는 더이상 아무데도 가지 않게 되었는데, 슐린가 사람들은 그것을 이해하지 못했고, 그래서 한 번은 그 집을 방문할 수밖에 없었다. 이른 눈이 이미 몇 번 내린 12월이었다. 썰매마차는 세시에 오기로 되어 있었고, 나도 함께 가기로 했다. 하지만 우리집 사람들은 정시에 출발하는 법이 없었다. 엄마는 마차가 도착했다고 전갈받는 것을 좋아하지 않아서, 대부분 너무 일찍 내려왔다가 아직 아무도 없으면 갑자기 오래전에 했어야 할 일을 생각해내고는 위층 어디서 뭔가를 찾거나 정리하곤 했기 때문에 엄마가 어디 있는지 찾아내기 힘들었다. 결국 모두 밖에 서서 기다려야 했다. 마침내 엄마가 자리를 잡고 따뜻하게 덮개를 덮고 앉은 후에도 또 뭔가 잊어버린 것이 있어 시베르센을 불러와야 했다. 그 물건이 어디 있는지 아는 사람은 시베르센뿐이었기 때문이다. 하지만 시베르센이 돌아오기도 전에 썰매마차는 갑자기 출발해버리곤 했다.

이날은 맑아지지 않고 계속 흐렸다. 나무들은 안개 속에서 어찌할 바를 모르는 것처럼 서 있었고, 그 속으로 달려들어가는 일은 어딘가 독단적인 느낌이 있었다. 어느새 소리 없이 다시 눈이 내리기 시작했고, 이제는 마지막 남은 것까지도 지워진 하얀 종이 속으로 달려들어가는 것 같았다. 남은 것은 썰매마차의 방울소리밖에 없었고, 어디쯤 왔는지 도무지 알 수 없었다. 마지막 소리까지 다 울렸다는 듯이 방울소리가 멈춘 순간이 한 번 있었다. 그러나 방울소리는 곧 다시 모여들어 뭉쳤다가 힘차게 울려퍼졌다. 왼쪽에 교회 첨탑이 있을 것 같았다. 그런데 갑자기 저 위, 거의 우리 머리 위쪽에서 공원의 윤곽이 드러났고, 우리는 긴 가로숫길에 들어서 있었다. 방울소리는 더이상 떨어져내리지 않았고, 마치 나무 오른쪽 왼쪽에 송이송이 달려 있는 것 같았다. 마차가 방향을 바꾸어 뭔가를 빙 돌아가더니 오른쪽으로 또 뭔가를 지나 한가운데서 멈춰 섰다.

마부 게오르그가 슐린가 저택이 이제 거기가 아니라는 것을 까맣게 잊어버린 것이었는데, 우리 모두 그 순간 그 집이 여기라 생각했다. 이전의 테라스로 이어지는 바깥 계단을 올라갔는데 너무 어두워서 깜짝 놀랐다. 갑자기 우리 뒤 아래편 왼쪽에서 문이 열리면서 누군가 소리쳤다. "이리로 오세요!" 그가 희미한 등불을 들고 흔들었다. "우리가 여기서 유령처럼 돌아다니고 있었군." 아버지가 웃으며 말하고는 다시 계단을 내려오는 우리를 도와주었다.

"하지만 얼마 전까지 분명 거기 집이 있었잖아⋯⋯" 엄마는 이렇게 말했는데, 반갑게 웃으며 달려나오는 베라 슐린에게 바로 익숙하게 대하지는 못했다. 물론 이제 집안으로 서둘러 들어가야 했고, 그 집에 대해서는 더이상 생각할 수 없었다. 비좁은 현관에서 외투를 벗자마자 방 한가운데에 있는 램프 아래 난로를 마주보고 자리를 잡았다.

슐린가는 꽤 영향력 있는 가문으로, 독립적인 여성이 많았다. 아들이 있었는지는 모르겠다. 내가 기억하는 것은 세 자매뿐인데, 첫째 딸은 나폴리의 어느 후작과 결혼했다가 오랫동안 여러 차례 소송을 거쳐 이혼했다. 그다음은 모르는 것이 없다고 알려진 조에이고, 그다음은 베라다. 다정다감한 베라, 그녀가 지금 어떻게 되었는지는 아무도 모른다. 이들의 어머니, 나리슈킨 가문 출신의 백작부인은 넷째 자매나 다름없었고, 어떤 면에서는 막내 같은 존재였다. 백작부인은 아는 것이 하나도 없어서 딸들과는 별도로 수업을 받아야 할 정도였다. 사람 좋은 슐린 백작은 마치 이 네 여자 모두와 결혼한 것처럼 느꼈으며, 집안에서 마주칠 때마다 그들에게 키스를 했다.

슐린 백작은 손을 올리며 한 번 크게 웃고, 우리에게 아주 정중하게 인사했다. 나는 여자들 가운데로 보내졌고, 그들은 나를 차례로 쓰다듬고 어루만지며 질문도 했다. 그런데 나는 이것만 끝나면 어떻게든 밖으로 빠져나가 그 집을 찾아보기로 작정하고 있었다. 오늘은 그 집이 있을 거라는 확신이 있었다. 밖으로 나가는 것은 그리 어렵지 않았다. 어른들 드레스 사이사이 바닥을 마치 개처럼 기어서 빠져나왔고, 현관으로 나가는 문은 약간 열려 있었다. 하지만 바깥으로 나가는 문은 꿈쩍도 하지 않았다. 문에는 사슬이나 빗장 같은 장치가 여러 개 걸려 있었는데, 서두르는 바람에 제대로 다룰 수 없었다. 그러다가 갑자기 문이 열리면서 커다란 소음이 났고, 나는 밖으로 나가기도 전에 붙잡혀 끌려들어왔다.

"포기하는 게 좋을걸. 여기서는 슬쩍 못 빠져나가." 베라 슐린이 재미 있다는 듯이 말했다. 베라는 내 쪽으로 몸을 기울였고, 나는 이 다정한 사람에게 아무것도 털어놓지 않으리라 결심했다. 하지만 내가 아무 말 도 하지 않자 그녀는 내가 볼일이 급해 문 쪽으로 달려갔다고 짐작하 고 내 손을 잡고는 친근하면서도 우쭐거리며 어디론가 데려가려고 걷 기 시작했다. 내밀한 오해를 받은 나는 기분이 무척 상했다. 나는 손을 뿌리치고 그녀를 노려보았다. "나는 그 집을 보고 싶은 거예요." 나는 당당하게 말했다. 그녀는 무슨 말인지 이해하지 못했다.

"저 밖에 계단이 붙어 있는 커다란 집요."

"바보," 그녀가 나를 붙들며 말했다. "거긴 이제 집이 없어." 그래도 나는 계속 고집을 부렸다.

"그럼, 언제 낮에 한번 가보자." 그녀가 한발 물러서듯이 제안했다. "지금은 거기서 이리저리 돌아다닐 수 없어. 움푹 파인 데가 많고 그 바 로 뒤에 아버지의 양어장이 있는데, 그곳은 얼지 않도록 해놨기 때문에 거기 빠지면 넌 물고기가 되는 거야."

그러면서 그녀는 나를 끌어당겨 밝게 불이 켜진 방안으로 다시 밀어 넣었다. 모두 앉아 대화하고 있었고, 나는 그들을 차례차례 둘러보았 다. 저 사람들은 그 집이 없을 때만 가는 거라고 나는 그들을 경멸스럽 게 생각했다. 만약 엄마와 내가 여기 산다면 그 집은 언제나 거기 있을 텐데. 모두가 동시에 이야기하는 동안 엄마는 딴생각을 하고 있는 것 같았다. 틀림없이 그 집을 생각했을 것이다.

조에가 내 옆으로 와서 앉더니 이런저런 질문을 했다. 조에는 얼굴 이 반듯했고, 그 얼굴에는 그녀가 끊임없이 무언가를 꿰뚫어보는 듯 새로운 통찰의 빛이 나타났다. 아버지는 오른쪽으로 약간 비스듬히 앉아, 슐린가의 큰딸, 이혼한 후작부인이 큰 소리로 웃으며 하는 말에 귀를 기울이고 있었다. 그사이 슐린 백작은 엄마와 자기 아내 사이에 서서 뭔가 이야기하고 있었다. 하지만 백작부인이 그의 말을 중간에서 끊고 끼어드는 것을 보았다.

"아니야, 여보, 그건 당신이 상상하고 있는 거야." 백작은 부드럽게 말했지만 두 여인을 향하고 있던 그의 얼굴에는 갑자기 그들과 마찬가지로 불안한 표정이 서렸다. 백작부인은 소위 그 상상이라는 것에서 벗어나지 못하는 듯했다. 방해받고 싶지 않은 사람처럼 완전히 집중해 있었다. 반지를 낀 부드러운 손을 살짝 흔들어 거절의 신호를 했고, 누군가 "쉿" 하고 소리 내자 갑자기 방안이 조용해졌다.

사람들 뒤에는 옛날 집에서 꺼내온 이런저런 커다란 물건들이 무더기로 들어차 있었다. 묵직한 은식기 세트가 광채를 내며 마치 확대경으로 보는 것처럼 볼록 나와 있었다. 아버지는 이상하다는 듯이 주위를 둘러보았다.

"엄마가 냄새를 맡고 있어요." 베라 슐린이 아버지 뒤에서 말했다. "그럴 땐 우리 모두 조용히 해야 해요. 엄마는 귀로 냄새를 맡아요." 그러면서 그녀는 눈썹을 치켜세운 채 코끝에 온 신경을 모았다.

이런 점에서 슐린가 사람들은 화재를 당한 이후 약간 유별나게 굴었다. 지나치게 난방을 한 방들에서는 끊임없이 무슨 냄새가 났고, 그러면 사람들은 그 냄새를 찾아 방을 살피며 서로 의견을 나누었다. 조에는 난롯가에서 매우 냉정하고 진지하게 뭔가 하고 있었고, 백작은 이리저리 서성이면서 모든 구석마다 가서 잠시 서 있다가 "여기는 아니야"

라고 말했다. 백작부인은 일단 일어서긴 했지만 어디를 찾아야 할지 몰랐다. 아버지는 마치 바로 뒤에서 냄새가 난다는 듯이 천천히 몸을 돌렸다. 그러면 후작부인은 즉시 역겨운 냄새가 난다는 듯이 손수건을 코에 대고 냄새가 사라졌는지 주위를 살폈다. "여기예요, 여기." 베라가 냄새를 찾아낸 듯이 때때로 소리쳤다. 무슨 말 한마디만 나와도 그 주위는 이상하리만치 조용해졌다. 나로 말하자면, 나도 열심히 냄새를 맡았다. 하지만 갑자기 (방안의 열기 때문이었는지, 아니면 가까이 있는 많은 등불 때문이었는지) 난생처음으로 유령에 대한 공포 같은 것이 나를 덮쳤다. 방금까지 이야기하며 웃고 있었고, 거침이 없었던 키 큰 어른들이 이제 모두 허리를 구부리고 이리저리 걸어다니면서 보이지 않는 무언가에 열중하고 있는 것이 분명했고, 그들 눈에 보이지 않는 그 무언가가 거기 있었다는 것, 그들이 그것을 인정했다는 것이 분명해졌다. 그리고 그것이 그들 모두보다 더 강력했다는 것은 무서운 일이었다.

나의 불안은 점점 커졌다. 그들이 찾고 있던 그것이 갑자기 나한테서 부스럼처럼 생겨날 것 같았고, 그러면 그들이 날 보고 손가락질할 것 같았다. 나는 절망적인 기분으로 엄마를 건너다보았다. 엄마는 이상할 정도로 꼿꼿이 앉아 있었는데, 나를 기다리고 있었던 것 같다는 생각이 들었다. 엄마에게 다가간 나는 그녀가 속으로 떨고 있다는 것을 느끼자마자 이제 그 집이 다시 사라졌다는 것을 알았다.

"말테, 겁쟁이구나." 어디선가 웃는 소리가 들렸다. 베라의 목소리였다. 하지만 엄마와 나는 떨어지지 않고 함께 견뎌냈다. 그리고 그렇게 우리는, 엄마와 나는 그 집이 완전히 다시 사라질 때까지 그대로 있었다.

거의 이해할 수 없는 경험이 가장 많았던 것은 역시 생일날들이었다. 물론 우리는 삶이 별다른 차이 없이 지나가는 것이 좋다는 걸 알고 있다. 그래도 생일날 아침만은 의심의 여지 없이 기쁨을 누릴 권리를 가지고 깨어났다. 아마도 이 권리에 대한 의식은 아주 어린 시절에, 모든 것에 손을 뻗치고, 모든 것을 획득할 수 있었을 때, 손에 붙잡은 것을 확고한 상상력으로 현재 이 순간을 지배하는 욕망의 원색적 강도로까지 끌어올릴 수 있었던 그때 형성되었을 것이다.

그러다가 생일에 대한 권리 의식이 완전히 굳어진 자신과 달리, 다른 사람들의 불안정함을 보게 되는 생일날이 느닷없이 찾아온다. 이번에도 기꺼이 이전 생일날들처럼 잘 차려입고, 잇따르는 모든 것을 기대한다. 하지만 잠에서 깨자마자 누군가 밖에서 아직 케이크가 도착하지 않았다고 외치는 소리가, 선물 탁자를 준비하고 있는 옆방에서 뭔가 깨지는 소리가 들린다. 혹은 누군가 방으로 들어오며 문을 열어놔서 아직 보면 안 되는 것들을 모두 보게 된다. 수술과 같은 일이 행해지는 순간이다. 짧지만 엄청나게 고통스러운 절개의 순간. 그러나 그 일을 하는 손은 능숙하고 확고하다. 금방 끝난다. 그리고 그 순간을 겨우 넘기자마자, 이제 더이상 자신에 대해 생각하지 않는다. 우리에게 중요한 것은 생일을 구해내는 것이고, 사람들을 관찰하고 그들의 실수를 미연에 방지하는 것이며, 모든 일을 훌륭하게 해내고 있다고 생각하는 그들, 어른들의 망상을 더욱 확고하게 만들어주는 것이다. 물론 쉬운 일이 아니다. 그들은 유례가 없을 정도로 서투르고, 거의 멍청하다는 것이 확실하기 때문이다. 그들은 다른 사람에게 가야 할 선물 꾸러미를 들고 들어오기도 하는데, 그럴 때는 그리로 달려갔다가도, 마치 뭔가 특정한 것을 기다렸던 게 아니라 그저 방안에서 몸을 좀 움직이고 있었던 것처럼 연기해야 한다. 또 우리를 깜짝 놀라게 하려고 짐짓 기대하는 몸짓을 해가며 장난감 상자의 가장 아래 단을 열어 보이지만, 그 안에 톱밥만 들어 있을 때도 있다. 그럴 때도 그들의 당혹감을 달래주어야 한다. 기계장치가 있는 선물을 주고 먼저 시동해보려다가 태엽을 너무 많이 감아 고장을 내기도 한다. 그래서 태엽이 망가진 장난감 쥐 같은 건 눈에 띄지 않게 발로 툭툭 차서 앞으로 움직이게 하는 연습도 미리 해두는 게 좋다. 이런 식으로 어른들을 속여서 창피함을 느끼지 않게 도와줄 수 있다.

이 모든 일은 특별한 재능이 없어도 요구되는 대로 결국 다 해낼 수 있었다. 물론 재능이 필요한 경우가 있긴 하지만, 누군가가 애써서 고른 것을 정성스럽게 주었을 때만 필요했고, 이때 이 재능은 소중하고 정성스러운 기쁨을 가져다주었다. 멀리서 봐도 다른 사람을 위한 기쁨, 완전히 낯선 기쁨이라는 것을 알 수 있었다. 누구에게 어울릴 만한지도 알 수 없었다. 그 정도로 완전히 낯선 기쁨이었다.

이야기하는 것, 정말로 이야기를 하는 것은 이전 시대에서나 가능했다. 나는 누군가가 제대로 이야기하는 것을 들어본 적이 없다. 전에 아벨로네가 엄마의 유년 시절에 대해 말해주었을 때도, 그녀가 이야기를 할 줄 모른다는 것을 분명히 알 수 있었다. 하지만 외할아버지 브라헤 백작은 이야기를 할 줄 알았다고 한다. 그것에 대해 아벨로네가 알고 있었던 것을 써보려 한다.

아벨로네는 아주 어린 소녀였을 때, 특이하고 격심한 동요의 시기를 보냈다. 당시 브라헤 일가는 시내의 브레드가데에서 상당히 사교적인 분위기 속에 살고 있었다. 밤늦게 자기 방으로 올라올 때면, 아벨로네도 다른 사람들처럼 피로를 느꼈다. 그러나 그녀는 문득 창문을 감지했고, 내가 이해하기로 그녀는 몇 시간이나 그 앞에 서서 밤을 바라보면서 '나에게 어떤 의미가 있을 거야'라고 생각했다. "마치 포로처럼 나는 그곳에 서 있었고," 그녀가 말했다. "별들은 자유였어." 당시 아벨로네는 별 어려움 없이 잠들 수 있었다. '잠에 빠지다'라는 표현은 이 시기 소녀들에게는 어울리지 않는다. 잠이란 자신과 함께 올라가는 무엇이었고, 가끔 눈을 떠보면 또하나의 새로운 표면 위에, 물론 가장 높은 표면과는 한참 거리가 먼 표면 위에 누워 있었다. 그러고는 아침이 되기 전에 잠을 깼다. 사람들이 아직 잠에서 덜 깬 상태로 늦은 아침을 먹으러 나타나는 겨울에도 일찍 눈을 떴다. 저녁이 되어 어두워지면, 물론 모두를 위한 등불, 공동의 등불이 있었다. 하지만 이른새벽, 모든 것이 다시 시작되는 새로운 어둠 속에 밝힌 두 개의 촛불은 오직 그녀를 위한 것이었다. 두 개의 양초가 나지막한 2구 촛대에 꽂혀, 장미 모양이 그려진 작은 타원형 망사 갓을 통해 고요히 비치고 있었다. 낮아지는 양초를 따라 가끔 망사 갓을 내려주어야 했다. 이것이 방해가 되지는 않았다. 서둘러야 할 일이 없기도 했고, 편지를 쓸 때나, 언젠가 오래전에 완전히 다른 필체로 불안하고도 아름답게 시작했던 일기장에 글을 쓸 때면 가끔씩 고개를 들어 곰곰이 생각을 해야 했기 때문이다.

브라헤 백작은 딸들과는 아주 소원하게 살았다. 그는 타인과 삶을 함께해야 한다는 주장을 망상으로 치부했다. ("흠, 함께한다니…… 말은 좋지……"라고 말했다.) 그럼에도 사람들이 그의 딸들에 대해 이야기하면 즐거워했다. 딸들이 마치 다른 도시에 살고 있기라도 한 듯 주의깊게 들었다.

그런 만큼 그가 어느 날 아침식사 후에 손짓을 하며 아벨로네를 부른 것은 아주 이례적인 일이었다. "우리는 같은 습관을 가진 것 같구나. 나도 일찍 일어나 글을 쓰거든. 네가 나를 도와줄 수 있겠어." 아벨로네는 마치 어제의 일처럼 기억했다.

바로 다음날 아침 아벨로네는 아버지의 서재로 불려갔는데, 원래 들어가면 안 되는 곳이었다. 아벨로네는 방을 세심하게 살펴볼 시간도 없이 들어가자마자 책상에 앉아 있는 백작 맞은편에 앉아야 했는데, 이 책상은 책과 문서 더미로 된 마을들이 있는 평원처럼 보였다.

백작은 자신이 말하는 것을 받아쓰게 했다. 브라헤 백작이 회고록을 쓰고 있다고 주장하던 사람들 말이 완전히 틀린 것은 아니었다. 다만 사람들이 흥미진진한 호기심에 가득차 기대한 것처럼 정치나 군사軍事와 관련된 회상이 아니었을 뿐이다. 누군가 그런 쪽으로 말을 꺼내면 백작은 "그런 일들은 잊어버렸네" 하고 짧게 대답했다. 그러나 그런 그가 잊지 않으려고 한 것은 어린 시절이었다. 그 시절을 소중하게 생각했다. 그의 말에 따르면, 아득히 멀게 느껴지는 그 시절이 자신의 내면에 가장 중요한 자리를 차지하고 있고, 그래서 눈길을 안으로 돌렸을 때 마치 덴마크의 환한 여름밤에 가슴이 벅차올라 잠을 못 이루는 것처럼 그 시절이 거기 있는 것이 당연하다고 했다.

노백작이 이따금 벌떡 일어나 촛불에 대고 말을 하면 촛불이 흔들렸다. 또 그는 이미 받아쓴 문장 전체를 지우게 하고는 나일그린빛 실크 가운을 펄럭거리며 격렬한 몸짓으로 방을 왔다갔다하기도 했다. 이런 일이 일어나는 동안 줄곧 함께 있었던 또 한 사람은 스텐이었다. 유틀란트 출신의 늙은 하인 스텐의 임무는 백작이 벌떡 일어날 때마다, 잔뜩 메모가 된 채 탁자 위에 놓여 있다가 낱낱이 날리는 종이들을 손으로 재빨리 눌러 붙드는 것이었다. 백작은 요즘 종이는 쓸모없이 너무 얇고 가벼워 조금만 움직여도 날린다고 생각했다. 스텐 역시 이러한 불만을 공유했고, 마치 올빼미처럼 심각하고 빛에 현혹된 듯한 표정으로 손을 짚고 긴 상체만 보이게 앉아 있었다.

스텐은 일요일 오후를 스베덴보리*를 읽으며 보냈는데, 그가 주문을 외운다는 소문이 있었기 때문에 하인들 누구도 그의 방에 들어가려 하지 않았다. 스텐의 집안사람들은 오래전부터 유령과 접촉해왔고, 특히 스텐은 이런 일에 특별히 선택된 사람이었다. 스텐을 분만하던 한밤중에 그의 어머니 앞에 뭔가가 나타났었다고 한다. 스텐은 크고 둥근 눈을 가지고 있었고, 시선의 다른 쪽 끝은 그 눈으로 보는 모든 이를 간파하며 뒤쪽 깊숙한 곳에 놓여 있었다. 아벨로네의 아버지는 가끔 그에게 마치 그의 친척에 대해 묻는 것처럼 유령에 대해 물어보았다. "그들이 이번에 올까, 스텐?" 그는 호의적으로 말했다. "그들이 오면 좋지."

며칠 동안 구술이 진행되었다. 그러다 아벨로네는 '에케른푀르데'라는 단어를 받아쓸 수 없었다. 고유명사였고, 아벨로네가 한 번도 들어본 적 없는 단어였다. 자신에게 떠오르는 회상에 비해 받아쓰는 속도가

---

* 스웨덴 신학자, 신비주의자, 철학자(1688~1772).

너무 느려서 오래전부터 기록을 포기할 핑계를 찾고 있었던 백작은 언짢은 기색을 보였다.

"너는 이걸 쓰지 못하는 거냐!" 그가 날카롭게 소리쳤다. "그러면 사람들은 이것을 읽을 수가 없을 거란 말이다. 내가 그때 한 말을 볼 수 있겠어?" 그는 아벨로네에게서 눈을 떼지 않고 화를 내며 말을 이었다.

"사람들이 이 사람, 이 생제르맹*을 볼 수 있겠어?" 그가 아벨로네에게 소리를 질렀다. "생제르맹이라고 했나? 그건 지워! 이렇게 써라. 벨마레 후작."

아벨로네는 줄을 긋고 다시 썼다. 하지만 백작의 말이 너무 빨라 따라갈 수 없었다.

"훌륭한 벨마레는 아이들을 싫어했지만 나는 무릎에 앉혀주었는데, 그때 나는 그 정도로 어렸어. 나는 그의 다이아몬드를 깨물어보려고 했지. 그것이 그를 즐겁게 했어. 그가 웃으면서 눈높이를 맞춰 마주보게 될 때까지 내 머리를 들어올렸다. 그러곤 말했어. '넌 아주 훌륭한 치아를 가졌구나. 뭔가 해낼 치아 같은데.' 나는 그의 눈을 기억에 담아두었어. 그후 이곳저곳을 떠돌아다니면서 온갖 종류의 눈을 보았지만, 날 믿어도 좋아, 그런 눈은 다시 보지 못했어. 그 눈엔 더이상 필요한 것이 아무것도 없었어, 눈 안에 모든 것이 있었거든. 베네치아에 대해 들어봤니? 좋아. 내가 장담하는데, 그의 두 눈은 여기서 책상을 보듯 베네치아를 이 방안에 있는 것처럼 들여다볼 수 있었을 거야. 한번은 구석에 앉아 그가 아버지에게 페르시아에 관해 이야기해주는 것을 들었는데,

---

* 18세기 유럽 전역을 누비던 연금술사, 모험가, 음악가. 신비한 소문에 둘러싸인 인물로 에케른푀르데에서 사망했다. 그를 생제르맹이라고 믿는 사람들도 있었다.

아직도 가끔 내 손에서 그 이야기 냄새가 나는 것 같아. 아버지는 그를 높이 평가했고, 태수 전하는 그의 제자나 마찬가지였어. 하지만 자신 안에 있는 과거만 믿는 것을 나쁘게 보는 사람도 꽤 많았지. 그런 사람들은 아무리 사소한 것도 타고나지 않으면 아무 소용이 없다는 걸 이해하지 못했어."

"책들이 텅 비어 있어." 백작이 성난 몸짓으로 벽 여기저기에 대고 소리질렀다. "피, 그것이 중요해, 피를 읽을 수 있어야 해. 벨마레는 핏속에 경이로운 이야기와 매우 특이한 묘사를 해놓았어. 자신이 원하는 대로 어디든 펼쳐서 볼 수 있었고, 거기에는 언제나 뭔가가 쓰여 있었지. 그 핏속의 단 한 쪽도 그냥 넘어가는 일이 없었어. 그리고 종종 그가 방에 틀어박혀 혼자서 핏속 책장을 펼치며 뒤적일 때는 연금술과 광석, 색채에 관한 구절에 이르곤 했다. 왜 그런 것이 없다고 하지? 틀림없이 어딘가 있을 거야."

"그 사람 혼자라면 그는 충분히 하나의 진리로 살 수 있었을 거야. 하지만 그런 진리를 가지고 혼자 사는 건 결코 쉬운 일이 아니었어. 게다가 그는 자신의 진리를 듣고자 하는 사람들을 초대할 정도로 형편없는 사람이 아니었다. 그 진리는 소문이 나서는 안 되는 진리였어. 그런 점에서 그는 너무나 동양적이었지. '여인이여, 안녕히.' 그는 진리에 맞게 작별을 고했다. '어쩌면 우리는 천 년이 지나야 좀더 강해지고 방해받는 일도 없어질 것 같군요. 여인이여, 당신의 아름다움은 무엇보다 변화와 생성에 있는 것이니까요.' 그가 말했고, 그저 예의상 하는 말이 아니었어. 이 말을 하고 그는 길을 떠나 저 바깥에서 사람들을 위해 동물원을 만들었지. 지금까지 우리가 본 적 없던 더 큰 종류의 거짓들을 위한 일종의 아클리마타시옹공원* 같은 것을, 그리고 과장된 표현으로 이루어진 열대식물 온실, 가짜 비밀들이 가장 잘 손질되어 있는 작은 무화과나무밭도 만들어놓았다. 그러자 사람들이 사방에서 몰려들었고, 그는 다이아몬드 버클이 달린 신발을 신고 돌아다니며 손님들을 위해서만 살았어."

"그저 피상적인 삶이 아니냐고? 기본적으로 그건 진리라는 여인에 대해 기사도적 성실함을 다한 것이었고 그런 태도로 자신을 유지했던 거야."

조금 전부터 노백작은 아벨로네에게 잔소리를 하지 않았다. 그녀의 존재를 완전히 잊어버리고 있었다. 그는 미친듯이 서성거리며, 마치 스텐이 백작 자신이 생각하는 모습으로 변신할 거라는 듯 스텐에게 도발적인 시선을 던졌다. 그러나 스텐은 아직 바뀌지 않았다.

"그를 직접 **봐야** 하는데." 브라헤 백작이 뭔가에 사로잡힌 듯 말을 이어갔다. "한동안 그가 잘 보이던 때가 있었어. 비록 여러 도시에서 그가 받은 편지들에는 수신인 이름도 없고, 주소 외에는 아무것도 적혀 있지 않았지만. 하지만 난 그를 봤어."

"그는 잘생기지는 않았어." 백작은 서두르듯 묘한 웃음을 지었다. "사람들이 말하는 대단한 인물도 탁월한 인물도 아니었어. 그 사람 옆에는 항상 더 탁월한 사람들이 있었어. 그는 부자였지만, 부는 그에게 갑자기 떠오르는 착상 같은 것에 지나지 않았고, 그런 것을 신뢰할 순 없었지. 체격은 건장했어. 물론 다른 사람들은 자신이 더 건강하다고 생각

---

* 1860년 나폴레옹 3세 때 개장된 파리 북서부 불로뉴숲에 자리한 복합 유원지.

했지. 그 당시 나는 그가 재치가 있는지 없는지, 혹은 사람들이 중요하게 생각하는 이런저런 것들로 그를 판단할 수 없었어. 그러나 그는 분명 존재하고 있었다."

백작은 몸을 떨며 마치 바깥에 있던 뭔가를 방으로 들여놓는 듯한 몸짓을 했다.

그 순간 백작은 아벨로네를 다시 의식했다.

"그가 보이지?" 백작이 호통치듯이 말했다. 그러고는 은빛 촛대를 집어들어 아벨로네 얼굴 가까이에 눈이 부시도록 비추었다.

아벨로네는 그를 보았다고 기억했다.

이후 며칠 동안 아벨로네는 규칙적으로 불려갔으며, 이 일 이후로 구술 작업은 훨씬 더 평온하게 진행되었다. 백작은 온갖 서류를 참고하여, 자신의 아버지가 모종의 역할을 담당했던 베른스토르프 모임*에 관한 오래된 기억을 정리했다. 이제 아벨로네는 자신이 맡은 일의 특수성에 잘 적응해서, 필요에 의해 함께 있는 것이라 해도, 두 사람을 보면 누구나 쉽게 그들을 친밀한 관계로 생각할 정도가 되었다.

한번은 아벨로네가 자기 방으로 돌아가려 하는데, 노백작이 마치 뭔가 놀래줄 것을 들고 있는 것처럼 두 손을 뒤로 감추고 다가왔다. "내일은 율리에 레벤틀로브**에 대해 쓰게 될 거다." 그가 이렇게 말하고 자신의 말을 음미하듯 말을 이었다. "그 사람은 성녀였지." 아마도 아벨로네가 미심쩍은 표정으로 그를 보았을 것이다.

"그래, 그래, 그 모든 것이 아직 존재하고 있어." 명령하는 듯한 어조

---

* 덴마크 베른스토르프 가문이 주도한 정치인, 지식인 모임.
** 덴마크 작가(1763~1816). 문학 살롱을 이끌었다.

로 주장했다. "모든 것이 다 있어요, 아벨 백작의 영애님."

그는 아벨로네의 두 손을 잡았다가 마치 책을 펼치듯 폈다.

"그녀는 성흔을 가지고 있었어, 여기, 그리고 여기에." 그가 말하며 차가운 손가락으로 아벨로네의 두 손바닥을 짧고 강하게 눌렀다.

아벨로네는 성흔이라는 표현을 알지 못했다. 알게 될 거라고 생각했다. 그녀는 아버지도 보았다는 이 성녀가 궁금해서 조바심이 났다. 그러나 그녀는 더이상 불려가지 않았다. 다음날 아침에도, 그리고 그후에도—

"레벤틀로브 백작부인에 대해서는 너희 집에서도 자주 이야기했잖아." 내가 좀더 이야기해달라고 하자, 아벨로네는 이렇게 짧게 말을 끝냈다. 아벨로네는 피곤해 보였다. 그리고 대부분은 다 잊어버렸다고 주장했다. "하지만 그 자리는 아직도 가끔 느낄 수 있어." 그녀가 미소 지으며 말하더니 참을 수 없는지 빈 손바닥을 거의 호기심에 차서 들여다보았다.

아버지가 죽기 전에 이미 모든 것이 달라졌다. 울스고르는 더이상 우리소유가 아니었다. 아버지는 도시의 어느 연립주택에서 죽었는데, 그 연립주택은 내게 적대적이고 낯선 느낌을 주었다. 당시 나는 외국에 있었기 때문에 너무 늦게 도착했다.

아버지는 안뜰을 마주한 방에, 두 줄로 늘어선 높다란 양초들 사이에 누워 있었다. 꽃향기는 동시에 들려오는 수많은 목소리처럼 명확하지 않았다. 눈이 감긴 아버지의 반듯한 얼굴에는 정중하게 뭔가를 회상하는 듯한 표정이 어려 있었다. 수석 수렵관 제복이 입혀져 있었는데 무슨 이유인지 파란 띠가 아니라 흰 띠가 둘러져 있었다. 두 손은 깍지 끼지 않고 가슴 위에 비스듬히 포개져 있었는데, 사람들이 그렇게 해놓은 것 같았고 무의미해 보였다. 무척 고통스러워하며 돌아가셨다고 누군가 살짝 말해주었지만 그런 흔적은 찾아볼 수 없었다. 아버지의 표정은 손님이 머물다 떠난 객실의 가구들처럼 정돈되어 있었다. 나는 아버지의 죽은 모습을 이미 자주 봤던 느낌이 들었다. 그 정도로 모든 것이 전혀 낯설지 않았다.

새롭게 보인 것은 주위 환경뿐이었고, 뭔가 불편한 기분이 들었다. 내리누르는 듯한 이 방이 새로웠는데, 아마도 맞은편에 이웃집의 창으로 보이는 것이 있었기 때문일 것이다. 시베르센이 가끔 들어와서는 아무것도 하지 않는 것도 낯설었다. 시베르센은 많이 늙어 있었다. 그다음에는 아침식사를 해야 했다. 식사시간이라고 내게 여러 번 알려주었지만, 이날 나는 아침 생각이 전혀 없었다. 사람들이 나를 기다린다는 것을 전혀 모른 채 방에서 나가지 않았기 때문에 결국 시베르센이 와서 의사들이 와 있다고 어찌어찌 알려주었다. 의사들이 왜 왔는지는 알 수 없었다. 시베르센은 의사들이 뭔가 할일이 있는 것 같다고 말하고 충혈된 눈으로 나를 똑바로 쳐다보았다. 그때 두 신사가 다소 허둥대며 방으로 들어왔다. 의사들이었다. 먼저 들어온 의사가 안경 너머로 우리를 보려고 고개를 급히 숙였는데, 그 모습이 마치 이마에 뿔이 있어 그것으로 우리를 찌르려고 하는 것 같았다. 그는 먼저 시베르센을, 그다음에 나를 쳐다보았다.

그는 격식에 맞춰 인사하는 학생처럼 허리를 숙였다. "수렵관님이 부탁하신 일이 하나 더 있습니다." 그가 들어올 때와 똑같은 태도로 말했다. 이번에도 허둥댄다는 느낌을 주었다. 나는 어떻게든 그가 안경을 통해 나와 시선을 맞추도록 유도했다. 그의 동료는 금발에 피부가 얇고 몸은 포동포동했는데, 사람들 말에 쉽게 얼굴을 붉히는 타입 같아 보였다. 잠시 정적이 흘렀다. 이미 죽은 수석 수렵관에게 아직도 부탁이 있다는 게 이상하게 들렸다.

나는 무의식적으로 다시 고개를 돌려 아버지의 반듯하고 차분한 얼굴을 보았다. 그리고 이때 나는 아버지가 확실함을 원했다는 것을 알았다. 아버지는 기본적으로 언제나 확실한 것을 원했다. 이제 그는 그것을 받을 때가 되었다.

"심장침 때문에 오셨군요. 부탁드립니다."

나는 고개 숙여 인사하고 뒤로 물러섰다. 두 의사도 고개 숙여 인사하고 곧바로 자신들이 할 일에 대해 이야기를 나누었다. 이미 누군가 촛불들을 옆으로 치워놓았다. 둘 중 나이 많은 의사가 나에게 몇 걸음 다가왔다. 어느 정도 거리를 둔 채 그가 몸을 앞으로 뻗어 마지막 몇 걸음을 아끼면서 불편한 표정으로 나를 바라보았다.

"이럴 필요 없습니다." 그가 말했다. "그러니까 제 말은, 차라리 그러시는 게, 선생께서……"

말을 끝까지 하지 않고 서두르는 그의 태도가 게으르고 닳아빠진 사람이라는 인상을 주었다. 나는 다시 한번 고개를 숙였다. 그리고 또다시 인사하지 않을 수 없었다.

"고맙습니다." 나는 짧게 말했다. "방해하지 않겠습니다."

나는 이 일을 견뎌낼 것이며, 피할 이유가 없다는 것을 알고 있었다. 그렇게 되었어야 할 일이었다. 어쩌면 그것이 이 일 전체의 의미였을 것이다. 게다가 침으로 흉부를 찔리면 어떻게 되는지 본 적도 없다. 이렇게 특별한 경험이 강요에 의해서도 아니고, 어떤 조건도 없이 생겨났을 때는 거부하지 않는 것이 적절하다고 생각했다. 사실 그 당시부터 이미 나는 실망이라는 것을 더이상 믿지 않았다. 그러니 두려울 것도 없었다.

아니다, 그렇지 않다, 이 세상에서 우리가 표상해볼 수 있는 것은 아무것도 없다. 전혀 없다. 모든 것 하나하나는 우리의 지각에 들어오지 않는 무수히 개별적이고 세세한 부분들이 함께 구성되어 일어난 것이다. 상상을 할 때 우리는 그것들을 그냥 지나쳐버리기 때문에, 그것들을 빠트렸다는 것을 전혀 인지하지 못한다. 하지만 현실은 느리게 흘러가고 서술이 불가능할 정도로 세세하다.

예를 들어, 누가 이런 저항이 있으리라 상상이나 했겠는가? 아버지의 넓적하고 높이 솟은 흉곽이 다 드러나자마자, 성급하고 키 작은 의사가 처치할 자리를 찾아냈다. 그러나 급히 갖다댄 기구가 들어가지 않았다. 갑자기 방안에서 모든 시간이 사라져버린 느낌이 들었다. 우리가 마치 어떤 그림 속에 들어가 있는 것 같았다. 그러나 다음 순간, 시간은 미끄러지는 듯한 작은 소리와 함께 돌진해왔고, 이미 써버린 것보다 훨씬 더 많은 시간이 거기 있었다. 갑자기 어디선가 두드리는 소리가 났다. 그렇게 두드리는 소리는 한 번도 들어본 적 없었다. 따뜻하면서도 꽉 막힌 듯한 두 번의 두드림. 나의 귀는 그 소리를 듣고 있었고, 동시에 의사의 기구가 바닥까지 가닿은 것을 보았다. 하지만 한참이 지나서야 이 두 가지 인상이 내 안에서 합쳐졌다. 그렇지, 그렇지, 나는 이제 됐다고 생각했다. 두드리는 소리는 그 속도로 보아 남의 불행을 즐기고 있는 듯이 울렸다.

나는 이제 낮이 익은 그 남자를 주시했다. 아니다, 그는 전적으로 평정을 유지하고 있었고, 신속하고 객관적으로 일하는, 일이 끝나자마자 또다시 일을 하러 가야 하는 사람이었다. 즐기거나 만족감을 느낀 흔적은 전혀 없었다. 다만 왼쪽 관자놀이에 오래된 본능에 의해 흘러나온 듯한 머리카락 몇 올이 걸쳐져 있었다. 그는 조심스럽게 기구를 빼냈고, 그 자리에는 이제 입 같은 것이 하나 놓여 있었다. 거기서 두 번 피가 흘러나왔는데, 마치 입이 두 음절로 된 무언가를 말하는 것 같았다. 금발의 젊은 의사는 들고 있던 탈지면으로 능숙하게 재빨리 닦아냈다. 이제 그곳에는 감겨 있는 눈 같은 상처가 조용히 남아 있었다.

나는 또 한번 몸을 숙여 인사를 했던 것 같다. 이번에는 제대로 하지 않고 대강 했다. 남아 있는 사람이 나 혼자라는 것에 깜짝 놀라기는 했다. 누군가 수렵관 제복을 다시 입혀주었고 흰색 띠도 이전처럼 그 위에 둘러졌다. 하지만 이제 수석 수렵관은 죽었다. 그 혼자만 죽은 것이 아니다. 이제 심장에 구멍이 뚫렸다. 우리의 심장, 우리 가문의 심장에 뚫린 것이다. 이제 다 끝났다. 바로 그것이 소위 '투구 깨뜨리기'*, 가문의 종말이었던 것이다. "오늘로서 브리게 가문은 더이상 없다." 내 안의 무언가가 이렇게 말했다.

나의 심장에 대해서는 생각하지 않았다. 나중에 생각났을 때, 나의 심장은 전혀 생각할 문제가 아니었다는 것을 처음으로 확실히 알게 되

---

* 중세 기사문학에서 상대를 죽이는 것을 의미했으며, 귀족 가문에서 장례 제식을 할 때 가문의 마지막 자손들이 문장이나 투구, 깃발 등을 부수어 무덤에 함께 묻는 것을 가리키기도 했다.

었다. 그것은 개별적인 심장이었다. 그 심장은 처음부터 시작하려 하고 있었다.

내가 당장 다시 떠날 수는 없을 거라 생각했었다는 것을 나는 알고 있다. 먼저 모든 것이 정리되어야 한다고 나는 되뇌었다. 하지만 무엇이 정리되어야 하는지는 분명하지 않았다. 할일이 없는 것이나 마찬가지였다. 나는 시내를 돌아다니면서 도시가 많이 변했다는 것을 확인했다. 머무는 호텔에서 나와 이제는 어른들을 위한 도시가 되어 이방인이나 다름없는 한 사람을 위해 정성을 다하고 있는 것을 보자 마음이 편했다. 모든 것이 약간씩 작아져 있었는데, 나는 랑겔리니 산책로를 따라 등대까지 걸어갔다가 되돌아왔다. 아말리엔가데에 이르렀을 때, 오랫동안 인정해왔으며 자신의 힘을 다시 한번 발휘하려 하는 무언가가 마침내 어디에선가부터 시작할 수 있었다. 이곳에는 모퉁이 창문이나 아치형 입구, 랜턴 같은 것들이 있었고, 나에 대해 많은 것을 알고 있는 그것들이 나를 위협했다. 나는 그것들을 똑바로 쳐다보면서 내가 푀닉스호텔에 머물고 있고 언제라도 다시 떠날 수 있다는 것을 나타내려 했다. 그럼에도 내 양심은 평온을 찾지 못했다. 이런 것에서 받는 영향이나 관계, 어느 것도 정말로 극복된 것은 아직 없다는 회의가 내 안에서 피어올랐다. 아직 다 정리되지 않은 상태에서 언젠가 몰래 떠나버렸던 것이다. 그러니 어린 시절도 영원히 잃어버렸다고 인정하고 싶지 않다면 아직 어느 정도는 되살릴 수 있을 것이었다. 그리고 어린 시절을 어떻게 잃어버렸는지 깨닫는 동안, 어린 시절을 불러오는 것 말고는 다른 방법이 없다는 것도 깨달았다.

나는 드로닝겐스 트베르가데의 좁은 방에서 매일 몇 시간을 보냈는데, 이곳은 누군가가 죽어나간 적이 있는 셋집들이 그렇듯 모욕을 당한 것처럼 보였다. 나는 책상과 커다란 흰색 타일로 된 벽난로 사이를 왔다갔다하면서 수렵관 아버지가 남긴 서류를 불태웠다. 우편물 뭉치는 그대로 불속에 던져넣기 시작했는데, 작은 소포 꾸러미들은 너무 단단히 묶여 있어 가장자리 부분만 시커멓게 숯덩이처럼 탔다. 소포 뭉치를 푸는 데는 참을성이 많이 필요했다. 대부분의 편지 뭉치는 강하지만 거부감은 없는 향기가 났고, 내 안에 있는 기억까지 자극하려는 듯 파고들었다. 하지만 내게는 회상할 기억이 하나도 없었다. 다른 것보다 무거운 사진들이 미끄러져나왔고, 사진들은 믿기 어려울 정도로 느리게 타들어갔다. 그런데 그때, 이유는 모르겠지만 갑자기 잉에보르 사진이 그 속에 있을지도 모른다는 생각이 들었다. 그러나 어느 사진이나 모두 성숙하고 멋지고 누가 봐도 아름다운 여인들뿐이어서 나에게 다른 생각을 불러일으켰다. 이로써 내게도 기억이 전혀 없는 건 아니었다는 사실이 입증되었다. 사진 속 그들은 내가 어느 정도 자라서 아버지와 함께 거리를 걸어갈 때 가끔씩 나를 보는 것 같았던 사람들과 같은 눈을 가지고 있었기 때문이다. 그들은 마차 안에 앉아 절대 벗어날 수 없을 것 같은 시선을 나에게 보냈었다. 이제야 나는 그들이 나를 아버지와 비교했고, 그 비교의 결과가 언제나 내게 유리한 것은 아니었음을 알게 되었다. 당연했다. 아버지는 누구와 비교를 당해도 꺼릴 것이 없던 사람이었다.

아버지가 두려워했던 것이 무엇인지 이제는 조금 알 것 같기도 하다. 그래서 내가 어떻게 그렇게 생각하게 되었는지 말해보려 한다. 아버지의 지갑 깊숙한 곳에서 쪽지 하나를 발견했는데, 오랫동안 접혀 있어서 너덜너덜하고 구깃구깃해져 있었다. 태우기 전에 읽어보았다. 아버지의 훌륭한 필체에, 확고하고 균형 잡힌 글씨였지만 뭔가를 필사한 것임을 나는 금방 알아차렸다.

"그가 죽기 세 시간 전에……" 글은 이렇게 시작되었는데 크리스티안 4세에 대해 쓴 것이었다. 물론 그 내용을 그대로 여기 옮길 수는 없다. 이 왕은 죽기 세 시간 전에 한번 일어나보기를 간절하게 원했다. 의사와 시종 보르미우스가 그를 부축해 일으켜세웠다. 왕은 잠시 비틀거렸지만 어쨌든 서 있었고 그들은 그에게 누비 잠옷을 입혀주었다. 그러자 그가 갑자기 침대 앞쪽 가장자리에 걸터앉아 뭐라고 말을 했다. 무슨 말인지는 이해할 수 없었다. 의사는 왕이 침대 위로 쓰러지지 않도록 계속 그의 왼손을 잡고 있었다. 그렇게 그들은 앉아 있었고, 가끔씩 왕은 아주 힘겹게 불분명하고 잘 알아들을 수 없는 말을 했다. 결국 의사는 왕이 하려는 말이 무엇인지 조금씩 알아내기 위해 그에게 말을 걸기 시작했다. 잠시 후 왕이 의사의 말을 끊고 갑자기 너무나 분명한 목소리로 말했다. "아, 의사 선생, 그의 이름이 뭐라고 했소?" 의사는 힘들여 생각하더니 대답했다. "슈페를링입니다. 전하."

그러나 사실은 그것이 문제가 아니었다. 왕은 자신이 하는 말을 알아들은 것을 보자 곧바로 자신에게 남아 있던 오른쪽 눈을 크게 뜨고 얼굴 전체로 단 한 단어를, 몇 시간 전부터 자신의 혀가 만들어낸, 아직 남아 있던 유일한 한마디를 말했다. "죽음," 그는 말했다. "죽음."

그 외에 다른 내용은 없었다. 나는 태우기 전에 이 쪽지를 여러 번 읽었다. 그리고 아버지가 마지막 순간에 많이 고통스러워했다는 것이 생각났다. 사람들이 내게 그렇게 이야기해주었다.

그 이후 죽음의 공포에 대해 많은 생각을 했는데, 그때마다 나 자신이 겪었던 모종의 경험들을 함께 떠올리지 않을 수 없었다. 나는 내가 죽음의 공포를 느껴보았다고 말할 수 있다고 생각한다. 복잡한 도시의 인파 속에서 이런 공포가 나를 덮쳤다. 까닭도 없이 그럴 때가 많았다. 물론 이유를 대려면 얼마든지 있다. 예를 들어 누군가 벤치에 앉아 죽었고, 사람들이 빙 둘러서서 그를 구경하고 있는데, 이 사람은 이미 공포를 넘어서 있었다. 그때 나는 그의 공포를 느꼈다. 당시 나폴리에서도 유사한 경험이 있었다. 전차 안에서 젊은 여자가 내 맞은편에 앉아 있다가 그대로 죽었다. 처음에는 기절한 것처럼 보였고, 전차는 얼마 동안 멈추지 않고 계속 달렸다. 그러나 멈춰야 하는 것이 분명해 보였다. 뒤에서 오던 전차들이 더이상 이 방향으로는 갈 수 없다는 듯이 정체되어 있었다. 얼굴이 창백하고 뚱뚱한 그 소녀는 옆자리 여자에게 기대어 조용히 죽을 수도 있었다. 하지만 소녀의 어머니는 그렇게 하도록 해주지 않았다. 소녀에게 할 수 있는 온갖 곤란한 일을 만들어냈다. 소녀의 옷을 풀어헤치고 입에 무언가를 흘려넣었는데 그대로 다시 흘러나왔다. 누군가가 가져다준 액체로 소녀의 이마를 문질러 소녀의 눈동자가 약간 위로 움직이면 다시 앞으로 돌아오도록 몸을 붙잡고 흔들기 시작했다. 어머니는 듣지 못하는 두 눈에 대고 울부짖었고, 소녀의 몸을 마치 인형처럼 이리저리 끌고 잡아당겼으며 결국에는 죽지 말라는 듯 팔을 번쩍 들어 온 힘을 다해 딸의 살찐 얼굴을 때렸다. 그때 나는 공포를 느꼈다.

그러나 나는 이미 그전에도 공포를 느꼈었다. 예를 들면, 내가 키우던 개가 죽었을 때다. 죽기 직전 전적으로 나를 원망했던 바로 그 개다. 개는 매우 심하게 병들어 있었다. 나는 하루종일 그 옆에 무릎을 꿇고 앉아 있었는데, 그 개가 낯선 사람이 방에 들어올 때처럼 갑자기 날카롭고 짧게 짖어댔다. 그럴 때 짖는 것은 개와 나 사이의 약속 같은 것이어서 나는 무의식적으로 문 쪽을 바라보았다. 하지만 그것은 이미 개 안에 들어와 있었다. 나는 불안한 마음으로 개에게 시선을 보냈고, 개도 나에게 시선을 던졌지만, 그 시선은 나와 이별하기 위한 것이 아니었다. 개는 나를 매섭고 낯선 눈으로 바라보았다. 그것을 들어오게 했다고 나를 비난하고 있었다. 내가 막을 수 있었을 거라 확신하고 있었다. 개가 언제나 나를 과대평가했다는 것이 이때 비로소 분명해졌다. 하지만 설명해줄 시간은 전혀 없었다. 개는 죽기 전까지 나를 낯설고 쓸쓸하게 바라보았다.

또는 어느 가을밤 첫서리가 내린 후 파리들이 방으로 들어와 온기 속에서 다시 기운을 차리는 것을 보았을 때 공포를 느꼈다. 파리들은 눈에 띌 정도로 메말라 있었고, 자신들이 윙윙거리는 소리에도 깜짝깜짝 놀랐다. 자신들이 뭘 하고 있는지 더이상 제대로 모르는 것 같았다. 몇 시간이나 그대로 앉아 있다가 문득 자신이 아직도 살아 있다는 것을 깨닫는 듯했다. 그런 다음 아무렇게나 어디론가 몸을 던지고는 거기서 무엇을 해야 할지 알지 못했다. 파리들이 떨어지는 소리가 여전히 계속 들렸다. 저 위쪽 또다른 어딘가에서도 들렸다. 그리고 마침내 파리들이 사방에서 기어다녔고 방 전체를 죽음으로 덮었다.

하지만 나는 혼자 있을 때조차도 죽음의 공포를 느꼈다. 나는 왜 죽

음에 대한 불안으로 일어나 앉아, 적어도 이렇게 앉아 있는 것이 아직
은 살아 있는 것이라는 생각에, 죽은 자는 앉아 있지 않는다는 생각에
매달리던 그 밤들이 마치 존재하지 않았던 것처럼 해야 하는가. 상태가
좋지 않았을 때 나를 즉시 내팽개쳤던 것은 언제나 우연히 주어진 이
방들 중 하나였다. 마치 나 때문에 심문을 당하고, 나와 관련된 곤란한
일에 연루될까봐 두려워하는 것 같았다. 나는 그곳에 앉아 있었고, 아마
내 모습이 너무 끔찍하게 보여 그 무엇도 내게 아는 척하며 다가올 용
기를 내지 못했을 것이다. 심지어 방금 내가 불을 밝혀주며 호의를 보
인 등불까지도 나를 모른 척했다. 등불은 마치 아무도 없는 텅 빈 방에
있는 것처럼 혼자 타올랐다. 그럴 때 내게 남은 마지막 희망은 언제나
창문이었다. 상상을 해보았다. 아마도 죽음이라는 갑작스러운 곤궁의
순간에도 저 밖에는 내게 속하는 무언가가, 지금도 여전히 나의 것이
남아 있을 거라고. 그러나 창문 쪽을 보게 된 순간 차라리 창문이 잠겨
있기를, 마치 벽처럼 막혀 있기를 바랐다. 저 밖으로 나가도 여전히 모
든 것이 무관심하게 그대로 계속될 것이며, 저 밖에도 나의 고독밖에,
과감히 선택했지만 더이상 내 심장이 그 크기를 감당할 수 없는 고독
밖에 없다는 것을 깨달았기 때문이다. 내가 예전에 떠나온 사람들이 생
각났다. 어떻게 내가 사람들을 떠날 수 있었는지 이해가 되지 않았다.

아, 신이시여, 앞으로도 내 앞에 그런 밤들이 남아 있다면, 때때로 떠
올렸던 생각들 가운데 하나만이라도 허락해주시기를. 나의 바람이 그
리 터무니없는 것은 아닐 것이다. 그 생각들은 바로 두려움에서 생겨난
것이고, 나의 공포가 그토록 컸다는 것을 알기 때문이다. 내가 소년이
었을 때 얼굴을 맞으며 겁쟁이라는 말을 들은 적이 있다. 내가 아직 제

대로 두려워할 줄 몰랐기 때문이다. 하지만 그후로 나는 진정한 공포를 배웠다. 이 공포는 이것을 낳는 힘이 커질 때만 증가하는 것이다. 우리는 이러한 힘을 우리의 공포 속에서만 알 수 있을 뿐이다. 왜냐하면 이 힘은 파악하기 너무 힘들고, 우리에게 너무나 적대적이기 때문에, 우리의 뇌는 이 힘을 생각하려고 애를 쓰게 되면 터져버릴 것이기 때문이다. 그럼에도 나는 얼마 전부터 그것이 바로 **우리의 힘**이라는 것을, 그 모든 것이 아직은 우리에게 너무 강력한 **우리의 힘**이라는 것을 믿게 되었다. 물론 우리가 그 힘을 잘 모르는 것은 사실이지만, 우리가 가장 모르고 있는 것이 바로 우리가 가진 가장 고유한 것이 아닌가? 가끔씩 나는 하늘이 어떻게 생겨났는지, 죽음은 또 어떻게 생겨났는지 생각한다. 우리가 우리 자신에게 가장 소중한 것을 밀어내버렸고, 예전에는 해야 할 일이 너무나 많아서 다른 일에 열중하는 우리에게서 그 고유의 것, 가장 소중한 것이 안전하지 않았기 때문에 생겨난 것이다. 이제 세월이 흘렀고, 우리는 더 사소한 것에 익숙해졌다. 우리는 우리 고유의 것을 더이상 알아보지 못하고 그 엄청난 크기에 놀란다. 그럴 수 있지 않을까?

묘사를 덧붙이자면, 지금의 나는 지갑 깊숙한 곳에 죽음의 순간에 대한 묘사를 몇 년이나 간직했던 아버지를 잘 이해할 수 있다. 특별히 찾아낸 죽음의 순간일 필요도 없었을 것이다. 모든 죽음에는 보기 드문 특별한 것이 있다. 가령 펠릭스 아르베르*가 어떻게 죽었는지에 대해 누군가 필사하는 것을 상상할 수 있지 않은가. 그곳은 병원이었다. 그는

---

* 프랑스 시인, 극작가(1806~1850).

편안하고 초연하게 숨을 거두었고, 그래서 수녀는 그가 현실 속 상태보다 이미 더 멀리 가 있다고 말했는지도 모른다. 수녀는 매우 큰 목소리로 이것은 어디 있고, 또 저것은 어디서 찾을 수 있다고 저멀리 어딘가를 향해 지시를 내렸다. 아주 무식한 수녀였다. '복도'라는 단어, 코리도어Korridor를 말해야 했는데, 이 단어를 문자로 본 적이 없었다. 그래서 수녀는 콜리도어Kollidor라고 말했고, 그런 줄 알았다. 아르베르는 그것을 듣고 죽음을 미루었다. 죽기 전에 이 말을 먼저 바로잡아야 할 필요를 느낀 것처럼 보였다. 그는 정신이 완전히 맑아져서 수녀에게 '코리도어'라고 발음한다고 말해주었다. 그러고서 그는 죽었다. 그는 시인이었고 대충하는 것을 싫어했다. 아니면 그에게는 오직 진리만이 중요한 문제였을 수도 있다. 어쩌면 세상이 그렇게 엉망으로 흘러가는 것을 마지막 인상으로 가지고 가고 싶지 않았을 수도 있다. 어쨌든 이유는 더이상 단정지을 수 없다. 다만 이런 것을 그저 쓸데없는 꼼꼼함이라 생각해서는 안 된다. 그렇지 않으면 똑같은 비난이 성자인 장 드 디외*에게도 가해질 것이다. 이 사람은 죽음의 고통이라는 폐쇄된 긴장 상태 속으로 기적적으로 들려온 이야기에 벌떡 일어나 정원으로 달려가서는, 방금 거기서 목을 맨 남자의 줄을 끊었다. 그에게도 오직 진리만이 문제였던 것이다.

눈으로만 봐서는 그저 전적으로 무해한 존재가 있다. 그런 존재는 거의 의식되지 않고 금방 다시 잊힌다. 그러나 보이지는 않아도 어떤 식으로

---

* 포르투갈 태생의 성자(1495~1550).

든 귀에 들어오면 그곳에서 점점 자라나고, 마치 부화되듯 기어나오고 심지어 개의 코로 침투하는 폐렴균처럼 뇌 속까지 잠식해 조직을 황폐하게 만들며 번성해가는 경우도 있다.

이런 존재가 이웃이다.

완전히 혼자가 되어 떠돌기 시작한 이래, 나에게는 수많은 이웃이 있었고, 위와 아래의 이웃, 오른쪽과 왼쪽의 이웃, 때로는 이 네 가지가 공존한 적도 있었다. 내 이웃들 이야기를 그대로 쓸 수도 있다. 그것이야말로 필생의 작업이 될 수도 있을 것이다. 물론 그것은 이웃으로 인해 내 안에서 발생한 질병의 현상들에 대한 이야기가 될 텐데, 이웃들은 어떤 특정한 조직들 안에서 그들이 야기한 장애를 통해서만 존재를 입증한다는 점에서 다른 모든 존재와 공통점이 있다.

나에게는 예측 불가능한 이웃들도 있었고, 또 매우 규칙적인 이웃들도 있었다. 나는 내 방에 앉아 첫번째 유형의 이웃에게서 어떤 법칙을 발견해내려 했다. 그들에게도 분명 공통적인 법칙이 있을 것이기 때문이었다. 또 매우 규칙적인 사람들이 어느 날 저녁 제때 귀가하지 않으면, 나는 그들에게 무슨 일이 생긴 것은 아닐까 마음속으로 그려보면서 불을 밝혀놓고 마치 어린 아내처럼 걱정을 하기도 했다. 나의 이웃 중에는 서로 증오하는 이웃도 있었고, 격렬한 사랑에 빠진 이웃도 있었다. 또 한밤중에 증오와 사랑이 반대로 급변하는 경우를 경험한 적도 있었는데, 그런 밤이면 당연히 잠을 자기는 다 글러버린 일이었다. 잠이란 사람들이 생각하는 만큼 그리 흔한 것이 아님을 관찰할 수 있었다. 예를 들어 페테르부르크에 있을 때 이웃 두 명은 잠을 그다지 중요하게 생각하지 않았다. 한 명은 서서 바이올린을 연주하곤 했는데,

나는 그가 그때 저멀리를, 거의 비현실적인 8월의 밤 내내 불을 밝힌 채 환하게 깨어 있는 집들을 건너다보았으리라 확신한다. 그리고 오른쪽 이웃에 대해 말하자면, 그가 누워 있었다는 것은 확실히 안다. 내가 거기 사는 동안 그는 일어난 적이 한 번도 없었다. 심지어 그는 눈도 감고 있었다. 그러나 그가 자고 있다고는 말할 수 없었다. 그는 누워서 긴 시를 되풀이하여 암송했는데, 아이들이 누가 시켜서 마지못해 시를 낭송하는 듯한 어조로 푸슈킨과 네크라소프의 시들을 낭송했다. 내 왼쪽 방에서 들려오는 음악소리에도 불구하고 내 머릿속에서 고치를 지었던 것은 시를 읊는 이 사람이었다. 만약 이 이웃을 가끔 방문하는 학생이 문을 잘못 알고 내 방문을 두드리지 않았다면, 내 머리에서 무엇이 기어나왔을지 모를 일이다. 그 학생이 친분이 있는 이 사람에 대해 들려주었는데, 그 이야기를 듣자 어느 정도 위안이 되었다. 어쨌든 그것은 말 그대로 명백한 이야기였고, 내 추측 속 많은 벌레들이 파멸되었다.

어느 일요일, 옆방에 사는 하급 공무원은 이상한 과제를 풀어보아야겠다는 생각을 했다. 그는 자신이 꽤 오래 살 거라고, 아직 오십 년은 더 살 거라고 우선 가정해보았다. 스스로에게 베푼 넓은 아량으로 그는 감격스러운 기분에 빠져들었다. 그러나 이제 좀더 자신을 능가해보고 싶었다. 오십 년이라는 햇수를 며칠, 몇 시간, 몇 분으로, 끈기만 있다면 몇 초로까지 환산할 수 있을 거라 생각했다. 그는 계산하고 또 계산했고, 마침내 이제껏 한 번도 본 적 없는 총합이 나왔다. 현기증이 날 정도였다. 휴식을 좀 취해야 했다. 시간이 돈이라는 말을 항상 들어왔는데, 이 정도로 많은 시간을 소유한 사람을 왜 지켜주지 않는지 의아했다. 얼마나 도둑맞기 쉽겠는가. 하지만 그러면서도 거의 태평하다고 할 만한 유쾌한 기분으로 돌아왔고, 좀더 당당하고 멋지게 보이려고 모피 외투를 꺼내 걸치고는 믿기 어려운 그 막대한 재산을 전부 자신에게 선물하면서, 약간 거만한 태도로 자신에게 말을 걸었다.

"니콜라이 쿠즈미치," 그는 친절하게 말을 걸면서 자신이 모피 외투 없이, 마르고 빈약한 몸으로 말총 소파에 앉아 있다고 상상했다. "니콜라이 쿠즈미치, 나는 당신이 자신의 부에 대해 자만하지 않길 바랍니다. 부는 그리 중요한 것이 아님을 항상 명심하십시오. 가난한 사람 중에도 존경할 사람이 많고, 거리를 돌아다니며 물건을 파는 영락한 귀족이나 장군의 딸도 있습니다." 그렇게 자선가는 도시 전체에 잘 알려진 온갖 사례를 죽 나열했다.

말총 소파에 앉아 있는 또다른 니콜라이 쿠즈미치, 시간을 선물받은 이 사람은 전혀 거만해 보이지 않았고, 이성적일 것 같았다. 사실 그는 검소하고 규칙적인 생활방식을 바꾸지 않았고, 일요일에는 수입과 지출을 정리하면서 시간을 보냈다. 그러나 몇 주가 지나자 자신이 믿을 수 없을 정도로 많은 돈을 쓰고 있다는 것을 깨달았다. 돈을 조금 아껴야겠다고 생각했다. 좀더 일찍 일어났고, 덜 씻었고, 차는 서서 마셨으며, 사무실까지는 뛰다시피 가서 지나치게 일찍 도착했다. 모든 일에서 조금씩 시간을 절약했다. 그러나 일요일이 되자 그렇게 모아둔 것이 하나도 남아 있지 않았다. 그때 그는 자신이 속았다는 것을 깨달았다. 잔돈으로 바꾸지 말았어야 했나. 그는 혼잣말을 했다. 일 년이면 얼마나 길었는가. 하지만 파렴치한 이 잔돈들, 어떻게 나가는지도 모르게 다 없어지네. 그리고 어느 음울한 오후의 일이었다. 자신의 시간을 다시 돌려달라고 할 작정으로 소파 귀퉁이에 앉아 모피 외투를 입은 신사를 기다리다보니, 우울한 오후가 되었다. 시간을 다시 내놓기 전에는 문을 잠그고 나가지 못하게 할 작정이었다. "지폐로, 십 년짜리 지폐로 받으면 좋겠습니다." 이렇게 말할 작정이었다. 십 년짜리 넉 장, 오 년짜리 한 장, 이렇게 받고 나머지는 뭐 그가 가져도 좋다고 할 작정이었다. 그렇다, 곤란한 일이 생기지 않도록 나머지는 그에게 선물할 생각이었다. 그는 말총 소파에 앉아 흥분된 상태로 기다렸지만, 그 신사는 오지 않았다. 그리고 니콜라이 쿠즈미치, 몇 주 전 거기에 앉아 있던 자신을 보고 있는 그가 실제로 거기에 앉아 있었기 때문에 지금은 모피 외투를 입은 다른 니콜라이 쿠즈미치, 저 아량이 넓은 그 남자를 상상할 수 없었다. 그가 어떻게 되었는지는 하늘이나 알겠지만, 아마도 사기 행각이 들통나 지금쯤 이미 어딘가에 갇혀 있을지도 모른다. 그는 분명 자기 자신만 불행에 빠뜨린 것은 아닐 것이다. 그런 사기꾼은 언제나 판을 크게 벌인다.

일종의 시간 은행 같은 국가 기관이 있다면, 거기서 자신이 가진 쓸모없는 초 단위라도 큰 단위로 바꿀 수 있을지 모른다는 생각이 떠올랐다. 초 단위들은 그래도 진짜였다. 지금까지 그런 기관이 있다는 소리를 들은 적은 없지만 주소록을 찾아보면 시간 은행이니까 'ㅅ' 항목에, 아니면 은행의 'ㅇ' 항목에 분명 있을 것이다. 중요도를 생각하면 제국은행이 더 합당하니까 'ㅈ'도 고려해야 할 것이다.

나중에 니콜라이 쿠즈미치는 그날 일요일 저녁에 자신은 분명 우울하긴 했지만, 술은 마시지 않았다고 단언했다. 즉 그는 이제 이야기할 일이 일어났을 때, 물론 이 무슨 일이라는 것이 실제로 일어났다면 말이지만, 그때 자신은 정신이 말짱했다고 했다. 어쩌면 그는 소파 한구석에서 잠이 들었는지도 모르고, 또 그것은 생각할 수 있는 일이다. 짧은 잠이 일단은 그의 마음을 안정시켜주었다. 내가 숫자에 빠져들었구나. 그는 혼잣말을 했다. 그런데 숫자에 대해서는 아무것도 모르겠다. 어쨌든 숫자에 지나치게 큰 의미를 부여해서는 안 된다는 것은 분명하다. 숫자란 사실 소위 질서를 위해 국가의 명령에 따르게 만든 장치에 지나지 않는다. 지금까지 종이 위가 아닌 다른 데서 숫자를 본 사람은 없지 않나. 예를 들어 우리가 사는 사회에서 '7'이라는 것, 혹은 '25'라는 어떤 것을 만나게 되는 일은 있을 수 없다. 그런 것은 아예 존재하지도 않았던 것이다. 그렇다면, 그때 이 작은 혼동이 일어난 것은 잠깐 딴생각을 한 때문이다. 시간과 돈을 구별할 수 없는 것으로 생각한 탓이다. 니콜라이 쿠즈미치는 웃음을 터뜨릴 뻔했다. 그래도 다행인 것은 그가 간계를 알아차렸다는 것이고, 그것도 제때 알아차렸다는 사실이 중요했다. 제때 알아차렸다는 것이. 이제는 달라져야 한다. 시간, 그렇다, 참으로 까다로운 문제였다. 하지만 그에게만 해당되는 일이었을까? 다른 사람들에게도 그런 식으로, 쿠즈미치가 알아낸 것처럼 스스로는 몰랐다 해도 초 단위로 흘러가지 않았을까?

　니콜라이 쿠즈미치가 은밀한 악의적 기쁨을 전혀 느끼지 않은 것은 아니었다. 그것은 어쨌든— 하고 생각하려던 순간 아주 이상한 일이 일어났다. 얼굴에 갑자기 바람이 불어와 귓가를 스쳐지나갔고, 손에서도 그것을 느꼈다. 그는 눈을 크게 떴다. 창문은 굳게 닫혀 있었다. 그리고 그가 눈을 크게 뜨고 어두운 방에 그렇게 앉아 있었을 때, 그는 자신이 방금 얼핏 느낀 그것이 바로 흘러가는 실제의 시간이었다는 것을 이해하기 시작했다. 그는 시간을 확실히 이해했다. 이 모든 미세한 '초' 들이 하나같이 그저 그렇게, 하지만 빠르게, 너무나 빠르게 지나간다는 것을 이해했다. 그것들이 하려는 것이 무엇인지는 하늘만이 알 것이다. 그런 일이 자신에게 불어오는 모든 바람을 모욕으로 받아들이는 그에 게 일어나다니. 이제 그는 그렇게 앉아 있을 것이고, 평생 흘러갈 것이 다. 그는 그것 때문에 얻게 될 온갖 신경통을 미리 상상해보았고, 그러 자 화가 치밀어 제정신이 아닐 지경이었다. 자리에서 벌떡 일어났지만, 놀랄 일은 그걸로 끝이 아니었다. 발밑에서도 뭔가 움직임이 느껴졌는 데, 한 종류가 아니라 여러 가지가 기이하게 뒤죽박죽으로 뒤섞여 흔들 리는 움직임이었다. 너무 놀라 몸이 얼어붙었다. 지구가 흔들렸던 것일 까? 분명 그것은 지구였다. 지구가 이런 식으로 움직이니까. 학교에서 도 그것에 대해 말하는 것을 듣긴 했지만 서둘러 대충 넘어가는 것 같 았고, 나중에는 숨기듯 얼버무리곤 했다. 그 이야기를 하는 건 적절하 지 않다고 여겨졌다. 하지만 지금 그는 매우 예민해져 있었기 때문에 그것도 느낄 수 있었던 것이다. 혹시 다른 사람들도 느꼈을까? 그럴지 도 모르지만 그들은 그런 내색을 하지 않았다. 아마도 뱃사람들은 아무 렇지 않을지도 모른다. 그런데 니콜라이 쿠즈미치는 하필 이 점에서 꽤 예민했기 때문에, 전차 타는 것도 꺼렸다. 그는 방안인데도 마치 갑판 위에 있는 듯 이리저리 비틀거렸고, 오른쪽 왼쪽으로 버티며 몸을 가누 어야 했다. 불행히도 그는 지축이 비스듬히 기울어져 있다는 생각까지 떠올랐다. 아니, 그는 이 모든 움직임을 견딜 수가 없었다. 비참한 기분 이 들었다. 누워서 가만히 있어라, 어디선가 이런 말을 읽었다. 그후로 니콜라이 쿠즈미치는 누워 있었다.

그는 누워서 눈을 감고 있었다. 덜 흔들리는 날, 그래서 꽤 견딜 만한 날도 있었다. 그래서 쿠즈미치는 시를 암송할 생각을 했다. 그것이 얼마나 도움이 되었는지 사람들은 모를 것이다. 시 한 수를 일정한 강세로 각운을 맞추어 천천히 읊으면, 내면의 눈에 보이는 안정적인 무언가가 나타나는 것을 볼 수 있었다. 쿠즈미치가 그 모든 시를 알고 있었다는 것은 다행이었다. 그는 항상 문학에 특별한 관심이 있었다. 그가 자신의 상황을 한탄하지 않았다고, 그와 오랫동안 알고 지냈던 학생이 확신을 가지고 말했다. 그리고 그가 시간이 흐르면서 이 학생처럼 이리저리 돌아다니면서 지구의 움직임을 견디는 사람들에 대해 과도하게 경탄했다고도 말해주었다.

나는 이 이야기가 나에게 무척 큰 위안이 되었기 때문에 아주 잘 기억하고 있다. 나는 이 니콜라이 쿠즈미치같이 편안한 이웃은 이후 다시는 없었다고 말할 수 있으며, 아마 그도 틀림없이 나에게 경탄을 보냈을 거라 생각한다.

이 경험 이후, 나는 비슷한 경우에는 항상 사실을 직시하기로 결심했다. 사실이 추측에 비해 얼마나 단순하고 편한지를 깨달았다. 우리가 얻는 통찰이란 모두 추후적인 것임을, 마지막 결론 그 이상은 아니라는 것을 미처 몰랐던 것 같다. 바로 그 뒷장은 이월된 내용 없이 완전히 새로운 페이지가 시작된다. 이번 이야기에서 나에게 도움이 된 것은 쉽게 확인할 수 있는 몇 가지 사실이었다. 이제 곧 그것이 무엇인지 열거할 생각인데, 그전에 지금 이 순간 내가 몰두하고 있는 것을 언급해보면, 그 사실들이(지금 고백하듯) 아주 힘들었던 나의 상황을 오히려 더 어렵게 만든다는 것이다.

최근 나는 글을 많이 써왔다고 자부할 수 있다. 필사적으로 글을 썼다. 물론 외출을 하면 집에 돌아오고 싶은 마음이 들지 않았다. 심지어 길을 조금 돌아오기도 하면서 글을 쓸 수도 있는 삼십 분을 허비하곤 했다. 이것은 분명 약점이었음을 인정한다. 하지만 일단 내 방에 들어오면, 나 자신을 탓할 것이 아무것도 없었다. 나는 글을 썼다, 내 삶을 가지고 있었다. 그리고 그때 옆방에는 나와 아무 관계가 없는 완전히 다른 삶이 있었다. 시험공부를 하고 있는 의대생의 삶이었다. 내 눈앞에는 시험 비슷한 것이라고는 없었기 때문에 그것만으로도 이미 결정적인 차이였다. 그 외에도 우리의 상황은 너무나 상이했다. 그 모든 것이 내게 분명히 다가왔다. 물론 그것이 온다는 것을 안 순간까지, 또 우리 사이에 아무런 공통점도 없다는 것을 잊어버린 그 순간을 맞이할 때까지는 그랬다. 나는 내 심장 소리가 크게 들릴 정도로 귀를 기울였다. 모든 것을 손에서 놓고 귀를 기울였다. 그러자 그것이 왔다. 나는 결코 잘못 생각하지 않았다.

거의 모두가 이 소음을 알고 있다. 깡통 뚜껑같이 금속성의 둥근 것이 손에서 미끄러져 바닥에 떨어질 때 나는 소리 같은 것이다. 그런데 보통의 경우 깡통이 바닥에 떨어지면 커다란 소리 한 번으로 끝나지 않는다. 깡통은 짧게 한 번 우리의 주의를 끌고 나서, 가장자리를 몇 번 뒤집으며 굴러가다가 기세가 약해지며 완전히 멈추기 전 사방으로 비틀거리며 부딪칠 때 정말로 거슬리는 소리가 난다. 이것이 이야기의 전부다. 양철로 된 물건이 옆방에서 떨어져 바닥을 굴러가다 멈췄고, 그러는 사이 일정한 간격을 두고 탕탕 구르는 소리가 났다. 계속 반복되며 우리에게 침투하는 다른 모든 소음처럼, 이 소리 역시 내적인 구조를 지니고 있었다. 이 소리는 늘 바뀌었고, 똑같은 적은 한 번도 없었다. 하지만 바로 그것이 이 소리의 법칙성을 말해주었다. 격렬할 수도 있고, 온화할 수도, 우울할 수도 있었다. 정신없이 지나갈 수도 있었고, 멈추기 전까지 한없이 오랫동안 미끄러져갈 수도 있었다. 그리고 마지막 동요는 항상 예기치 않게 일어났다. 이와는 다르게 이 소리에 잇따르는 발 구르는 소리에는 거의 기계적이라 할 만한 것이 있었다. 그런데 이 발 구르는 소리가 소음을 항상 다르게 분할했고, 그것이 임무 같았다. 지금은 이런 세부적인 상황을 훨씬 더 전체적으로 잘 파악할 수 있다. 내 옆방은 비어 있다. 그는 시골에 있는 집에 다니러 갔다. 휴식이 필요했던 것이다. 나는 맨 위 층에 산다. 오른쪽은 다른 집이고, 아래층에는 아직 아무도 이사오지 않았다. 나는 이웃이 없다.

이런 상태에서 생각해보니, 내가 이 문제를 좀더 가볍게 받아들이지 않았다는 것이 이상할 정도다. 내 감정의 경고를 매번 느끼기는 했지만 말이다. 그것을 이용했더라면 좋았을 것이다. 놀라지 마라, 곧 그것이 온다, 라고 자신에게 말했어야 했다. 물론 내 예감은 한 번도 틀린 적이 없다는 것을 이미 알고 있었다. 하지만 그때 중요했던 것은 어쩌면 내가 듣고 알게 된 사실들이었을 것이다. 그 사실들을 알게 되자 나는 더욱 놀랐다. 그 소리를 만들어내는 것이 책을 읽는 동안 그의 눈꺼풀이 제멋대로 오른쪽 눈을 내리덮어 눈이 감기는 작고 느리고 조용한 움직임이었다는 것에 나는 거의 섬뜩함을 느꼈다. 사소하지만 이것이 그에 관한 이야기에서 본질적인 것이었다. 그는 이미 몇 번이나 시험을 미루어야 했고, 명예심으로 인해 예민해져 있었다. 고향집에서는 아마도 편지를 보내올 때마다 압박했을 것이다. 그러니 분발하는 수밖에 없었다. 그러나 결정적인 날을 앞두고 몇 달 전에 바로 그 약점이 드러났다. 걸어둔 창문 커튼이 그대로 걸려 있지 않으려 하는 것과 같이 너무나 엉뚱하고, 사소하고 어찌할 수 없는 권태감이었다. 나는 그가 몇 주 동안은 그 문제를 이겨낼 수 있다고 믿었을 거라 확신한다. 그렇지 않았다면 그에게 나의 의지를 제공할 생각이 떠오르지 않았을 것이다. 어느 날 나는 그의 의지가 한계에 도달했다는 것을 깨달았다. 그리고 그 후로 그런 상황을 느낄 때마다 내 방의 벽에 붙어 서서 그에게 나의 의지를 이용해달라고 제의했다. 그리고 시간이 지나면서 그가 나의 제안을 받아들였다는 것을 분명히 느꼈다. 어쩌면 그는 그러지 말았어야 했다. 특히 그 제안이 실제로 아무 도움도 되지 않았음을 생각하면 더욱 그렇다. 심지어 우리가 그 증상을 어느 정도 미룰 수 있었다고 해도 그가 정말로 잘 이용할 수 있었는지는 의문으로 남는다. 그리고 나의 경우는, 이 일로 인해 나의 과업을 의식하게 되었다. 나는 안다, 계속 그렇게 해도 되는지를 내가 자문했다는 것을. 누군가 우리가 사는 층에 올라왔던 그날 오후에도 그랬다. 누군가 이 작은 호텔의 좁은 계단을 올라올 때면 항상 큰 소리가 났다. 얼마 후 이웃집에 누가 들어가는 것 같았다. 우리 두 집의 문이 복도 맨 끝에 있고, 그의 집 문은 내 방문에 직각으로 바짝 붙어 있다. 나는 그의 친구들이 가끔 집에 놀러오는 것을 알고 있었고, 또 이미 말했듯이 나는 그의 인간관계에는 전혀 관심이 없었다. 그 집의 문이 몇 번은 더 열렸고, 사람들이 들어오고 나갔을 것이다. 내가 책임질 일은 정말 아니었다.

그런데 그날 저녁에는 어느 때보다 더 심각했다. 아주 늦은 시간은 아니었지만 나는 피곤해서 일찍 잠자리에 들었고 곧 잠이 들 것 같았다. 그런데 그때 누군가 나를 건드린 것처럼 정신이 번쩍 들었다. 바로 그다음부터 일이 시작되었다. 펄쩍 뛰고, 구르고, 무언가에 부딪히고 흔들리고 덜컥거리는 소리가 났다. 발 구르는 소리는 정말 끔찍했다. 그러는 사이 한 층 아래 사는 사람이 화가 나서 천장을 세게 쿵쿵 두드렸다. 새 세입자에게도 당연히 방해가 되었을 것이다. 그때였다. 그의 문이 틀림없었다. 그가 아주 조심스럽게 문을 열었는데, 나는 그 소리를 들었다고 생각했을 정도로 깨어 있었다. 그가 점점 다가오는 것 같았다. 분명 그는 어느 방에서 소리가 나는지 알고 싶었을 것이다. 그런데 내가 의아했던 것은 그가 지나칠 정도로 조심스럽게 행동했다는 점이다. 그는 조금 전 분명히 이 건물에서는 소음에 신경쓸 필요가 없다는 것을 깨달았을 것이다. 그런데 왜 저토록 발소리를 낮추는 것일까? 그는 잠시 내 문 앞에 서 있는 것 같았고, 그런 다음 그가 내 옆방으로 들어가는 소리를 확실히 들었다. 그는 망설이지도 않고 옆방으로 들어갔다.

그리고 이제(흠, 이 상황을 어떻게 묘사해야 할까?), 이제 고요해졌다. 마치 고통이 멈춘 듯 고요해졌다. 마치 상처가 아물 때처럼 이상한 감각이 느껴지는, 찌르는 듯한 정적이었다. 나는 바로 잠을 잘 수도 있었을 것이다. 이제 한숨 돌리고 잠이 들 수 있었을 것이다. 하지만 어떤 놀라움이 나를 깨어 있게 했다. 옆방에서 누군가 말을 하고 있었지만, 그것도 정적에 속하는 것이었다. 이 정적이 어떤 것인지는 겪어보지 않으면 모른다. 묘사할 수 없는 것이다. 바깥에서도 모든 것이 평정을 되찾았다. 나는 일어나 앉아서 귀를 기울였고, 마치 시골에 있는 것 같았다. 아, 그렇다, 그의 어머니, 의대생의 어머니가 왔구나 하고 생각했다. 그녀가 등불 옆에 앉아서 그에게 무슨 말을 했을 것이고, 어쩌면 그는 어머니의 어깨에 머리를 살짝 기댔을 것이다. 어머니는 곧 그를 침대에 눕힐 것이다. 그제야 나는 복도에서 들렸던 조심스러운 발소리를 이해했다. 아, 그런 존재가 있었다. 그에게는 문들도 우리에게와는 완전히 다르게 반응하는 그런 존재. 그렇다, 이제 우리는 잠들 수 있었다.

나는 옆집 사람을 거의 잊어버렸다. 내가 그에게 가졌던 관심은 제대로 된 관심이 아니었던 것 같다. 물론 아래 입구에서 가끔씩 그에 대한 소식이 있는지, 있다면 어떤 것인지 물어보기는 한다. 좋은 소식이 있으면 기뻐한다. 아니다, 사실 나는 과장하고 있다. 사실은 그런 것을 알아야 할 필요가 없다. 때때로 옆집에 들어가보고 싶은 갑작스러운 충동을 느낀다 해도, 그와는 전혀 관계가 없다. 내 방문에서 옆집 방문까지는 겨우 한 걸음이고, 방문이 잠겨 있지도 않다. 그 방이 도대체 어떻게 생겼는지는 궁금하다. 우리는 아무 방이나 쉽게 상상할 수 있고, 그 상상이 대충 맞는다. 하지만 자신의 옆방만은 언제나 생각한 것과 완전히 다르다.

바로 이런 사실이 나를 자극한다는 것은 말해두겠다. 하지만 나를 기다리는 것이 양철로 만든 어떤 물건이라는 건 확실히 알고 있다. 나는 그것이 정말로 깡통 뚜껑일 거라 생각했다. 물론 내가 착각하는 것일 수도 있다. 그렇다고 해서 걱정이 되지는 않는다. 문제를 깡통 뚜껑 하나에 미루는 것, 이것이야말로 내 성향에 잘 들어맞기 때문이다. 그가 이 깡통 뚜껑을 가져가지는 않았다고 생각해볼 수 있다. 어쩌면 청소를 했고, 그 뚜껑을 원래의 깡통에 올려놓았을지도 모른다. 이제 이 두 개가 함께 깡통이라는 개념을 형성한다. 정확하게 표현하자면 원형 깡통이라는 단순하고 아주 익숙한 개념을 형성한다. 깡통을 이루는 이 두 개가 벽난로 위에 놓여 있던 것이 다시 생각나는 것 같다. 그렇다, 벽난로 위에 놓여 있고 뒤에는 거울이 있어서 또하나의 깡통이 생겨난 다, 속을 정도로 비슷한 깡통이. 우리에게는 아무런 가치도 없지만, 가령 원숭이라면 깡통을 잡으려고 손을 뻗을 것이다. 그렇다, 원숭이 두 마리가 그것을 잡으려 할 것이다. 원숭이 역시 벽난로 가장자리 위로 올라오자마자 거울 앞에서 배로 늘어날 것이기 때문이다. 그러니 나를 노리고 있었던 것은 이 깡통의 뚜껑이다.

먼저 이 점에 동의하기로 하자. 테두리가 손상 없이 원래대로 구부러진 온전한 깡통의 뚜껑이라면 자신의 깡통 위에 있는 것 외에 다른 어떤 갈망은 몰라야 하고, 바로 이것이 뚜껑이 상상할 수 있는 최고의 상태, 모든 것을 능가하는 만족, 모든 소망의 충족이라는 데 동의하자. 물론 그것은 정말 이상적이다. 왜냐하면 이 뚜껑이 깡통 윗부분의 살짝 불룩하게 튀어나온 곳 위로 조심스럽고 부드럽게 눌리며 딱 맞게 끼워지고, 따로 있을 때는 가장자리로 튀어나와 있는 느낌인데 이때는 균형을 유지하며 상대와의 맞물린 자리를 느낀다는 점에서 그렇다. 아, 하지만 그런 가치를 알고 있는 뚜껑이 얼마나 드문가. 인간과의 접촉이 사물들에게 얼마나 혼란스러운 것인지가 바로 여기서 분명히 드러난다. 인간들을 잠시 그런 뚜껑들과 비교해보면, 인간들은 자신들이 하고 있는 일 위에 정말 마지못해서, 그것도 형편없는 자세로 앉아 있다. 허둥대다가 꼭 맞는 자리에 오지 못했거나, 혹은 화를 내면서 삐딱하게 올라갔거나, 혹은 서로 들어맞아야 할 테두리가 각기 다른 모양으로 구부러져버렸기 때문이다. 아주 솔직히 말해보자. 인간들은 원래 기회만 있으면 깡통에서 뛰어내리고, 구르고, 소리 낼 궁리만 한다. 그렇지 않다면 이 모든 산만함이, 또 그로 인한 소음이 도대체 어디서 온단 말인가?

사물들은 이미 수백 년 전부터 인간의 그런 모습을 보아왔다. 사물들이 타락하고, 본래의 자연스럽고 조용한 목적에 대한 감각을 잃고, 주변 어디에서나 인간들이 하고 있는 대로 존재하는 것을 마구잡이로 이용하려 든다 해도 놀랄 일이 아니다. 사물들은 사물 본연의 운용으로부터 벗어나려 하고, 의욕이 사라지고 게을러지며, 인간들은 사물들의 그런 일탈을 목격하더라도 전혀 놀라지 않는다. 인간들 자신도 그렇다는 것을 너무나 잘 알기 때문이다. 인간들은 화를 낸다. 자신이 더 강자이기 때문에, 변화에의 권리를 자신이 더 많이 가졌다고 생각하기 때문에, 또 사물들이 자신을 우스꽝스럽게 흉내내고 있다고 느끼기 때문에 화를 내지만, 자신을 내버려두는 것처럼 사물들도 내버려둔다. 그러나 정신을 집중하고 있는 한 사람이 있다면, 밤이나 낮이나 단호히 자기 내면으로 깊이 파고드는 은둔자 한 사람이 있다면, 그는 오히려 이 변질된 사물들의 반발과 조롱과 증오를 받을 것이다. 이 사물들은 그 양심 때문에 누군가가 정신을 차리고 자신의 의미를 추구하는 것을 더이상 보아넘길 수 없게 된 것이다. 그래서 사물들은 이 고독한 은둔자를 괴롭히고 겁주고 방해하기 위해 결탁하며, 자신들이 그렇게 할 수 있다는 것을 안다. 그들은 서로 눈짓을 해가며 유혹하기 시작하고, 이 작업은 엄청난 규모로 커져서, 결국 모든 존재와 신까지도 가담한다. 단 한 사람을 상대로, 아마도 여기에 넘어가지 않을 그 사람, 성자를 상대로 말이다.

그 이상한 그림들*을 나는 이제야 이해하게 되었다. 그 그림에서는 사물들이 제한된 일상의 용도에서 벗어나 탐욕스러운 눈빛으로 호기심에 가득차서 서로를 유혹하고, 외설을 짐작케 하는 음탕함 속에서 이리저리 몸을 움찔대고 있다. 펄펄 끓는 채로 돌아다니는 솥들, 생각이 떠오른 플라스크, 재미삼아 구멍 속으로 들어가는 한가한 깔때기. 그리고 질투심 많은 허무가 내던진 팔다리들과 손발의 마디들이 있고, 그 속으로 격심한 구토를 하는 얼굴들이 있으며, 그들에게 잘 보이려고 움직여대는 엉덩이들이 있다.

　그리고 성자는 몸을 구부려 움츠리고 있지만, 그의 눈에는 아직 이런 일들을 있을 수 있는 것으로 봐주는 시선이 서려 있었다. 성자는 들여다보았던 것이다. 이미 그의 감각은 영혼의 맑은 용액 속에서 내려앉아 침전하고 있었다. 그의 기도는 이미 헐벗어 바싹 말라 구부러진 관목처럼 입에서 튀어나오고 있었다. 그의 심장은 쓰러져 침울함 속으로 흘러들었다. 그의 채찍은 파리를 쫓는 동물의 꼬리처럼 힘없이 그를 건드린다. 그의 성기는 다시 어느 한 자리에만 달라붙어 있다가 풍만한 젖가슴을 드러낸 여자가 이런 혼란을 뚫고 똑바로 걸어오면 마치 손가락처럼 그 여자를 가리킨다.

　그 그림들이 진부하다고 생각하던 때가 있었다. 그 진의를 의심했던 것은 아니다. 나는 어떤 대가를 치르고라도 신에서부터 시작하려고 했

---

* 히로니뮈스 보스와 피터르 브뤼헐의 작품.

던 열렬하면서도 성급했던 성자들에게 당시 그런 일이 일어났다는 것을 상상할 수 있다. 오늘날의 우리는 더이상 기대할 수 없는 일이다. 신이라는 존재가 우리에게는 너무나 벅차다는 것을 알고 있기 때문이고, 또 우리를 신에게서 떼어놓는 그 오랜 작업을 천천히 하기 위해 신을 밀어내야 한다는 것을 어렴풋이 느끼기 때문이다. 하지만 이제 나는 이 작업이 신성함만큼이나 감당하기 힘든 일이라는 것을, 신성함은 그런 작업을 하기 위해 고독한 자 누구에게나 생겨난다는 것을 안다. 오래전 언젠가 동굴과 텅 빈 숙소에서 신을 섬기던 고독한 자들을 둘러싸고 일어난 일이 모든 고독한 자에게 일어나리란 것을 알고 있다.

고독한 자에 대해 이야기할 때, 사람들은 항상 너무 많은 것을 전제한다. 무슨 말을 할지 듣는 사람이 이미 안다고 생각하기 때문이다. 아니다, 사람들은 잘 모른다. 사람들은 고독한 자를 본 적이 없으며, 알지도 못하면서 증오하기만 했다. 그들은 고독한 자를 끝까지 착취했던 이웃이었고, 그를 시험했던 옆방의 목소리들이었다. 사람들은 사물들을 부추겨서 그에게 맞서게 했고, 그래서 소음을 내어 그의 목소리가 들리지 않게 만들었다. 은둔자가 연약하고 아이였을 때, 다른 아이들은 단합하여 그에게 대항했고, 그는 자라면서 점점 더 어른들에게 대항하게 되었다. 어른들은 은신처에 있는 그를 마치 사냥감으로 쫓고 있던 동물인 듯 찾아냈고, 그의 긴 유년기는 금렵기조차 보장받지 못했다. 그럼에도 그가 지쳐버리지 않고 빠져나가면, 사람들은 그 뒤에 남겨진 것들이 더럽다고 소리질렀고, 의심했다. 그래도 그가 말을 따르지 않자, 사람들은 좀더 노골적으로 달려들어 그의 음식을 빼앗아 먹었고, 그가 숨

쉴 공기를 빼앗아 마셨으며, 그가 가난을 혐오하도록 그의 가난에 침을 뱉었다. 마치 전염병자에게 하듯 비방을 했고, 좀더 빨리 쫓아내기 위해 그에게 돌을 던졌다. 그들이 지닌 오랜 본능으로 볼 때, 그들은 옳았다. 고독한 자는 틀림없이 그들의 적이었기 때문이다.

그래도 그가 고개 들어 자신들을 보지 않자, 그들은 곰곰이 생각하기 시작했다. 그들은 자신들이 한 모든 일이 그의 뜻에 상응하는 것이었음을, 그들 스스로가 고독한 자의 고독을 더욱 강화해주었다는 것을, 그가 영원히 자신들로부터 차단되도록 도와주었다는 것을 어렴풋이 알게 되었다. 이제 그들은 돌변하여 최후의 수단을 사용했다. 가장 극단적인 방해이자 다른 종류의 저항, 그것은 바로 명성이었다. 명성이라는 떠들썩한 소음이 날 때는 거의 모두가 눈을 들어 우러러보았고, 산만해졌다.

이날 밤, 내가 소년 시절에 분명 가지고 있었던 초록색 작은 책 한 권이 기억에 떠올랐는데, 내가 왜 그 책을 마틸데 브라헤에게서 받은 거라고 생각하는지는 모르겠다. 책을 받았을 당시에는 별 흥미를 느끼지 못했다가 몇 년이 지나서야 읽어보았다. 아마 울스고르에서 보낸 방학 때였을 것이다. 처음 본 순간부터 그 책은 내게 소중했다. 겉으로 보기에도 장정이 화려했다. 제본한 초록색 책등이 의미심장해 보였고, 책 내부도 마찬가지일 거라 직감했다. 마치 약속이라도 한 것처럼, 매끄럽고 하얀 물결무늬 면지가 먼저 나오고, 그다음에는 신비로운 느낌을 주는 표제지가 나왔다. 틀림없이 삽화가 있을 것 같아 보였으나 삽화는 없었다. 예상과 딴판이었지만 그럼에도 괜찮다는 것을 인정하지 않을 수 없었다. 어느 페이지에서 가느다란 갈피끈을 발견하자 왠지 보상을 받은 기분이었다. 흐늘흐늘하고 조금 비뚤어졌지만 아직 분홍빛이 남아 있는 그것은 언제부터인가 계속 같은 페이지에 끼워져 있었다. 아마 한 번도 사용된 적이 없는 것 같았는데, 제본공이 정확히 보지도 않고 재빠르고 부지런히 구부려 넣었을 것이다. 하지만 그건 우연이 아니었을 수 있다. 누군가 책을 읽다가 거기서 중단한 후 다시 펼치지 않았는지도 모른다. 운명이 하필 그 순간 그의 문을 두드려 그를 뭔가 다른 급한 일로 데려갔고, 결국 삶 자체는 아닌 그 모든 책에서 멀어졌을 수 있다. 책을 계속 읽었는지 알 만한 흔적은 없었다. 또 단순히 이 부분만 여러 번 펼쳐 보았던 거라고 생각해볼 수도 있다. 때때로 늦은 밤에야 겨우 책을 펼쳐 보았다고 생각할 수도 있다. 어쨌든 나는 그 두 페이지 앞에서 누군가 앞에 서 있는 거울을 보는 것처럼 부끄러움을 느꼈다. 나는 그 두 페이지를 한 번도 읽지 않았다. 그 책을 끝까지 다 읽었는지도 전혀 기억나지 않는다. 아주 두꺼운 책은 아니었지만 많은 이야기가 담겨 있었고, 나는 주로 오후에 읽었는데, 처음 알게 되는 이야기가 꼭 하나씩은 있었다.

아직도 기억하는 이야기는 두 개뿐이다. 그리샤 오트레피예프*의 최후와 용감한 샤를 대공**의 몰락이다.

당시 내가 이 이야기에 감명을 받았는지는 모르겠다. 하지만 많은

---

* 러시아 이반 4세의 아들 표도르 1세가 요절하자, 그의 이복동생이자 합법적 계승자이던 드미트리 이바노비치를 사칭한 세 명의 사기꾼 중 하나.
** 부르고뉴 공국의 영토 확장에 크게 기여한 샤를 대공(1433~1477)은 낭시 전투에서 르네 대공에게 패하고 사망했다.

시간이 지난 지금도 나는 가짜 황제의 시체가 군중 속으로 내던져져 사흘 동안 찢기고, 찔리고, 얼굴에 가면이 씌워진 채 거리에 누워 있었다는 내용을 기억하고 있다. 물론 이 작은 책을 언젠가 다시 손에 넣을 가능성은 전혀 없다. 그러나 이 구절은 분명 특이했다. 나는 이 가짜 황제가 어떻게 어머니인 황태후를 만났는지 다시 읽어보고 싶을 정도다. 모스크바로 어머니를 불러왔을 때, 그는 대단히 자신감에 차 있었을지도 모른다. 심지어 스스로를 너무나 굳게 믿고 있어서 실제로 자기 어머니를 불러오는 거라고 생각했으리라 나는 확신한다. 그리고 이 마리야 나가야는 초라한 수녀원에서 급히 며칠을 달려와, 자신이 그의 어머니라고 인정함으로써 모든 것을 얻을 수 있었다. 하지만 혹시 이 가짜 황제가 느낀 불안감은 오히려 그녀가 자신을 아들이라 인정하면서 시작된 것이 아니었을까? 나는 그가 가진 변신의 힘은 더이상 누구의 아들도 아니라는 데서 비롯되었다고 믿고 있다.

(이것이 결국 집을 떠난 모든 젊은이의 힘이다.)*

황제를 원했으나 그가 어떤 존재일지는 그려보지 않았던 백성은 그를 더욱 자유롭고 뭐든지 할 수 있도록 만들었다. 반면 어머니의 인정은 의도적인 기만이었음에도 그를 약화시킬 수 있는 힘이 있었다. 그녀는 그를 무수한 날조 밖으로 끌어내 그저 지친 모방자에 그치도록 했고, 그리하여 그 자신과 무관한 다른 인간으로 전락시켰다. 즉 그를 사기꾼으로 만들었던 것이다. 그리고 여기에 마리나 므니제치 황후가 가세해 조금씩 은밀히 자기 방식대로 그를 부인했는데, 나중에 드러났듯

---

* 괄호 안은 원고의 여백에 적은 글이다.

이, 그녀는 그를 믿지 않았던 것이 아니라, 다른 모든 사람을 믿었던 것이다. 그 이야기에 이 모든 것이 얼마나 참작되었는지는 확실하게 말할 수 없지만, 나는 이것들이야말로 이야기될 만했다고 생각한다.

하지만 그것을 고려하지 않더라도, 이 사건은 그 자체로도 전혀 진부한 이야기가 아니다. 지금이라도 그 마지막 순간들에 세심하게 공을 들일 서술자를 생각해볼 수 있다. 그는 똑바로 포착할 것이다. 이 최후의 순간에 많은 일이 일어난다. 그는 깊고 깊은 잠에서 깨어나 창문으로 달려갔고, 창문에서 위병들이 서 있던 정원으로 뛰어내렸다. 그는 혼자서 일어나지 못해 위병들이 도와주어야 했다. 아마도 발목이 부러졌을 것이다. 그는 위병 두 명의 부축을 받으면서 이들이 자신을 믿고 있다고 느낀다. 둘러보니, 다른 위병들 역시 그를 믿고 있다. 이 대단한 근위병들이 불쌍해 보일 정도로 그는 너무 멀리 와버렸다. 그들은 이반 뇌제의 실제 모습을 모두 알고 있었을 텐데도 그를 믿고 있는 것이었다. 가짜 황제는 그들에게 사실을 말하고 싶은 마음이 들었지만 입을 열면 울부짖는 소리만 나올 것이었다. 발의 통증이 어마어마해서 자기 자신에 대해서는 거의 생각하지 못했기 때문에 그는 이 고통 외에는 알지 못한다. 그런데 이제 시간이 없다. 그들이 몰려오고, 그의 눈에는 슈이스키가, 그리고 그 뒤를 따르는 사람들이 모두 보인다. 이제 곧 끝날 것이다. 하지만 그때 근위병들이 호위하려 둘러싼다. 그들은 그를 포기하지 않는다. 그리고 기적이 일어난다. 이 노장들의 믿음이 퍼져나가 갑자기 아무도 앞으로 움직이려 하지 않는다. 슈이스키는 바로 앞에서 절망적으로 창문을 올려다보면서 소리친다. 가짜 황제 그리샤는 돌아보지 않는다. 거기 누가 서 있는지 알고 있다. 곧 고요함이, 숨죽인 듯한 고요함이 흐르는 것을 깨닫는다. 이제 이미 알고 있는 그 목소리가 들릴 것이다. 억지로 고양시킨 높고 가장된 목소리다. 그리고 자신을 부정하는 황태후, 어머니의 목소리를 듣는다.

여기까지의 일은 저절로 진행되었지만, 이제 서술자가, 서술자가 필요하다. 왜냐하면 아직 남아 있는 몇 줄에서는 어떤 모순도 뛰어넘는 원초적인 힘이 발산되어야 하기 때문이다. 말해지든 말해지지 않든. 목소리와 총성 사이, 그 무한히 밀집된 상태에서, 모든 것이 되고자 하는 의지와 힘이 다시 한번 그의 안에 생겨났다는 것을 우리가 확신할 수 있어야 한다. 그러지 않으면, 그들이 그의 잠옷을 꿰뚫고 마치 한 인간의 강인함을 찌를 듯이 찔러댔다는 사실이 얼마나 대단한 일관성을 말해주는지 이해하지 못할 것이다. 그가 거의 포기하려 했던 황제 가면을 죽어서도 사흘이나 더 쓰고 있었다는 사실도 마찬가지다.

지금 와서 생각해보면 그 책에 평생 한결같았던 사람*, 화강석처럼 단단하고 변하지 않아 그의 밑에서 견뎌내야 했던 모두를 점점 더 힘들게 했던 사람의 최후가 서술되어 있다는 것이 기이하게 여겨진다. 디종에 이 사람의 초상화가 있다. 그러나 이것이 아니라도 우리는 그가 성격이 급하고, 심술궂고, 고집이 세고 부정적이었다는 것을 알고 있다. 그런데 그의 손에 대해서는 생각해본 적이 없을 것이다. 그의 손은 무척 뜨거워서, 항상 열기를 식히려 무의식적으로 차가운 것에 손을 대거나 손가락을 넓게 벌려 공기가 통하도록 했다. 사람의 머리에 피가 몰

---

* 샤를 대공.

리듯 그의 두 손에 피가 몰릴 때면 주먹을 쥔 그의 두 손은 착상들이 날뛰는 미친 사람들의 머릿속 같아 보였다.

이런 피를 지니고 사는 데는 엄청난 주의력이 필요했다. 대공은 이런 피와 함께 자신 안에 갇혀 있었고, 때때로 피가 고개를 움츠려 암울하게 몸속을 돌아다닐 때면 무척 두려워했다. 빠르게 돌고, 포르투갈인의 피가 반쯤 섞인, 그가 거의 알지 못하는 이 피는 그 자신에게도 소름끼치도록 낯설었을 것이다. 잠을 자는 동안 피가 자신을 덮쳐 갈기갈기 찢어놓을지도 모른다는 불안에 종종 휩싸였다. 대공은 그 피를 제압한 듯 행동했지만, 항상 공포 속에 살았다. 이 피가 질투할까봐 여인을 사랑할 생각은 한 번도 하지 않았고, 피가 너무 격렬했기 때문에 술을 입에 댄 적도 없었으며, 와인 대신에 장미즙으로 두려움을 진정시켰다. 그래도 단 한 번 와인을 마신 적이 있는데, 그랑송이 함락되었을 때, 로잔에 설치된 진영 막사에서였다. 그때 그는 병이 나서 사람들과 떨어져 있었고, 와인을 원액 그대로 많이 마셨다. 그때 그의 피는 잠이 들었다. 무감각한 말년의 몇 해를 의미없이 보내는 동안 그의 피는 때때로 이런 무겁고 동물적인 잠 속으로 빠져들곤 했다. 그러면 그의 피가 얼마나 그를 지배하고 있었는지가 드러났다. 피가 잠이 들면 그는 아무것도 아니었기 때문이다. 그럴 때면 그의 측근 누구도 들어와서는 안 되었는데, 그가 사람들이 하는 말을 이해하지 못했던 것이다. 이국의 사신들에게 황폐한 자신의 모습을 드러낼 수도 없었다. 그러면 그는 앉아서 피가 깨어나기를 기다렸다. 그러면 대체로 피는 갑자기 일어나 심장에서 터져나오며 포효했다.

대공은 이 피를 위해 자신이 중요하게 생각하지 않는 물건들을 모두 끌고 다녔다. 대형 다이아몬드 세 개를 비롯해 각종 보석, 플랑드르산 레이스와 아라스산 양탄자를 무더기로 싣고 다녔다. 금실을 꼬아 만든 장식줄이 달린 실크 천막, 수행원들을 위한 천막 사백 개. 목판화, 순은으로 만든 열두 사도상. 타란토 공국의 왕자, 클레브 공작, 바덴의 변경백 필리프, 샤토기용의 영주들도 동반했다. 왜냐하면 그는 자신이 황제이며, 자기보다 높은 존재는 없다는 것을 자신의 피에게 보여 자신을 두려워하게 하고 싶었기 때문이다. 그러나 그런 증거를 내보여도 그의피는 믿지 않았다. 의심이 많은 피였다. 어쩌면 한동안은 피를 의심 속에 붙들어둘 수도 있었을 것이다. 그러나 우리Uri의 호른은 그를 배신했다.* 그후로 그의 피는 자신이 패배자의 몸속에 들어 있다는 것을 알고 그에게서 벗어나려 했다.

지금의 나는 대공의 이야기를 이렇게 이해하고 있지만, 당시에는 사람들이 그를 찾아다녔다는 주현절에 대한 이야기가 가장 인상적이었다.

그 전날, 이상하리만치 전투가 싱겁게 끝나버린 직후, 로트링겐의 젊은 영주는 처참하게 짓밟힌 자신의 도시 낭시로 바로 들어왔고, 주현절인 그날, 아침 일찍 측근들을 깨워 대공의 행방을 물었다. 여러 차례 전령을 파견했으며, 그 자신도 걱정하고 불안해하며 가끔씩 창가에 모습을 드러냈다. 물론 마차나 들것에 실려오는 사람이 누구인지 모두 알지는 못했지만, 대공이 아니라는 것은 알았다. 부상자들 중에도 없었고, 계속해서 끌려 들어오는 포로들 중에도 그를 본 사람은 없었다. 그러나

---

* 스위스 우리에서 스위스군의 호른 소리에 놀란 샤를 대공의 군대는 낭시 전투에서 패했다.

피란민들은 사방팔방으로 온갖 소식을 나르면서, 마치 그와 마주칠까 봐 두려운 듯 겁에 질려 갈팡질팡하고 있었다. 이미 날이 어두워졌고, 아직 대공 소식은 전혀 들리지 않았다. 길고 긴 겨울밤 내내 그가 사라졌다는 소식이 퍼져나갔다. 그리고 그 소식은 전해지는 곳곳에서 사람들의 마음속에 그가 살아 있다는 끈질기고 기대에 부푼 확신을 불러일으켰다. 이날 밤처럼 모든 사람의 상상 속에 대공이 그토록 생생하게 존재한 적은 없었을 것이다. 잠들지 못한 채 그를 기다리며 그가 문을 두드리는 장면을 상상하지 않은 집이 없었다. 만약 그가 오지 않았다면, 벌써 자기 집을 지나쳐간 것이라 생각했다.

이날 밤은 꽁꽁 얼어붙었고 그가 살아 있으리라는 생각도 얼어붙는 듯했다. 그 정도로 그 생각은 견고해졌다. 수많은 세월이 흐른 후에야 비로소 이 생각도 녹아 사라질 것 같았다. 사람들 모두가 제대로 알지 못한 채, 대공이 살아 있다고 주장했다. 대공이 그들에게 초래한 운명은 오직 그의 형체를 통해서만 견뎌낼 수 있는 것이었다. 그들은 그가 존재한다는 것을 너무나 힘들게 체득했지만, 그런 만큼 이제는 대공을 잘 기억할 수 있었고 쉽게 잊히지도 않았기 때문이다.

그러나 다음날 아침, 1월 7일 화요일에 수색이 재개되었다. 이번에는 안내인이 있었다. 대공의 시동들 중 하나로, 멀리서 대공이 쓰러지는 모습을 목격했다고 했다. 이제 이 소년이 그 장소를 알려줄 예정이었다. 시동 자신은 아직 아무 이야기도 하지 않았고, 그를 동반한 캄포바소 백작이 대신 말해주었다. 시동이 앞장서서 걸어갔고, 다른 사람들은 그 뒤에 바짝 붙어 따라갔다. 변장을 하고 이상하게도 불안해하는 시동을 본 사람들은 그가 소녀처럼 아름답고 사지가 가녀렸던 잔바

티스타 콜로나라는 것이 믿기 힘들었다. 그는 추위에 몸을 떨었다. 간밤의 서리로 공기는 냉랭하게 얼어붙어 있었고, 발소리는 이를 가는 소리처럼 들렸다. 어쨌든 모두가 얼어 있었다. 루이옹즈라는 애칭으로 불리는 대공의 광대만 분주하게 움직였다. 그는 개 흉내를 내면서 앞으로 달려나갔다가 되돌아와 잠시 소년 시종 옆에서 네 발로 총총거렸다. 그러다가 멀리 시체가 보이자, 순식간에 튀어나가 몸을 굽혀 인사하고 그 시체한테 말을 걸며 부디 정신을 차리고 우리가 찾고 있는 그 사람이 되어달라고 간청했다. 그리고 잠시 시간을 준 다음 투덜거리며 다시 일행에게 돌아와 위협과 저주의 말을 퍼부으면서, 죽은 자들의 완고함과 게으름에 대해 불평을 늘어놓았다. 사람들은 계속 앞으로 나아갔으며, 그 끝은 보이지 않았다. 도시는 시야에서 멀어져 더이상 보이지 않았다. 추위에도 불구하고 그사이 날씨가 흐려져 사방이 회색빛으로 뿌옇게 되었다. 땅은 평평하고 무심하게 그저 펼쳐져 있었고, 서로 촘촘히 붙어 가는 작은 무리는 앞으로 나아갈수록 점점 더 당혹스러워하는 기색이 역력했다. 아무도 말을 하지 않았다. 단 한 사람, 함께 가고 있던 노파만 입을 우물거리며 고개를 흔들었다. 아마도 기도를 했을 것이다.

앞장서던 시동이 갑자기 걸음을 멈추고 주위를 둘러보았다. 그러고는 대공의 시의였던 포르투갈인 루피 쪽으로 몸을 돌리고는 앞쪽을 가리켰다. 몇 발짝 앞에 못이나 웅덩이로 보이는 빙판이 있었고, 그곳에 열 구에서 열두 구쯤 되는 시체가 반쯤 파묻혀 있었다. 거의 모두가 발가벗겨지고 약탈을 당한 상태였다. 루피가 몸을 숙여 한 명 한 명 세심하게 살펴보았다. 그리고 사람들은 각자 돌아보다가 올리비에 드라마르슈와 성직자를 찾아냈다. 하지만 노파는 이미 눈 속에 무릎을 꿇고 흐느껴 울면서 그녀를 향해 손가락을 펼친 듯한 커다란 손 위로 몸을 구부리고 있었다. 모두가 그쪽으로 달려갔다. 루피는 하인 몇 명과 함께 땅에 엎드려진 시체의 몸을 바로 눕히려 했다. 하지만 얼굴이 얼어붙어 있어서, 사람들이 얼음에서 잡아떼자 한쪽 뺨이 얇게 금이 가면서 부스러졌고, 다른 쪽 뺨은 들개나 늑대가 물어뜯은 듯 찢겨 있었으며, 얼굴 전체가 귀 쪽에서 시작된 큰 상처로 갈라져 있어 차마 얼굴이라고 부를 수도 없는 상태였다.

사람들은 한 사람씩 주위를 돌아보았다. 모두 자기 등뒤에 그 로마인, 대공이 있다고 생각했던 것이다. 그러나 보이는 것은 분노한 표정으로 몸에 잔뜩 피를 묻히고 달려온 광대뿐이었다. 그는 외투를 들고 거기서 뭔가가 떨어지기라도 할 것처럼 흔들었다. 그러나 외투 안에는 아무것도 없었다. 그래서 사람들은 그 시체에서 대공을 가리킬 만한 특징을 찾기 시작했고, 몇 개를 발견했다. 사람들은 불을 피워 따뜻한 물과 와인으로 시체의 몸을 씻겼다. 목 위의 흉터가 드러났고, 커다란 농양 자국 두 개도 보였다. 시의는 더이상 의심하지 않았다. 그렇지만 사람들은 다른 것들도 계속 비교해보았다. 광대 루이옹즈가 몇 걸음 앞쪽에서 대공이 낭시 전투에서 탔던 커다란 흑마 모로의 사체를 발견했다. 대공은 그 말 위에 앉아 짧은 두 다리를 내려뜨리곤 했다. 말의 코에서는 여전히 피가 나와 입으로 흘러내렸는데, 마치 말이 피를 맛보는 것 같았다. 거기 있던 한 시종이 대공의 왼발 발톱이 살을 파고들어가 있었다는 것을 기억해내자, 이제는 모두가 그 발톱을 찾기 시작했다. 하지만 광대는 마치 간지럼을 타는 듯이 몸을 꼬아대며 소리쳤다. "오, 전하, 당신의 허술한 결점을 찾고 있는 저 바보들을 용서해주십시오. 저들은 또한 당신의 미덕이 깃들어 있는 나의 침울한 얼굴을 보고도 당신을 알아보지 못합니다."

(대공의 광대는 시체가 안장되었을 때 가장 먼저 들어간 사람이기도 했다. 장례는 조르주 후작의 집에서 치러졌는데, 그 연유를 아는 사람은 아무도 없었다. 아직 관에 구의가 덮이지 않았기 때문에 광대는 전체적인 인상을 포착할 수 있었다. 캐노피와 침상의 두 검은색 사이에서 상의의 흰색과 외투의 검붉은 색이 서로에게 무뚝뚝하고 불친절하게 강한 대조를 이루었다. 앞쪽에는 금박의 커다란 박차가 달린 진홍색 장화가 시신을 향해 놓여 있었다. 그리고 왕관이 보이는 저곳에 머리가 놓여 있다는 건 두말할 필요도 없었다. 무슨무슨 보석들이 박힌 커다란 대공용 왕관이었다. 루이웅즈는 그 주위를 돌며 모든 것을 자세히 살펴보았다. 심지어 잘 알지도 못하는 공단도 만져보았다. 고급 공단인 것 같았지만, 부르고뉴 왕가에는 조금 격이 떨어지는 것일 수도 있었다. 광대는 전체적으로 보기 위해 다시 한번 약간 뒤로 물러섰다. 모든 색채가 하얀 설광 속에서 묘하게 따로 놀고 있었다. 그는 색채들을 하나하나 마음속에 새겼다. "옷차림이 훌륭하구나. 너무 선명한 감이 있긴 하지만." 그가 마지막에 인정하듯이 말했다. 이 광대에게 죽음이란 급히 대공 한 명이 필요해진 인형 조종자처럼 느껴졌다.)

더이상 바뀌지 않는 일은 그 사실을 아쉬워하지도, 판단하지도 말고 그대로 받아들이는 것이 좋다. 그래서 나는 내가 결코 진정한 독자가 아니었다는 것을 분명히 깨달았다. 유년 시절에는 읽는다는 것이 나중에 언젠가 온갖 직업이 차례로 다가오면 하나씩 맡게 될 직업처럼 보였다. 솔직히 그때가 언제일지에 대해서는 특별한 생각이 없었다. 나는 삶이 어느 정도 바뀌고, 그 삶이 전에 내부로부터만 왔듯이 외부로부터만 오는 때가 되면 자연히 알게 되리라 믿었다. 그렇게 되면 삶은 분명하고 확실해질 거라고, 오해할 건 전혀 없을 거라고 생각했다. 전체적으로 볼 때 그리 간단하지 않고 정말 까다롭고 복잡하게 얽혀 있어 오히려 힘들지도 모르겠지만, 어쨌든 눈으로 볼 수는 있으리라고 막연히 생각했다. 유년기의 독특한 무한성, 균형 불가능성, 절대적으로 예측 불가능한 것, 이런 것들이 그때가 되면 모두 극복되리라고 말이다. 물론 왜 그렇게 되는지는 알 수 없었다. 실제로는 그런 것들이 많아졌고, 모든 방향에서 막혀 있어 바깥을 내다볼수록 안은 뒤흔들렸다. 이런 일들이 어디서 비롯되는지 누가 알 수 있겠는가. 하지만 그때 그것은 아마도 극단적으로 커지다가 단번에 멈추었던 것 같다. 어른들이 그런 것 때문에 불안해하는 일은 매우 드물다는 것을 쉽게 관찰할 수 있었다. 그들은 여기저기 돌아다니고, 판단하고 행동했다. 그들이 어려움에 처하는 것은 외적인 상황 때문이었다.

나는 그런 변화가 시작될 때까지 독서를 미루어놓고 있었다. 그때라면 아는 사람을 대하듯이 책을 대하게 될 것이고, 책을 읽을 시간이 생길 것이다. 규칙적이면서, 편안하게 지나가는 어떤 확실한 시간이, 그 경우에 딱 적당한 만큼의 시간이 있을 것이다. 물론 마음에 좀더 다가오는 책들이 있을 것이며, 그래서 책을 읽느라 산책 갈 시간에, 약속 시간이나 연극 공연 시작 시간에, 혹은 긴급한 편지를 쓰는 일에 삼십 분쯤 지체되는 경우가 없을 거라고 말할 수 없다. 하지만 자고 일어난 것처럼 머리카락이 눌리고 엉클어지거나, 귀가 새빨개지거나, 손이 금속처럼 차가워지거나, 옆에 있던 기다란 양초가 완전히 타서 촛대까지 녹아내리는 일은 다행히도 일어나지 않을 것이다.

내가 이런 현상을 열거한 이유는 울스고르에서 방학을 보내던 당시 갑자기 독서에 빠져 꽤 특이한 경험을 했기 때문이다. 내가 책을 읽을 수 없다는 사실이 즉시 명백해졌다. 확실히 나는 원래 정해놓았던 것보다 훨씬 일찍 독서를 시작했다. 하지만 소뢰에서 나와 비슷한 또래 아이들과 함께 보냈던 그해는 그런 식의 계산을 의심하게 만들었다. 그곳에서는 급작스럽고 예상치 못한 경험들이 내게 닥쳤고, 그 경험들이 나를 어른처럼 다루는 것을 분명히 알아챌 수 있었다. 일어난 그대로의 실제 삶의 크기에 상응하는 경험들이었기에 그 자체로 매우 힘든 것이었다. 그러나 그 경험들의 현실성을 깨달은 것과 같은 정도로, 아이로서의 내 존재가 지니는 무한한 실재성에 대해서도 눈을 뜨게 되었다. 나는 다른 삶이 이제 막 시작되었지만 지금의 삶이 멈추지는 않으리란 것을 알았다. 물론 삶에서 시기를 나누는 것은 누구에게나 자유겠지만, 그런 구분은 그저 생각에 지나지 않는다고 느꼈다. 게다가 그런 구분을 생각하기에 내가 너무 서툴렀던 것이 분명했다. 내가 그런 구분을 시도할 때마다, 삶은 자신도 그런 구분을 모른다고 내게 알려주었던 것이다. 그러나 내가 어린 시절은 이미 끝났다고 우기면, 바로 그 순간 다가오던 모든 것이 사라져버렸고, 내게 남은 것은 납으로 된 장난감 병정 혼자 설 수 있을 만큼의 바닥뿐이었다.

이 발견은 당연하게도 나를 더욱 고립시켰다. 나를 내면에 더 몰두하게 하고 일종의 궁극적인 즐거움을 선사하긴 했지만, 그런 즐거움은 내 나이를 훨씬 넘어서는 것이어서 내게는 걱정거리가 되었다. 이때부터는 아무것도 기한이 예정되어 있지 않았기 때문에, 많은 것을 빠뜨리고 놓칠 수 있다는 불안감에 휩싸였던 기억이 난다. 그리고 울스고르로 돌아와 그 모든 책을 보았을 때, 서두르며, 거의 양심의 가책을 느끼며 맹렬히 덤벼들었던 것이다. 훗날에 내가 그토록 자주 느끼게 된 것을 당시에 이미 어렴풋하게나마 예견했던 것 같다. 모든 책을 읽겠다는 의무를 지니지 않는다면, 한 권의 책을 펼칠 권리도 없는 것이었다. 한 줄 한 줄에서 세계가 등장했다. 읽을 때마다 빗장이 부서지며 세계가 열렸다. 그 앞에서 세계는 온전했고, 아마도 그 뒤에서도 세계는 온전히 그대로였을 것이다. 하지만 책을 읽을 줄도 모르는 내가 어떻게 그 책들을 모두 이해할 수 있었겠는가? 이 허름한 서재에도 헤아릴 수 없을 정도로 수많은 책이 서로 꼭 붙어 늘어서 있었다. 나는 고집스럽고도 필사적으로 이 책에서 저 책으로 달려들었고, 마치 이루어야 할 과업이 쌓여 있는 사람처럼 한 페이지 한 페이지 헤쳐나갔다. 당시 나는 실러와 바게센, 윌렌슐레게르, 샤크 스타펠트, 그리고 월터 스콧과 칼데론을 읽었다. 이미 읽었어야 했던 많은 책을 손에 집어들었고, 다른 책들은 내게 너무 일렀다. 당시의 나에게 꼭 맞는 책은 없는 것이나 마찬가지였다. 그럼에도 나는 읽었다.

이후 몇 년 동안 가끔씩 밤에 잠을 깨는 일이 있었다. 그럴 때면 별들은 정말로 거기 그렇게 떠 있었고 현저하게 움직이고 있었다. 어떻게 그토록 많은 세계를 붙들지 못하고 그냥 놓쳐버릴 수 있는지 이해할 수 없었다. 그런데 그와 비슷한 기분을 책을 보다가 느낄 때가 있었다. 눈을 들어 저멀리, 여름이 있었던 그곳을, 아벨로네가 부르던 그곳을 바라볼 때 그랬던 것 같다. 언젠가 아벨로네가 나를 불러내려고 했는데, 내가 대답조차 하지 않았던 뜻밖의 일이 일어났다. 우리가 가장 행복한 시간을 보낼 때였다. 하지만 그때 나는 한창 책에 빠져 있었기 때문에 독서에만 집착했고, 잘난 척 고집을 피우며 아벨로네와 함께했던 매일의 축제일을 피해 숨어 다녔다. 나는 종종 눈에 띄지 않게 자연스러운 행운이 찾아와도 그 많은 기회를 이용하는 데 서툴렀고, 그래서 점점 커져가던 우리의 불화도 주저 없이 미래의 화해로 넘겨버렸으며 이 화해는 미룰수록 더욱 매혹적인 것이 되었다.

덧붙이면, 나의 독서열은 시작했을 때와 마찬가지로 갑자기 끝났고, 그때 우리는 서로에게 몹시 화가 나 있었다. 아벨로네가 나를 조롱하고 우월한 듯 굴었기 때문이다. 야외 정자에서 나를 만나도 그녀는 책을 읽는 척했다. 어느 일요일 아침, 그녀 옆에 책 한 권이 덮인 채 놓여 있었는데, 아벨로네는 포크로 작은 송이에서 구스베리를 조심스럽게 긁어 따는 일에 훨씬 더 열중하고 있었다.

아마도 7월의 아침이 그렇듯, 잘 쉬고 난 뒤처럼 생각지도 않았던 즐거운 일이 어디서나 일어나는 이른아침 시간이었을 것이다. 억누를 수 없는 수백만 개의 작은 움직임들이 모여 가장 신념에 찬 현존재의 모자이크를 구성하는데, 사물들은 흔들리며 서로에게 섞여들어 저멀리 공기 속으로 퍼져나가고, 서늘한 공기는 그림자를 선명하게 만들고 태양을 가볍고 정신적인 가상의 빛으로 만든다. 그때 정원에는 가장 중요한 것이란 없다. 어디에나 모든 것이 있으며, 아무것도 놓치지 않기 위해서는 모든 것 안에 있어야 했다.

그런데 아벨로네의 작은 움직임 속에 그 전체가 다시 한번 들어 있었다. 너무나도 편안하게, 방금 한 움직임을 그대로 똑같이 하는 것이었다. 그늘 속에서 환하게 빛나는 그녀의 두 손은 너무나 경쾌하게 하나가 되어 서로 도우며 움직였고, 포크 앞으로 둥근 베리 열매들이 제멋대로 튀어나와 생기 없는 포도 잎을 깔아놓은 쟁반으로 떨어져 들어갔는데, 그 쟁반에는 엷은 과육 속에 싱싱한 씨를 품은 붉은색과 황금색 열매들이 이미 수북이 쌓여 빛나고 있었다. 나는 이 모습을 보고만 있고 싶었다. 하지만 핀잔을 들을 것 같아 자연스럽게 보이려 책을 집어들고 테이블 다른 쪽에 걸터앉아 책장을 넘겨보지도 않고 곧바로 아무데나 펼쳐서 읽었다.

"큰 소리로 읽어보면 어때, 책벌레씨." 아벨로네가 잠시 후 말했다. 더이상 다투려는 어조가 아니었고, 나도 이제 우리가 진정으로 화해해야 할 때라고 느꼈기 때문에 즉시 큰 소리로 읽었고, 계속 읽다보니 '베티나에게'라는 제목이 나오는 부분에 이르렀다.*

"아니, 그 답장은 읽지 마." 아벨로네가 나를 중단시키더니 갑자기 지친 듯이 작은 포크를 내려놓았다. 그러고는 곧바로 자신을 바라보는 나의 표정을 보고 웃었다.

"세상에, 왜 그렇게 아무렇게나 읽는 거니, 말테."

나는 그때 한순간도 읽는 데 집중하지 않았음을 인정하지 않을 수 없었다. "날 중단시키게 하려고 그렇게 읽은 거야." 나는 시인했고, 얼굴이 달아오른 채 책 제목을 찾으면서 책장을 앞으로 넘겼다. 나는 그제야 그것이 무슨 책이었는지 알게 되었다. "답장은 왜 안 읽어?" 내가

* 괴테를 흠모했던 베티나가 그와 주고받은 편지를 모아 괴테 사후에 개작해서 펴낸 것으로 알려진 『괴테가 한 아이와 주고받은 편지』(1835).

궁금해서 물었다.

아벨로네는 내 말을 듣지 못한 것 같았다. 마치 그녀의 눈처럼 그녀의 내면이 온통 어두워지기라도 하는 것처럼 옅은 색 원피스를 입고 거기 앉아 있었다.

"이리 줘봐." 아벨로네가 갑자기 화난 듯이 말하더니 내 손에서 책을 낚아채 자신이 원하는 바로 그 페이지를 펼쳤다. 그러고는 베티나의 편지 하나를 읽었다.

내가 그것을 얼마나 이해했는지는 잘 모르겠다. 하지만 언젠가는 이 모든 것을 통찰할 거라는 약속이 엄숙하게 이루어진 것 같았다. 그리고 아벨로네의 목소리가 점점 커져서 마침내 내가 알던 그녀의 노래 부르는 목소리와 비슷해지는 사이, 나는 내가 우리의 화해를 사소하게 여겼던 것이 부끄러워졌다. 그녀의 목소리가 화해였던 것이다. 하지만 그 화해는 내가 가닿을 수 없는 저 위 훨씬 높은 곳, 큰 세계에서 이루어지고 있었다.

약속은 아직도 지켜지고 있다. 언젠가 바로 그 책이 나의 책들 사이에, 내가 손을 놓지 않는 몇 권의 책 사이로 들어왔다. 이제는 나도 책에서 내가 원하는 곳을 바로 펼칠 수 있게 되었고, 그 부분을 읽을 때면 내가 베티나를 생각하는지 아벨로네를 생각하는지 분명히 말할 수 없다. 아니, 베티나는 내 안에서 현실적인 것이 되었다. 내가 알던 아벨로네는 마치 베티나를 위한 준비와도 같았고, 그래서 그녀는 내 안에서 마치 그녀 본래의 무의식적인 본질처럼 베티나로 흡수되어 소멸되었다. 이 특별한 베티나는 자신의 모든 편지로 공간을, 가장 광활한 형체를 마련

해놓았기 때문이다. 그녀는 마치 자신의 죽음 이후에 존재하는 듯 처음부터 자신을 전체 속에 완성해놓았다. 그녀는 어디서나 저멀리 존재의 세계로 깊이 들어가 그곳의 일부가 되었고, 그녀에게 일어난 일은 영원히 자연 속에 존재하는 것이었다. 거기서 그녀는 자신을 인식했고, 거의 고통을 느끼며 거기서 벗어났다. 마치 전설에서 벗어나듯이 힘겹게 자신을 되찾았고, 정령을 불러내듯이 자신을 불러내어 견뎌냈다.

베티나, 방금까지도 그대는 있었다. 나는 그대가 보인다. 대지는 그대로 인해 아직 따뜻하지 않은가. 새들도 여전히 그대의 목소리를 위한 공간을 남겨둔다. 이슬은 이제 다른 것이 되었지만, 별들은 아직도 그대가 있던 밤의 그 별들이다. 아니 어쩌면 이 세계라는 것이 그대의 것이 아닐까? 그대는 그대의 사랑으로 이 세계에 불을 질렀고, 활활 불타오르는 것을 지켜보다가, 사람들이 모두 잠든 사이에 몰래 다른 세계로 바꾸어버렸다. 그대는 신이 창조한 모든 피조물이 차례로 새로운 대지를 요구할 때마다 신과의 진정한 일치를 느꼈다. 대지를 보살피고 고쳐주는 것이 그대에게는 시시해 보였고, 그대는 그것을 다 써버리고는 두 손을 뻗어 세계를 또 달라고 계속 요구했다. 그대의 사랑은 이미 모든 것에서 자라나 있었기 때문이다.

어떻게 사람들이 모두 그대의 사랑에 대해 이야기하지 않을 수 있는 것인가? 그 이후에 다른 진기한 일이 일어나기라도 했단 말인가? 그들은 무슨 일에 매달려 있는가? 그대는 그대의 사랑이 지닌 가치를 알고 있었고, 그래서 그대의 가장 위대한 시인*에게 그 사랑을 인간적인

---

* 괴테(1749~1832).

것으로 만들어달라고 큰 소리로 말했다. 그 사랑은 아직 자연적 요소에 불과한 상태였기 때문이다. 그러나 그 위대한 시인은 그대에게 답장을 쓰면서, 사람들에게 그 사랑을 권하지 않았다. 사람들 모두 이 대답을 읽었고, 그의 말을 더 많이 믿었다. 그들에게는 시인이 자연보다 더 확실했던 것이다. 그러나 언젠가는 이것이 그 시인이 지닌 위대함의 한계였음이 드러날 것이다. 사랑을 하는 여인이 그에게 과제로 부과되었지만, 그는 그녀를 감당하지 못했다. 그가 응답하지 못했다고 한다면, 그 사실은 무엇을 의미하는가? 그런 사랑에는 어떤 응답도 필요치 않다. 이 사랑은 유혹하는 소리와 응답을 자신 안에 지닌다. 이 사랑은 스스로를 듣는다. 하지만 시인은 자신의 왕국 전체에서 이 사랑 앞에 자신을 낮춰, 마치 파트모스섬의 사도 요한처럼 무릎을 꿇고 그녀가 불러주는 말을 그대로 두 손으로 받아 적어야 했을 것이다. 시인을 감싸안고 멀리 영원 속으로 데려가고자 '천사의 직분을 실행한' 이 목소리 앞에서 다른 선택이란 없었다. 거기에는 활활 불타오르는 승천의 마차가 대기하고 있었다. 그의 죽음을 위한 어두운 신화도 준비되어 있었지만, 그는 그것을 텅 비워두었다.

운명은 무늬와 형상을 만들어내기를 좋아한다. 운명이 힘든 이유는 복잡하기 때문이다. 하지만 삶 자체는 단순하기 때문에 힘든 것이다. 삶에는 우리에게 걸맞지 않은 크기의 몇 가지만 있을 뿐이다. 성자는 운명을 거부하고 신과 마주하는 것을 선택한 것이다. 그러나 여인의 경우는 본성상 남자와의 관계에서는 언제나 그와 같은 선택을 할 수밖에 없다는 이 사실에서 모든 사랑의 관계의 불행이 초래된다. 여인은 운명도 모르는 채 단호하게, 마치 영원한 존재인 듯이 변해가는 남자 옆에 서 있다. 사랑하는 여인은 언제나 사랑받는 남자를 능가한다. 삶은 운명보다 위대하기 때문에 사랑하는 사람은 언제나 사랑받는 사람을 넘어선다. 여인의 헌신은 헤아릴 수 없는 것이고자 하고, 그것이 여인의 행복이다. 그들의 사랑에서 말할 수 없는 고통이란 언제나 그러한 헌신을 제한하라는 요구를 받는 것이었다.

일찍이 여인들에게서 흘러나왔던 한탄이 모두 그랬다. 엘로이즈*의 처음 두 편지에는 그런 한탄만 들어 있었고, 오백 년이 지나 포르투갈 여인의 편지에서도 그런 한탄이 흘러나왔다. 사람들은 마치 새의 울음 소리처럼 그것을 다시 알아챈다. 그리고 사람들이 운명 속에서 찾았기 때문에 수백 년 동안 발견하지 못했던 사포**의 더없이 아득한 모습이 이러한 통찰로 환해진 공간을 뚫고 지나간다.

나는 한 번도 그 남자에게 신문을 사려는 엄두를 내지 못했다. 그가 늘 저녁 내내 뤽상부르공원 밖을 이리저리 왔다갔다할 때 신문을 몇 부나 가지고 있었는지도 확실히 모른다. 그는 철조망 울타리에 등을 기댄 채, 철조망 장대가 꽂혀 세워진 돌의 모서리를 손으로 슬쩍슬쩍 문지른다. 너무 바싹 붙어 있어서 매일 많은 사람이 그 앞을 지나가면서도 그를 보지 못한다. 아직 자신 안에 여분의 목소리가 있어 신문을 사라고 외치긴 하지만, 마치 등잔이나 난로에서 나는 소리, 혹은 동굴 안에서 특이한 간격을 두고 똑똑 떨어지는 물방울 소리와 다르지 않았다. 그리

---

* 중세 프랑스의 수녀원장(1101~1164). 수도사 아벨라르와 사랑의 편지를 주고받았다.
** 고대 그리스 여성 시인(BC 630?~BC 50?).

고 세계가 바로 그런 식으로 설정되어 있는데, 이곳에는 움직이는 것보다 더 소리 없이, 시곗바늘처럼, 시곗바늘의 그림자처럼, 마치 시간 그 자체처럼 그곳을 평생 휴식 시간에만 지나가도록 되어 있는 사람들이 있다.

그쪽을 바라보려 하지 않았던 것은 정말 내 잘못이다. 여기 기록하기도 부끄럽지만, 난 가끔 그 사람 가까이에 있으면서도 마치 그의 존재를 모르는 것처럼 다른 사람들과 똑같은 발걸음으로 걸었다. 그럴 때면 나는 그가 "신문이오"라고 하고는 바로 이어서 다시 한번, 그리고 급히 또다시 세번째 말하는 소리를 들었다. 그러면 내 옆을 지나던 사람들이 주위를 둘러보며 목소리 주인을 찾았다. 오직 나 혼자만 아무것도 듣지 못한 듯이, 뭔가에 몰두한 사람처럼 누구보다 급히 서두르며 길을 갔던 것이다.

그리고 나는 실제로 그랬다. 나는 그를 상상하는 일에 몰두하고 있었고, 그러느라 너무 애를 써 땀이 흘러나올 정도였다. 자신에 대한 어떤 증거도 부분도 남겨놓지 않은 죽은 자를 구성하듯이 전적으로 마음속으로 그를 만들어내야 했기 때문이다. 당시 고물상마다 널려 있던, 줄무늬 상아로 만든 십자가의 그리스도상을 떠올렸던 것이 조금은 도움이 되었다는 것을 이제는 안다. 어떤 피에타상 생각이 떠올랐다가 사라졌다—이 모든 것은 아마도 그의 길쭉한 얼굴이 유지하고 있는 어느 정도의 기울기를, 움푹 파인 뺨에 황량하게 자라난 수염을, 또 비스듬히 위쪽을 향한 그의 무표정한 얼굴에서 명확히 드러나는 고통스러운 눈먼 상태를 불러일으키기 위한 것이었는지도 모른다. 그러나 그 밖에도 그 사람에게 속한 것이 굉장히 많았다. 나는 그때도 이미 그에게는 부수적인 것이 하나도 없다는 것을 알고 있었다. 가령 재킷이나 외투가 뒤쪽으로 벌어져 옷깃이 다 보이는데, 이 낮은 옷깃은 쑥 들어가 뻗어 있는 목덜미에 닿지 않은 채 큰 곡선을 그리며 그 둘레를 감싸고 있었고, 목에 두른 검초록빛 넥타이 전체가 느슨하게 풀려 있었다. 특히 모자가 눈에 띄었는데, 맹인들이 쓰는 것처럼 낡고 운두가 높은 펠트 모자를 얼굴 윤곽선과는 무관하게, 거기에 덧붙여진 것과 자신 사이에 새로운 외적 통일을 만들어낼 가능성도 없이, 마치 약속된 낯선 물건처럼 쓰고 있었다. 나는 비겁하게도 그를 쳐다보지는 못한 채 계속해서 상상을 하게 되었고, 결국 그 남자의 모습이 종종 아무 이유도 없이 강렬하고 고통스럽게 내 안에서 응축하며 너무도 비참한 기분에 휩싸이게 했기 때문에 쫓기는 마음으로 마침내 점점 커지는 내 상상을 외적인 사실들을 이용해 약화시키고 지워버리기로 결심했다. 저녁 무렵이었다. 나는 당장 그의 옆을 잘 살피며 지나가보기로 했다.

　이제 우리가 알아야 할 것은 봄이 다가오고 있었다는 것이다. 낮에 불던 바람이 잦아들었고, 골목길은 길게 뻗어 있고 평화로웠다. 골목 끝에 서 있는 집들은 방금 잘라낸 금속의 단면처럼 새로운 빛으로 반짝거렸다. 하지만 너무 가벼워서 놀라게 되는 금속이었다. 멀리까지 뻗어 있는 넓은 거리에 많은 사람이 뒤섞여 이리저리 이동하고 있었는데, 가끔씩 지나가는 마차에는 거의 신경쓰지 않았다. 분명 일요일이었을 것이다. 바람 한 점 없는 정적 속에서 생쉴피스성당의 첨탑 장식들은 산뜻하고 평소보다 높아 보였고, 로마풍에 가까운 좁은 골목길에 들어서면 자기도 모르게 계절을 내다보게 되었다. 공원 안에도 앞에도 사람들로 붐벼서 그 남자를 금방 찾을 수 없었다. 아니면, 인파 속에 있던 그를 내가 처음에는 알아보지 못한 것이었을까?

나는 내 상상이 쓸데없다는 것을 즉시 알았다. 조심성도 없고 아무런 위장도 없이 자신의 비참함에 바치는 그러한 헌신은 내가 가진 어떤 수단으로도 도달할 수 없는 것이었다. 나는 그의 자세가 어느 정도로 기울어지는지 알지 못했고, 또 그의 눈꺼풀 안쪽에서 끊임없이 채워지는 듯한 공포도 이해하지 못했다. 수챗구멍처럼 움푹 들어간 그런 입은 본 적도 없었다. 물론 그에게도 기억이 있었을 것이다. 그러나 이제 그의 영혼에는 그가 매일 등을 기대고 서서 손으로 문지르는 돌 모서리가 주는 무정형의 느낌 외에는 더이상 아무것도 가까이 다가오지 않았다. 나는 멈춰 섰다. 이 모든 것을 거의 동시에 보면서 나는 그가 다른 모자를 쓰고 있고, 일요일용이 분명한 넥타이를 매고 있다는 것을 감지했다. 넥타이에는 노란색과 보라색 사각 무늬들이 비스듬하게 있었고, 모자는 초록색 띠가 둘린 싸구려로 보이는 새 밀짚모자였다. 물론 이 색깔들이 중요한 것은 아니며, 내가 이 색깔들을 기억하고 있다는 것은 사소한 일이다. 다만 나는 그런 색깔들이 마치 새 앞가슴의 가장 연약한 부분처럼 그에게 있었다고 말하고 싶다. 그 자신도 그런 것에 관심이 없었을뿐더러, 또 누가(나는 주위를 둘러보았다) 그런 차림새를 그 자신을 위한 거라고 생각하겠는가?

즉시 강렬하게 나를 덮치는 생각이 있었다. 신이시여, 당신은 그렇게 **존재하고 있습니다**, 당신의 존재에 대한 증명들이 있습니다. 나는 그것들을 모두 잊어버렸고, 당신이 존재하신다는 확신 속에 어떤 의무들이 있는지 잘 알기 때문에 어떤 증명도 요구한 적 없습니다. 하지만 이제 분명해졌습니다. 이것이 당신의 취미이고, 여기서 당신은 만족을 느낍니다. 무엇보다도 견뎌내야 하고 판단하지 말라는 것을 배웠습니다. 고통스러운 일은 어떤 것입니까? 은혜로운 일은 어떤 것입니까? 당신만이 알고 있습니다.

다시 겨울이 와서 새 외투를 입어야 할 때—외투가 새것일 동안은 나도 그렇게 입고 다니고 싶습니다.

내가 원래부터 내 것이었던 좋은 옷을 입고 돌아다니고, 어딘가 자리를 잡고 살려 한다고 해서 그들, 즉 내던져진 자들과 구별되길 원하는 것은 아니다. 나는 아직 그 정도가 되지는 않았다. 진심으로 그들과 같은 삶을 살려는 마음은 없다. 만약 내가 팔을 잃는다면, 아마도 그것을 감출 것 같다. 하지만 그녀는(내가 그녀에 대해 알고 있는 사실은 이것뿐인데) 매일 카페의 테라스에 나타나 외투를 벗고, 뭔지 알 수 없는 옷가지들과 속옷을 벗는 일이 무척 힘들어 보이는데도 불구하고 사람들이 더이상 기다리기 힘들 정도로 아주 천천히 하나씩 벗었다. 그런 다음 그녀가 마른 몸에 불구의 팔을 드러낸 채 우리 앞에 서면 사람들은 보기 드문 그 팔을 보았다.

아니다. 나는 그들과 구별되고 싶은 것이 아니며, 내가 그들과 같아지기를 원한다면 주제넘은 일일 것이다. 나는 그들이 아니다. 나에게는 그들의 강한 힘도, 그들의 절제도 없다. 나는 잘 먹고, 매 끼니 너무나 평범하게 챙겨 먹는다. 그러나 그들은 마치 영원한 존재처럼 살아가고 있다. 11월인데도 그들은 매일 똑같은 거리 모퉁이에 서 있으며, 겨울이 곧 다가온다고 요란하게 우는소리도 하지 않는다. 안개가 끼면 그들의 모습이 불명확하고 불확실해지지만, 그럼에도 그들은 그렇게 서 있다. 나는 여행을 했고, 병이 났다. 나에게 많은 일이 일어났다. 그러나 그들은 죽지 않았다.

(나는 초등학생들이 잿빛 냄새 가득한 추운 방에서 어떻게 아침 일찍 일어날 수 있는지 모르겠다. 누군가가 급히 일어난 그 해골 같은 아이들에게 힘을 북돋아주어 어른들의 도시로, 밤이 끝나는 여명 속으로, 영원한 등교일로 달려가도록 하는가? 언제나 아직 어리고, 언제나 예감으로 가득차 있고, 언제나 지각을 하는 그들을 달려가게 하는 것이다. 나는 그렇게 지속적으로 주어지는 도움이 얼마나 많은지 짐작조차 할 수 없다.)*

이 도시는 서서히 내던져진 자들로 미끄러져들어가는 사람들로 가득차 있다. 처음에는 대부분 버티면서 저항하지만, 아무 저항 없이 점점 그쪽으로 자신을 넘어가게 놔두는, 한 번도 사랑받아본 적 없고, 강하고, 내면 가장 깊은 곳에서 그 누구에게도 이용된 적 없는 창백한 처녀들이 있다.

신이시여, 어쩌면 당신은 내가 모든 것을 내려놓고 그녀들을 사랑하기를 바라는지도 모르겠습니다. 그렇지 않다면 그들이 나를 넘어 앞질러갈 때 왜 나는 그들을 따라가지 않기가 이리 힘든 것일까요? 왜 나는 갑자기 가장 달콤하며 밤에 가장 어울리는 말을 생각해내고, 나의 목소리는 왜 내 안에, 심장과 목 사이에 부드럽게 걸려 있는 것일까요? 왜 그들을 말할 수 없이 조심스럽게 나의 숨결 가까이 꼭 붙들고 있기를 그려보는 것일까요? 삶이 가지고 놀이를 했던 인형들, 봄이 오고 또 새

---

* 괄호 안은 원고의 여백에 적은 글이다.

봄이 올 때마다 삶이 너무나도 헛되이 그들의 팔을 벌려놓아 결국 어깨가 처져버린 그들. 그들은 한 번도 저 높은 희망에서 추락한 적이 없기에 부서지지는 않았다. 그러나 그들은 완전히 지쳐버렸으며, 삶을 살기에는 이미 형편없는 상태가 되어버렸다. 길 잃은 고양이들만 밤에 그들의 방에 들어와 몰래 할퀴고 그들 위에 누워 잠을 잔다. 나는 가끔 그들을 두 골목쯤 뒤따라가본다. 그들은 건물들을 따라 걸어가고, 계속해서 걸어오는 사람들이 그들을 가려버리고, 그들은 아무것도 아니었던 것처럼 사람들 뒤로 사라져버린다.

그럼에도 나는 안다. 누군가 그들을 사랑하려고 하면, 그들은 너무 먼길을 와서 더이상 걷지 않으려는 사람처럼 몸을 무겁게 기대온다. 오직 사지에 부활의 힘을 지닌 예수만이 그들을 감당할 수 있을 것 같지만, 예수는 그들에게 관심이 없다. 사랑받는 여인이 될 수 있는 하찮은 재능을 가지고 불 꺼진 등잔처럼 기다리는 여인들이 아니라, 오직 사랑하는 여인들만이 그를 사로잡을 수 있다.

나의 존재가 이미 극단의 것으로 정해져 있는 운명이라면, 더 좋은 옷으로 위장한다 해도 아무 소용 없을 것이다. 그* 역시 한창 왕권을 누리던 중에 가장 밑바닥의 인간들 속으로 전락하지 않았던가? 높이 왕좌의 층층대를 올라가는 대신 철저히 바닥까지 추락했던 그 사람. 물론 왕궁의 정원이 증명해주는 것은 아무것도 없지만, 내가 때때로 여러 다른 왕을 믿었다는 것은 사실이다. 하지만 지금은 밤이고 겨울이며, 나

---

* 샤를 6세(1368~1422).

는 춥고, 그 왕을 믿는다. 영광이란 그저 한순간일 뿐이고, 우리는 비참함보다 더 오래가는 것을 지금껏 본 적이 없기 때문이다. 그러나 왕은 영원해야 한다.

그는 마치 길쭉한 유리 뚜껑 속 밀랍 꽃처럼 자신의 광기 속에 자신을 보존한 유일한 사람이 아니었을까? 사람들은 다른 왕들을 위해서는 교회에 가서 그들의 장수를 빌었지만, 그를 위해서는 재상 장 샤를리에 제르송이 그의 영원을 빌었을 뿐이고, 그때 그는 왕위에 있었지만 이미 가장 초라하고 비참한 처지, 완전히 빈곤한 상태였다.

바로 그 당시에 얼굴을 검게 칠한 낯선 남자들이 침대에서 자고 있는 그를 수시로 덮쳐 그가 오랫동안 자기 몸의 일부라 여기면서 계속 입고 있다가 종기 속으로 썩어들어간 내의를 찢어내려 했다. 방은 어두웠고, 그들은 딱딱하게 굳어 있는 왕의 팔 밑에서 완전히 문드러진 걸레 같은 헝겊 조각들을 잡히는 대로 뜯어냈다. 그러면서 누군가 불을 밝혔고, 그제야 비로소 그들은 그의 가슴 위에서 썩어들어가고 있는 상처를 발견했는데, 그 안에 쇠 부적이 박혀 있었다. 그가 밤마다 온 열의와 힘을 다해 부적을 꾹 눌렀기 때문이었는데, 이제 이 부적은 그의 살 속에 끔찍할 정도로 귀중한 것으로, 마치 성유물함 우묵한 곳에 놓인 기적을 일으키는 성자의 유물처럼 가장자리에 진주알 같은 고름을 달고 깊숙이 박혀 있었다. 그들은 막일꾼들을 불러모았지만 방해받은 구더기들이 플란넬 내의에서 나와 그들에게 기어오르고, 몸의 주름진 곳에서 떨어져 그들의 팔에 붙어 기어다니자 견디지 못했다. 후궁 *파르바레기나*와 함께한 날들 이후로 그의 상태가 더욱 나빠졌다는 것은 의심의 여지가 없었다. 그토록 젊고 단정한 그녀가 그와 함께 눕기를 원했기 때문이다. 그러다가 그녀는 죽었다. 이제 썩은 육체 옆에 누울 용기가 있는 사람은 아무도 없었다. 그녀는 왕을 누그러뜨릴 수 있었던 말과 부드러움을 남겨놓지 않았다. 그래서 이제는 누구도 그의 황폐한 영혼을 뚫고 들어가지 못했고, 누구도 영혼의 나락에서 그를 구해내지 못했으며, 그가 풀을 뜯으러 나온 동물처럼 눈을 둥그렇게 뜨고 갑자기 걸어나왔을 때도 아무도 그를 이해하지 못했다. 그러고서 그는 쥐베날의 분주한 얼굴을 알아볼 때마다 자신이 마지막으로 보았던 왕국의 상태를 다시 떠올렸다. 그래서 그는 놓쳐버린 정무를 만회하려 했다.

그러나 그때 일들이 가릴 것은 가려지며 신중히 전해지지 못했던 것은 당시 일어난 시대적 사건들 때문이었다. 일어나는 모든 일이 온전한 무게를 지녔고, 사람들이 말했듯이, 한덩어리로 일어났다. 그중 뭔가를 불필요하다고 뺄 수 있겠는가? 그의 동생이 살해당하고, 그가 항상 사랑하는 누이라 불렀던 발렌티나 비스콘티가 미망인의 검은 상복으로 몸을 감싸고 비탄과 비난이 가득한 일그러진 표정으로 얼굴을 돌린 채 그의 앞에서 무릎을 꿇었던 것이 어제의 일이었다면, 오늘은 끈질기고 말 많은 변호사가 몇 시간이고 서서 귀족 살인자의 정당성을 입증했고, 그것도 마치 그 범죄의 진상이 투명하고 환하게 하늘로 올라가는 것같이 했다. 공정하다는 것은 모두가 정당하다고 인정하는 것인데, 오를레앙 공작의 아내 발렌티나는 사람들이 복수를 약속해주었음에도 불구하고 슬퍼하다가 죽었다. 부르고뉴 공작을 아무리 용서하고 또 용서한들 무슨 소용이 있었겠는가? 공작은 암울한 절망의 격정에 사로잡혀 이미 몇 주 전부터 아르질리숲 깊은 곳에 천막을 치고 지내면서 밤마다 사슴이 울부짖는 소리를 들어야 오히려 위안이 된다고 주장했으니 말이다.

그러나 그 짧았던 사건의 모든 정황을 몇 번이고 끝까지 생각하며 따져본 백성들은 왕을 보기를 갈망했고, 그들은 그를 보았다. 당혹해하는 그를. 하지만 백성들은 그를 보고 기뻐했고, 신이 기다리다가 참지 못하고 그를 제치고 나서도록 하기 위해 그저 가만히 있었던 이 침착하고 참을성 있는 자가 그들의 진정한 왕이라는 것을 깨달았다. 모든 것이 밝혀진 이때, 생폴궁전의 발코니에서 백성들 앞에 모습을 드러낸 그 순간 왕은 아마도 비밀스럽게 전개될 자신의 앞날을 예감했을 것이다. 루즈베케에서 백부 베리가 자신의 손을 잡고 이끌어 그에게 첫번째 완전한 승리를 안겨주었던 날이 기억에 떠올랐다. 이상할 정도로 낮이 길었던 11월의 그날, 그는 젠트* 백성들의 무더기를 보았다. 사방에서 기병들로 돌진해 오는 적의 공격으로 도저히 빠져나갈 수 없는 궁지에 몰린 그들은 질식해서 죽었다. 서로 밀착하기 위해 자신들을 묶어두었던 그들은 뇌수처럼 그대로 뒤엉킨 채 거대한 덩어리로 놓여 있었다. 이곳저곳에서 질식사한 얼굴을 보면 숨이 막혔다. 절망에 빠진 수많은 영혼이 갑자기 빠져나가면서 서로 꼭 끼어 선 채로 죽은 시체 더미 위로 그들의 숨이 떠밀려 올라가는 광경을 상상하지 않을 수 없었다.

이것이 왕의 명성의 시작으로 그의 가슴에 깊이 새겨졌다. 그리고 왕은 그 명성을 지켰다. 그러나 그때 일이 죽음의 승리였다면, 지금 자신이 쇠약한 무릎을 지탱하며 여기 서 있다는 것은, 모든 사람이 보는

---

* 벨기에의 도시.

앞에서 꼿꼿이 서 있다는 것은 사랑의 신비였다. 그는 그 전쟁터가 너무나 끔찍했지만 그래도 이해할 수 있는 것이었음을 사람들에게서 알 수 있었다. 그러나 여기 이 광경은 이해되지가 않았다. 언젠가 샹리스 숲에서 본 황금 목걸이를 건 사슴처럼 신비스러웠다. 다만 지금은 그 자신이 그런 존재로 나타난 것이고, 사람들이 그를 뚫어져라 쳐다보고 있다는 차이가 있었다. 그리고 그는 그들이 숨죽이고 있다는 것을, 그가 젊은 시절 사냥을 나가 사슴의 유순한 얼굴이 뭔가를 찾는 듯이 나뭇가지 사이로 등장했을 때 자신을 휩싸던 것 같은 무한한 기대를 지금 그들이 자신에게 느끼고 있다는 것을 의심치 않았다. 그의 모습이 나타났다는 신비가 그의 부드러운 형체 위로 퍼져나가는 가운데, 그는 조심스러움으로 꿈쩍도 하지 않았으며, 넓고 단순한 얼굴에 번진 엷은 미소는 돌로 만든 성자의 미소처럼 애를 쓸 필요도 없이 자연스럽게 지속되고 있었다. 그렇게 자신을 내보이고 있었고, 그 순간은 영원이라 불리는 순간들, 그 축소된 하나였다. 군중은 이것을 견뎌내지 못했다. 그칠 줄 모르고 솟아오르는 위안으로 다시 힘을 얻고 환희의 함성으로 정적을 깨뜨렸다. 그러나 저 위 발코니에는 쥐베날 데 위르생만 남아 있었고, 그는 군중의 함성이 잠시 잦아든 틈을 타서 왕이 생드니가에 있는 수난극단*으로 행차해서 신비극을 볼 거라고 외쳤다.

그런 날에는 왕의 의식이 매우 온화한 상태였다. 만일 이 시대의 어느 화가가 천국에 있는 인간 존재를 그리기 위해 모델을 찾았다면, 루브르궁전의 높은 아치형 창문 아래 서 있는 조각상 같은 왕의 온화한

---

* 1402년 파리에서 창설된 아마추어 극단으로, 그리스도의 수난 등을 공연했다.

모습보다 더 완벽한 본보기는 없었을 것이다. 왕은 자신에게 헌정된 크리스틴 드 피장의 『오랜 배움의 길』이라는 소책자를 넘겨보았다. 그는 세계를 지배할 자격을 갖춘 제후를 찾아내려고 계획한 어느 우의적인 의회가 현학적인 논쟁을 벌이는 부분은 읽지 않았다. 언제나 가장 소박한 부분이 펼쳐져 있었다. 고통의 불덩이 위에 놓인 증류기처럼 십삽 년 동안 오직 통렬함의 물을 눈물로 증류하는 데 쓰인 마음에 대한 이야기가 있는 부분이었다. 그는 진정한 위안이란 행복이 지나가고 시간이 충분히 흐른 뒤 영원히 끝나버렸을 때 비로소 시작된다는 것을 깨달았다. 이러한 위안보다 그에게 더 와닿는 것은 없었다. 그의 눈길이 저멀리 다리에 가 있는 것 같던 동안에도 그는 강력한 쿠마에 무녀에게 영감을 받아 위대한 길로 나아간 이 저자의 심장을 통해 당시의 세계를 즐겁게 바라보고 있었다. 모험의 바다, 광활한 공간에 눌려 문이 닫힌, 낯선 탑이 있는 도시들, 첩첩산중의 황홀한 고독, 그리고 두려움에 찬 의심으로 탐험해갔던, 처음에는 젖먹이의 두개골처럼 닫혀 있었던 하늘을 보았다.

그러나 누군가 방에 들어오면 왕은 깜짝 놀라서 정신이 서서히 흐려지기 시작했다. 창가에 서 있다가 끌려와서는 누군가 시키는 대로 일을 처리했다. 사람들은 그에게 그림을 보며 시간을 보내는 법을 가르쳤으며, 그는 이런 시간에 만족했지만, 다만 페이지를 넘길 때는 여러 그림을 눈앞에 동시에 두고 볼 수 없다는 것과 이절판의 커다란 판본이라 서로 겹쳐볼 수 없다는 것이 불만이었다. 그러던 중 누군가가 완전히 잊혔던 어떤 카드놀이를 기억해냈고, 왕은 카드를 자신에게 가져다준 사람을 특히 총애했다. 색깔이 다채롭고, 따로따로 떼어 움직일 수도 있고, 여러 가지 그림으로 가득한 이 두꺼운 종이패들은 그의 마음에 쏙 들었다. 궁전 사람들 사이에서 카드놀이가 유행하는 동안에도 왕은 자신의 서재에 앉아 혼자 놀았다. 그가 두 장의 킹 카드를 나란히 내놓았던 것처럼, 신은 최근에 그와 벤체슬라우스 황제를 한자리에 불렀고* 가끔 퀸이 죽으면 그는 하트 에이스를 내놓았는데, 그것은 마치 묘비 같았다. 이 카드놀이에 교황이 여러 명 있다는 것에는 별로 놀라지 않았다. 그는 테이블 위쪽 가장자리에 로마를 세웠고, 그 오른쪽 아래는 아비뇽이었다. 로마에는 관심이 없었으나 무슨 이유에선지 로마를 둥글다고 상상했는데, 그 생각을 고집하지는 않았다. 그러나 아비뇽은 그가 잘 알고 있었다. 그 생각을 하자마자 높고 폐쇄된 궁전이 기억에 계속 떠올랐고, 그것만으로도 긴장이 되었다. 그는 눈을 감고 숨을 깊이 들이마셔야 했다. 그날 밤 악몽을 꾸게 될까봐 두려웠다.

그러나 전체적으로 보면 카드놀이는 진정으로 마음을 안정시키는 소일거리였고, 그들이 계속해서 그를 이 놀이에 몰두하게 한 것은 잘한 일이었다. 그런 시간들은 그가 자신이 왕이라는 것, 샤를 6세라는 생각을 더 공고하게 해주었다. 그가 자신에 대해 과장했다는 뜻은 아니다. 그런 종이 한 장 이상이라는 생각은 그에게 전혀 없었다. 그럼에도 특정한 한 장의 카드라는 생각이, 아마도 나쁜 카드, 잃기만 해서 화를 내며 내놓게 되는 카드일 수는 있지만, 항상 같은 카드, 결코 다른 카드가 될 수 없는 카드라는 확신이 점점 들었다. 한 주가 그렇게 한결같은 자기확인 속에 지나고 나면, 그는 매우 답답함을 느꼈다. 이마와 목의 피

---

* 1397년 랭스에서 열린 샤를 6세와 신성로마제국 벤체슬라우스 황제의 회담. '한 명의 교황'을 협상하려 했으나 실패했다.

부가 팽팽하게 당겨져 그 윤곽이 지나치게 뚜렷하게 느껴지는 것 같았다. 그가 신비극에 대해 묻고 그것이 시작되기를 기다릴 수 없을 정도로 참지 못할 때, 그가 어떤 유혹에 무너졌는지 아무도 알지 못했다. 그런 정도가 되자 언제부턴가 그는 생폴의 왕궁보다 생드니가에서 머무는 시간이 더 많아졌다.

극으로 공연된 이 시의 불운은, 계속해서 보충되고 확장되어 수만 행으로 늘어났기 때문에 결국은 시 속에서 전개되는 시간이 현실의 시간과 같아졌다는 데 있었는데,* 그것은 마치 지구본을 실제 지구의 크기로 만들려는 것이나 마찬가지였다. 푹 꺼져 속이 텅 빈 무대가 있고 그 아래에는 지옥이, 뒤에는 난간도 없이 기둥 하나로 받친 발코니가 천국의 높이를 나타냈지만, 이 무대가 하는 역할이란 환상을 약화시키는 것뿐이었다. 이 세기는 천국과 지옥을 지상의 것으로 만들었고, 두 세계가 지닌 힘으로 살아남으려 했던 시대였기 때문이다.

그보다 한 세대 이전, 교황 요한 22세를 중심으로 뭉쳤던 아비뇽 그리스도교 시대의 일이었다. 어쩔 수 없이 생겨난 피란처를 찾아 이리저리 떠나는 일이 많던 때였고, 교황의 임기 동안 자리를 잡은 곳에는 마치 머무를 곳 없는 영혼들을 위해 극도로 급히 마련된 임시 육체처럼 무겁고 폐쇄적인 육중한 궁전 건물이 지어졌다. 그러나 작고 여위고 영적인 노인인 교황 자신은 여전히 야외 임시숙소에 살았다. 그는 도착하자마자 지체 없이 모든 영역에서 신속하고 간명하게 일을 시작했지만, 식탁에 올라온 그의 음식 그릇에는 항상 독이 들어 있었다. 첫번째

---

* 당시 상연된 아르놀 그레방의 그리스도 수난극은 약 3만 5천 행이었다.

잔은 항상 쏟아버려야 했는데, 시식을 맡은 시종이 일각수의 뿔조각을 그 잔에 넣었다 꺼내보면 독으로 색이 변해 있었기 때문이다. 이 칠순 노인은 그를 파멸시키기 위해 그의 모습을 본떠 만든 밀랍 인형을 가지고 다니면서 이것을 어디에 숨겨야 할지 혼란스러워한데다가 인형에 꽂혀 있는 기다란 바늘에 자신이 찔리기도 했다. 물론 그 인형들을 녹여버릴 수도 있었다. 하지만 이미 이 비밀스러운 모상을 두려워하고 있었기 때문에, 자신의 강한 의지와는 상관없이 이것을 없애버리면 불에 녹는 밀랍처럼 자신도 사라질 수 있다는 생각을 몇 번이고 하지 않을 수 없었다. 그의 쇠약해진 육체는 그러한 공포로 더욱 메말라갔고, 또 그렇게 견고해졌다. 그런데 이제 사람들은 그의 왕국의 몸통을 공격하는 일도 감행하기 시작했다. 유대인들은 그리스도교도들을 말살하라는 사주를 받고 그라나다에서 들어왔고, 그들이 이번에는 더욱 끔찍한 실행자들을 고용했다. 소문이 떠돌기 시작했을 때 나병 환자들이 꾸미는 음모임을 의심하지 않은 사람은 없었다. 끔찍하게 썩어 문드러진 살덩어리를 우물에 던지는 것을 보았다는 사람들도 있었다. 사람들이 그럴지도 모른다고 곧바로 받아들였던 것은 그들이 쉽게 속아넘어가서가 아니라, 오히려 반대로, 믿음이 너무 무거워져서 흔들리는 손에서 미끄러져 우물 바닥으로 깊숙이 떨어져내린 탓이었다. 그리고 이 열성적인 노인은 독이 핏속으로 들어오는 것을 또다시 막아야 했다. 미신적인 불안에 사로잡혔을 당시, 그는 어스름의 악령으로부터 자신과 측근들을 보호하기 위해 삼종기도를 처방했다. 그리고 불안에 떨고 있는 세계 곳곳에서 저녁마다 사람들의 마음을 진정시키는 기도의 종소리가 울려퍼졌다. 그러나 그 외에 교황이 보내는 모든 칙서와 편지는 치료제라기보다 향이 나는 와인에 가까웠다. 제국은 교황의 힘으로 다룰 수 있는 것이 아니지만 그는 결코 지치지 않고 제국이 병들었다는 증거를 산더미처럼 들이댔고, 이제 가장 멀리 있는 동방의 나라들에서도 이 훌륭한 의사를 찾기 시작했다.

하지만 그때 믿을 수 없는 일이 일어났다. 만성절이었고, 교황은 평소보다 더 길고 열띤 설교를 했다. 갑작스러운 어떤 욕구를 느끼고 마치 자신을 다시 보려는 듯이 믿음을 내보였다. 그는 팔십오 년 된 성궤에서 온 힘을 다해 천천히 자신의 믿음을 꺼내 설교단 위에 놓았고, 사람들은 그에게 소리를 질렀다. 유럽 전체가 소리를 질렀다. 이 믿음은 잘못된 거라고.

그러자 교황은 자취를 감추었다. 며칠 동안 아무런 활동도 하지 않고 기도실에 무릎을 꿇은 채, 자기 영혼에 해를 끼치는 행동을 하는 사람들의 비밀을 탐구했다. 마침내 그가 무거운 사색에 지친 모습으로 나타나 자신의 믿음을 철회했다.* 철회하고 또 철회했다. 철회는 그의 정신 속 노쇠한 열정이 되었다. 자신의 회한에 대해 말하고 싶어서 한밤중에 추기경들을 깨운 적도 있었다. 어쩌면 그가 예상보다 더 오래 살았던 것은 그를 증오하고 만나러 오지도 않는 나폴레오네 오르시니** 앞에서도 무릎을 꿇을 수 있는 날이 오리라는 희망 때문이었을 것이다.

카오르의 자크 뒤에즈***는 자신의 믿음을 철회했다. 사람들은 신이 몸

---

* 교황 요한 22세(1245~1334)는 영혼이 최후의 심판을 받기 전까지는 온전한 지복을 누릴 수 없다고 주장했으나 결국 이 믿음을 철회했다.
** 로마의 추기경(1263~1342).
*** 교황 요한 22세의 세속 이름.

소 자신의 오류를 증명하려 했다고 생각할 수도 있을 것이다. 왜냐하면 신은 곧바로 리니 백작의 아들*을, 천국의 영적 향락에 발을 들이기 위해 지상에서 성년이 되기만을 기다린 것 같았던 그를 하늘로 불러올렸기 때문이다. 주교 서품을 받은 이 밝은 소년을, 그리고 그가 막 청년기가 시작될 때 주교가 되었고 열여덟 살이 되기도 전에 완성의 황홀감 속에서 죽었다는 사실을 기억하는 사람들이 아직도 많이 살아 있었다. 사람들은 이미 죽은 이들을 만나기도 했다. 왜냐하면 자유로워진 순수한 생명이 누워 있는 그의 무덤가 공기가 그곳 시체들에도 오랫동안 영향을 주었기 때문이다. 하지만 이 조숙한 신성 속에도 뭔가 절망적인 것이 존재하지 않았을까? 그의 영혼이라는 순수한 섬유를 마치 이 시대의 정제된 진홍색 염료통 속에서 빛나게 염색하는 것만이 목적이었다는 듯이 끌어냈다고 한다면, 그것은 모두에게 부당한 일이 아닌가? 이 젊은 귀공자가 열정적인 승천을 위해 지상에서 뛰어올랐을 때, 사람들은 마치 역습을 당한 기분을 느끼지 않았을까? 빛나는 자들은 왜 그토록 힘들여 빛을 만드는 양초 제조인들 가운데 머무르지 않았을까? 요한 22세가 최후의 심판 이전에는 온전한 지복이 있을 수 없다고, 그 어디에도, 심지어 복자들 가운데도 있을 수 없다고 주장하게 된 것도 이 지상의 어둠 때문이 아니었을까? 또 여기 이곳에서는 그토록 많은 혼란이 얽혀 일어났는데, 어딘가에서는 이미 신의 광휘 속에서 천사에 기대어 신에의 끝없는 전망에 편안히 잠긴 얼굴들이 있다고 상상하도록 한 것, 그것은 얼마나 독선적인 고집이 있어야 가능한 일일까.

---

* 피에르 드 룩셈부르그리니(1369~1387). 17세에 주교가 되고, 다음해에 사망했다.

나는 추운 밤에 이렇게 앉아 글을 쓰고 있고, 이 모든 것을 알고 있다. 내가 그 이야기를 아는 것은 아마도 어렸을 때 그 남자를 만났기 때문일 것이다. 그는 키가 아주 컸고, 그래서 사람들 눈에 띌 수밖에 없었을 것 같다.

거의 없는 일이지만, 그날은 무슨 영문인지 저녁 무렵 집밖으로 빠져나오게 되었다. 나는 뛰어서 모퉁이를 돌자마자 그와 부딪쳤다. 그런 일이 어떻게 단 오 초 만에 일어날 수 있었는지 지금도 이해할 수 없다. 아무리 압축해서 이야기해도 그보다 훨씬 오래 걸릴 것이다. 그와 부딪친 나는 아팠다. 나는 어렸기 때문에 울지 않은 것만으로도 나 자신이 대견하게 여겨졌지만 나도 모르게 그가 위로해주길 바랐던 것도 사실이다. 그러나 그가 그렇게 하지 않았기 때문에, 나는 그가 당황했다고, 이 상황을 수습할 적당한 농담이 떠오르지 않는 것이라 생각했다. 나는 기꺼이 그를 도울 생각이 있었지만 그러기 위해서는 그의 얼굴을 보아야 했다. 이미 말했듯이, 그는 키가 컸다. 그러니 당연히 몸을 숙여 나를 보고 있을 것 같았는데 그의 얼굴은 내 예상과 다른 높이에 있었다. 내 앞에 있는 것은 여전히 그 사람의 겉옷에서 나는 냄새와, 부딪치면서 느꼈던, 그의 옷이 주는 독특하게 딱딱한 느낌뿐이었다. 갑자기 그의 얼굴이 눈앞에 나타났다. 어땠느냐고? 모르겠고, 알고 싶지도 않다. 그것은 적의 얼굴이었다. 그리고 그 얼굴 바로 옆에, 무서운 눈 옆에 마치 또하나의 머리처럼 그의 주먹이 있었다. 나는 고개를 다시 숙일 새도 없이 이미 달리고 있었다. 왼쪽으로 그의 옆을 지나 텅 빈 끔찍한 거리를 따라 낯선 도시, 아무것도 용서하지 않는 그 도시의 골목길을 똑바로 달려내려갔다.

그때 나는 지금 내가 이해하고 있는 힘들고, 거칠고, 절망적인 시대를 경험한 것이었다. 화해하는 두 사람*의 입맞춤은 그 주위를 서성거리던 자객들에게 보내는 신호에 지나지 않았다. 그들은 같은 잔으로 술을 마셨고, 모든 사람이 보는 가운데 같은 말에 올랐으며, 밤에 한 침대에서 잘 거라는 말이 퍼졌지만, 이러한 모든 접촉에도 불구하고, 서로에 대한 반감이 너무나 절박해져서 상대방의 혈관이 뛰는 것을 보기만 해도 마치 두꺼비를 보았을 때와 같은 병적인 혐오감이 치밀었다. 형이 유산을 더 많이 받은 동생을 습격해 감금하던 시대였다. 물론 왕은 부당하게 학대당한 동생의 편을 들어, 그에게 자유와 재산을 돌려주었다. 멀리서 다른 운명 속에 빠져 있던 형은 더이상 동생을 괴롭히지 않겠다고 편지로써 자신의 잘못을 뉘우쳤다. 하지만 그 모든 것에도 불구하고, 풀려난 동생은 평정을 되찾지 못했다. 그 세기의 기록들을 보면, 그는 순례자의 옷을 입고 이 교회 저 교회를 떠돌며 점점 더 기이하게 신에 대한 선서를 고안해내고 있었다. 부적을 늘어뜨린 채 그는 생드니의 수도사들에게 자신이 느끼는 공포를 귓속말로 속삭였고, 그 수도원의 장부에는 그가 원래 성왕 루이에게 바치려고 했던 100파운드짜리 밀랍 양초가 기록되어 있다. 그는 자기 본래의 삶으로 돌아오지 못했다. 죽을 때까지 형의 비틀린 시기와 분노가 자신의 마음을 짓누르는 것을 느꼈다. 그러고 보면, 저 푸아 백작, 모든 이의 찬사를 받았던 가스통 푀뷔스는 루르드에 주둔하던 영국 왕실의 군대 대장이었던 자기

---

* 오를레앙 공작과 그를 살해하려던 부르고뉴 공작. 샤를 6세가 그들을 화해시키려 했다.

사촌 에르노를 공개적으로 살해하지 않았던가? 그러나 이 분명한 살인
도, 작고 날카로운 손톱칼을 끼우고 있었던 푸아 백작이 이 사실을 잊
은 채 아들에게 격렬하게 화를 내다가 아름답기로 유명했던 그 손으
로 하필이면 누워 있던 아들의 목을 스쳤던 저 끔찍한 우연과 비교하
면 또 어떤가? 방안은 어두웠고, 기진맥진한 소년의 아주 작은 상처에
서 아무도 모르게 피가 흘러나왔기 때문에, 먼 조상으로부터 흘러와 이
제 이 고귀한 가문을 영원히 떠나는 그의 피를 보기 위해서는 방에 불
을 밝혀야 했다.

어느 누가 살인을 자제할 만큼 강할 수 있었겠는가? 그 시대의 누가
극단적인 행동이 불가피했다는 사실을 몰랐겠는가? 낮에도 여기저기
서 살인자의 시선으로 자신을 노려보는 사람들과 눈이 마주치면 그는
이상한 예감에 휩싸였다. 그러면 그는 사람을 피해 혼자 칩거했고, 유
언장을 작성했고, 마지막으로 버들가지로 엮은 들것, 셀레스틴파의 수
도복, 뿌릴 재를 준비하라고 지시했다. 이국에서 온 음유시인들이 그
의 성 앞에 나타났고, 그들이 부르는 노래가 자신의 막연한 예감과 일
치하자 그는 성대하고 푸짐한 선물을 하사했다. 그를 올려다보는 개
들의 시선에 의혹이 어려 있었고, 주인을 따르는 모습에도 전과 같은
확신이 없었다. 평생을 지켜왔던 신조에서 새롭고 좀더 솔직한 제2의
의미가 조용히 생겨났다. 오랜 습관들은 진부하게 여겨졌지만, 그것을
대체할 수 있는 것도 더이상 나타나지 않는 것 같았다. 계획이 떠오
르면, 실제로는 그것을 믿지 않고 대충 했다. 반대로 기억들은 예기치
않은 단호함을 주장했다. 저녁이 되면 불가에 앉아 그 기억들에 자신
을 내맡기려 했다. 그러나 그동안 모르는 척 내버려두었던 저 바깥의

밤이 갑자기 귓속으로 크게 들려왔다. 자유롭거나 위험한 밤을 그토록 수없이 경험했던 귀는 그 적막의 부분들을 하나하나 다 구별했었다. 그러나 이번에는 달랐다. 어제와 오늘 사이의 그저 그런 밤이 아니었다. 하나의 밤이었다. 사랑하는 신이시여, 그리고 부활이여. 연인에 대한 찬미가 그 시간 속으로 들어오는 일은 거의 없었다. 그들은 새벽 이별가*와 헌시 속에 위장한 채 등장했고, 길고 장식적인 이름들이 달려 있어 오히려 이해할 수 없었다. 기껏해야 어둠 속에서 어떤 후레자식이 완전히 여자의 몸짓으로 올려다보는 것 같을 뿐이었다.

그런 다음, 늦은 저녁을 먹기 전, 은 대야에 손을 담궈 씻는 동안 상념에 빠졌다. 자신의 두 손이다. 이 두 손 사이에 무슨 연관이 있을까? 하나의 연결, 잡았다 놓았다 하는 연속되는 연결인가? 아니다. 두 손 모두 이 손이 되었다가 저 손이 되어보려 했다. 모두가 상쇄되고, 진정한 행위는 없었다.

선교단 수도사들의 수난극 공연 외에 사건은 없었다. 그들이 연기하는 몸짓을 본 왕은 그들을 위해 특별 허가증을 만들어주었다. 그들을 사랑하는 형제들이라고 불렀고, 지금까지 왕이 누군가를 이토록 친근하게 대한 적은 없었다. 그들에게는 소위 세속 사람들과 어울리는 것도 허용되었다. 왕은 그들이 많은 사람을 감화시켜 질서 있는 그들의 강력한 활동 안으로 끌어들인다면 그보다 더 바랄 것이 없기 때문이었다. 왕 자신도 이 수도사들에게 배우기를 열망하고 있었다. 자신 역시 그들과 똑같다는 의미의 표식과 의복을 걸치지 않았는가? 그들을 바라보면

---

* 사랑을 나눈 연인들이 새벽에 헤어질 때 부르는 연가 형식의 중세 서정시.

서 그는 등장했다가 퇴장하는 것, 대사를 말하고 몸을 돌리는 것, 의심의 여지가 없는 이런 것은 배워서 할 수 있는 것이 틀림없다고 믿었다. 엄청난 희망이 그의 심장을 가득 채웠다. 날마다 조명이 불안정하게 흔들리고, 이상하게 불확실한 이 삼위일체구제병원의 홀 안에서 왕은 가장 좋은 자리에 앉아 흥분해서 일어나기도 하고 학생처럼 정신을 집중하기도 했다. 다른 사람들은 눈물을 흘리기도 했지만, 그는 안에서 눈부신 눈물이 가득 차올라도 차디찬 두 손을 맞잡은 채 견뎠다. 때로 극의 절정에서 대사를 마친 배우가 왕의 커다랗게 뜬 눈 밖으로 갑자기 퇴장하면, 그는 고개를 치켜들면서 소스라치게 놀랐다. 언제부터 저기와 있었을까. 성 미카엘이 번쩍거리는 은제 투구와 갑옷 차림으로 무대 가장자리에 나와 있었다.

그런 순간이면 그는 몸을 일으켜세웠다. 마치 뭔가 결정을 내리려 할 때처럼 주위를 둘러보았다. 눈앞 무대 위의 행위에 대응할 다른 행위가, 왕 자신이 그 속에서 연기를 하고 있는 거대하고 불안한 세속적인 수난극이 금방이라도 보일 것 같았다. 하지만 갑자기 끝이 났다. 모두가 의미 없이 움직였다. 덮개 없는 횃불들이 그에게로 다가왔고, 아치형 천장에 형체 없는 그림자들을 던졌다. 모르는 사람들이 그를 잡아당겼다. 왕은 연기를 해보고 싶었지만 그의 입에서는 아무 말도 나오지 않았고, 그의 움직임은 어떤 행위도 만들어내지 못했다. 사람들이 너무나 이상하게도 자신을 에워싸며 몰려들자, 왕의 머릿속에 십자가를 져야 한다는 생각이 떠올랐다. 그는 그들이 십자가를 가져올 때까지 기다리려 했다. 하지만 그들은 그보다 더 강했고, 천천히 그를 떠밀어냈다.

바깥에서는 많은 것이 달라졌다. 어떻게 달라졌는지는 모른다. 그러나 나의 신이시여, 나의 내면에서, 그리고 당신 앞에서는, 관객이신 당신 앞 내면에서는 우리가 행위 없이 존재하는 것은 아니지 않습니까? 우리는 우리의 역할이 뭔지 모른다는 것을 깨닫고 거울을 찾는다. 분장을 지우고, 거짓된 것을 벗겨내고, 있는 그대로 존재하고자 한다. 그러나 지우는 걸 잊어버린 분장 한 조각이 아직 달라붙어 있다. 과장의 흔적 하나가 우리 눈썹에 남아 있다. 입꼬리가 일그러져 있는 것을 알아채지 못한다. 그리고 조롱거리이자 반쪽짜리로, 존재자도 아니고 연기자도 아닌 모습으로 돌아다닌다.

오랑주 원형극장에서였다. 나는 제대로 올려다보지 않고 현재 극장의 전면을 이루는 전원풍 건물의 폐허만 어렴풋이 의식하며 경비원이 서 있는 작은 유리문을 통해 안으로 들어섰다. 바닥에 가로놓인 기둥과 키 작은 알테아나무 사이를 지나갔는데 이 풍경에 가려 벌어진 조개 모양의 비탈진 관객석이 잠시 보이지 않았다. 객석은 마치 오목한 모양의 거대한 해시계처럼 오후의 그림자들로 나뉘어 있었다. 나는 재빨리 위쪽으로 갔다. 일렬의 좌석들을 따라 올라가면서 이곳 분위기에 위축되는 것을 느꼈다. 약간 더 위쪽에는 외국인 몇 명이 지루한 듯 군데군데 흩어져 서서 둘러보고 있었는데, 옷차림이 거슬릴 정도로 눈에 띄었지만 수준은 형편없었다. 그들이 잠시 나를 주시하더니 나의 왜소함에 놀라는 것 같았다. 그래서 나는 몸을 돌렸다.

아, 나는 전혀 준비가 되어 있지 않았다. 연극이 진행되고 있었다. 엄청난 규모의 초인적인 드라마가 펼쳐지고 있었고, 위력적인 장면들로 이루어진 저 무대라는 벽에서 수직적 분할이 시간적인 세 부분을 이루며 차례로 등장했다. 너무나 거대해서 그 거대함으로 진동하고 있었고, 거의 파괴적인가 하면, 갑자기 과도함 속에서 절제를 지키고 있었다.

나는 행복한 당혹감에 어쩔 줄 몰랐다. 우뚝 솟아 있는 무대의 그림자가 얼굴처럼 배열되어 있었는데, 그 한가운데 놓인 입속에 어둠이 모여 있어, 이것이 위쪽에 일정한 간격으로 땋은 머리장식 모양 같은 추녀 돌림띠와 경계를 이루고 있었다. 이것이 바로 모든 것을 변장시키는 강력한 고대의 가면이었고, 세계는 이 가면 뒤에서 결정되어 하나의 얼굴이 되었다. 그리고 여기, 안으로 굽은 반원형의 거대한 객석에는, 기다리고 있는, 텅 빈 채 모든 것을 빨아들이는 현존재가 있었다. 모든 사건은 그 너머에 있었다. 신들과 운명이 바로 거기 있었다. 그리고(고개를 들어 높이 올려다보면) 그곳에서 벽의 꼭대기를 가볍게 넘어오는 것이 있었다. 바로 하늘의 영원한 도래였다.

그때의 시간이 나를 우리 시대의 극장에서 영원히 배제시켰다는 것을 이제야 깨닫는다. 내가 거기서 무엇을 해야 하는가? (러시아정교회의 이콘들로 채워진 벽과 같은) 이 벽이 제거된 장면 앞에서 무엇을 해야 한단 말인가? 진하고 무거운 기름방울들로 흠뻑 젖어 퇴장하게 만들 정도의 농축된 가스 형태 같은 플롯을 짜낼 강도 높은 힘이 더이상 없기 때문에 어쩔 수 없다고 한다면 말이다. 이제 연극은 부스러기가 되어 구멍이 숭숭 뚫린 굵은 체를 빠져나가 쌓였다가, 충분히 모이면 치워진다. 길거리 여기저기와 집집에 널려 있는 것과 같은 미숙한 현실이 하룻저녁에 일어나는 것보다는 많은 일이 무대에서는 한꺼번에 일어난다는 것이 다를 뿐이다.

(그래도 한번 솔직하게 말해보자. 우리에게는 신이 없는 것과 마찬가지로 연극도 없다고. 이런 것들은 공동의 관심이 필요한 일이다. 이제는 우리 모두가 자신만의 생각과 근심을 가지고 있고, 자신에게 이익이 되고 자신에게 편리한 만큼만 다른 사람에게 보여준다. 우리는 우리가 파악할 수 없는 것들이 뒤에 숨어 시간을 두고 집중하고 긴장하고 있는 벽, 공동의 위기라는 이 벽을 향해 함께 절규해야 하는데도, 오히려 우리의 이해 능력을 이만하면 충분하다고 느끼도록 계속 묽어지게 만들고 있다.)*

그대, 비극의 여인**이여, 우리에게 극장이 있다면 그대가 표출하는 고통을 보며 성급한 호기심을 즐기고 있는 사람들 앞에 그토록 가냘프게, 아무것도 없이, 배역이라는 구실 없이 언제라도 다시 설 수 있겠는가? 우리의 마음을 말할 수 없이 뒤흔드는 그대는 자신이 맞을 고통의 현실을 그때 베로나에서 이미 예견했고, 아직 어렸던 그대는 거기서 연극을 하면서, 그대를 더욱 강조하면서 감추어야 할 가면의 앞면처럼 장미꽃 다발을 앞에 들고 있었다.

그렇다, 그대는 배우 집안의 아이였고, 그대의 가족들은 관객들에게 보여지기 위해 연기했지만, 그대는 달랐다. 그대에게 이 직업은 마리아나 알코포라도의 수녀 생활 같은 것이 되어야 했다. 물론 그녀 자신은 의식하지 못했지만, 그녀의 수녀 생활은 일종의 변장이었다. 두껍고, 또 그 뒤에 숨어서 철저히 비참할 수 있을 만큼 빈틈없고 오래가는 변

---

* 괄호 안은 원고의 여백에 적은 글이다.
** 이탈리아 배우 엘레오노라 두세(1858~1924).

장, 천상의 복자福者들을 이 서열에 오르게 만들었던 그 절실함을 동반한 변장이었다. 그대가 갔던 모든 도시에서 사람들은 그대의 연기에 대해 묘사하고 이야기했다. 그러나 그들은 그대가 매일매일 점점 더 절망에 잠기는 자신을 감추기 위해 작품 하나를 몇 번이고 반복해서 눈앞에 떠올리고 있는지는 알지 못했다. 그대는 그대의 훤히 비치는 부분을 그대의 머리카락으로, 손으로, 빈틈없는 물건으로 가렸다. 투명하게 드러나는 것에는 입김을 불어 뿌옇게 했다. 그대는 작게 웅크렸다. 아이들이 숨듯이 자신을 숨겼고, 그러고는 행복에 겨운 짧은 외마디의 탄성을 내뱉었다. 아마 천사라야 그대를 찾아낼 수 있었을 것이다. 하지만 그대가 조심스럽게 눈을 들어 위를 보았을 때, 사람들이 내내 보고 있었다는 것이 분명해졌다. 그녀를, 추하고 공허하고 눈만 살아 있는 공간에서 그대를, 오직 그대를, 오직 그대만을.

그래서 그대는 팔을 들고 완전히 뻗지는 않은 채 사악한 시선을 향해 손가락질을 하지 않을 수 없었다. 사람들의 먹잇감이 된 그대의 얼굴을 그들에게서 빼앗아와야 했다. 그대 자신으로 존재하는 것이 중요했다. 그대의 동료들은 용기를 잃고 마치 암표범 한 마리와 함께 갇히기라도 한 듯 무대 가장자리를 따라 기어다니다가 때가 되면 대사를 읊으며 그저 그대를 자극하지 않으려고만 했다. 하지만 그대는 그들을 끌어내어 세워놓고, 마치 현실의 인물들처럼 대했다. 헐거운 문짝, 눈속임으로 그려넣은 커튼, 뒷면이 없는 물건들이 그대를 모순 속으로 밀어넣었다. 그대는 심장이 쉴새없이 고동치며 엄청난 현실을 향해 고양되는 것을 느꼈으며, 깜짝 놀라 마치 늦여름의 긴 거미줄 같은 시선들을 다시 한번 자신에게서 떼어내려 했다―하지만 그들은 그때 극단적인 것에 대한 두려움에 박수를 치고 있었다. 마치 마지막 순간에 그들에게 삶을 변화시키라고 강요할지도 모를 무언가를 자신들의 몸에서 떼어내려는 것 같았다.

사랑받기만 하는 이들은 하찮은 삶을 살며 위험 속에서 살아간다. 아아, 그들이 사랑받는 자신을 넘어서 사랑하는 자들이 될 수 있다면 좋으련만. 사랑하는 자들의 삶은 확실하고 안정되어 있다. 더이상 누구도 그들을 의심하지 않으며, 그들이 스스로 누설할 까닭도 없다. 비밀은 마음속에서 치유되고, 그들은 나이팅게일처럼 비밀 전체를 노래하며, 그 비밀에 부분이란 없다. 사랑하는 여인들은 한 사람을 그리워하며 탄식하지만, 자연 전체가 그들의 비탄에 참여한다. 그것은 영원한 자에 대한 비탄이다. 그들은 잃어버린 자를 쫓아가지만, 첫걸음을 내딛자마자 그를 추월하게 되고, 이제 그들 앞에는 오직 신만이 존재한다. 리키아까지 카우노스를 쫓아간 비블리스의 이야기*가 그들에게 전설처럼 내려온다. 비블리스는 넘쳐나는 사랑의 충동으로 여러 나라를 돌아다니며 그의 흔적을 찾았고 결국 기력을 소진했다. 하지만 본성의 격동성이 매우 강했기에 그녀는 쓰러지면서도 원천으로서의 죽음 그 저편에서 다시 나타났다. 서두르며, 서두르며 솟아나는 원천으로서.

　포르투갈 여인에게 일어난 일 역시 무엇이 다르겠는가. 그녀 역시 내면에서 원천이 되지 않았는가? 엘로이즈, 그대는? 우리에게까지 탄식이 들려오는 그대들, 사랑하는 자들이여. 가스파라 스탐파, 디 백작

---

* 카우노스의 쌍둥이 여동생 비블리스는 사랑하는 오빠를 찾아 온 세상을 돌아다니다 죽어서 샘이 되었다.

부인, 클라라 당뒤즈, 루이즈 라베, 마르셀린 데보르드, 엘리자 메르쾨르여. 그대들은 어떤가? 그러나 그대, 박명한 가련한 아이세여, 그대는 이미 주저했고, 포기했구나. 지쳐버린 쥘리 드 레스피나스. 행복한 공원의 우울한 전설이 된 마리안느 드 클레르몽.*

나는 오래전 언젠가 집에서 보석함 하나를 발견했던 일을 정확히 기억하는데, 손바닥 두 개 정도 크기에, 가장자리에 꽃무늬가 찍히고 진녹색 모로코 가죽으로 된 부채꼴의 상자였다. 보석함을 열어보았다. 텅 비어 있었다. 오랜 시간이 지난 지금은 이렇게 말할 수 있다. 그러나 당시 그 함을 열었을 때 내가 본 것은 그 공허감을 이루고 있던 것들이었다. 더이상 선명하지 않은 옅은 벨벳의 약간 볼록하게 부푼 부분과 그 안쪽 우울의 흔적만큼 더 밝게 파인 빈 공간이었다. 한순간 그 공허함은 견딜 만했다. 그러나 사랑받는 자로 남겨진 사람들의 앞날은 어쩌면 늘 그럴 수도 있다.

그대들의 일기장을 다시 앞으로 넘겨보아라. 봄이 되어 한 해가 갑자기 활동을 개시하는 그때가 그대들에게는 마치 질책을 받는 시간처럼 닥쳐오지 않던가? 그대들 안에는 즐거움에 대한 욕구가 있었지만, 드넓은 밖으로 나가보면 바깥 공기에서 낯선 기운이 생겨 걸을수록 마치 배를 타고 있는 것처럼 불안정한 기분이 들었을 것이다. 정원이 깨어나기 시작했다. 하지만 그대들은(정말 그대들은) 겨울과 지난해를 그곳

---

* 디 백작부인부터 쥘리 드 레스피나스까지 모두 12~19세기에 실존한 프랑스 여성 시인 혹은 작가이며, 아이세는 네 살 때 프랑스에 노예로 팔려와 후에 파리에서 살롱을 이끈 여성, 마리안 드 클레르몽은 18세기 프랑스 왕녀다.

으로 질질 끌고 들어왔고, 그대들에게 봄은 그저 일종의 연속이었던 것이다. 그대들은 자신의 영혼이 함께해주길 기다리는 동안, 갑자기 사지가 무거워지는 것을 느꼈고, 병이 날 것 같은 느낌이 열려 있던 예감 속으로 밀려들어왔다. 그대들은 옷을 너무 얇게 입어 그렇다고 생각하고 목도리를 어깨 위로 휘감고 가로숫길을 끝까지 걸어갔고, 벅차오르는 마음으로 넓은 원형 화단에 서서 모든 것과 하나가 되리라고 결심했다. 하지만 새 한 마리가 울었고, 그 새는 혼자 울며 그대들을 모른 척했다. 아, 그대들이 이미 죽고 없었어야 했던 것일까?

그럴지도 모른다. 우리가 한 해와 사랑을 극복한다는 것은 우리에게 새로운 일일 것이다. 꽃과 열매는 성숙해지면 떨어지고, 동물들은 서로를 느끼고 가까워지며 만족을 느낀다. 그러나 우리는, 신을 향해 나아가는 우리는 끝낼 줄을 모른다. 우리는 우리의 본성을 더 멀리 밀쳐놓으며, 우리에게는 아직 시간이 더 필요하다. 우리에게 일 년이 무엇인가? 그 모든 세월이 무엇인가? 신에 대해 뭔가를 시작하기도 전에 우리는 이 밤을 견뎌낼 수 있게 해달라고 신에게 기도부터 한다. 그다음에는 병을. 또 그다음에는 사랑을.

클레망스 드 부르주*는 한창때 죽었어야 했다. 그 누구도 비길 수 없었던 그녀는 자신이 누구보다 잘 다루던 악기들과 함께 자신의 목소리를 아주 조금만 내고도 잊을 수 없는 가장 아름다운 연주를 들려주었다. 젊은 여인으로서의 기품이 고귀한 담대함으로 가득했기에, 어느 여성 시인은 시구 하나하나마다 충족되지 않는 자신의 넘쳐나는 사랑을

---

* 프랑스 여성 시인(1530~1562)으로, 루이즈 라베, 페르네트 뒤 기예와 함께 '리옹의 사포 3인'으로 불렸다.

담은 소네트 시집을 이 고양된 영혼에 헌정하기도 했다. 루이즈 라베는 사랑으로 인한 자신의 긴 고통으로 클레망스를 두렵게 하는 것을 꺼리지 않았다. 밤이면 고양되는 그리움을 그녀에게 보여주었고, 고통은 더욱 거대한 우주 공간 같은 거라 확언했다. 그리고 이때 어렴풋이 깨달았다. 자신의 노련한 비탄이 이 젊은 처녀를 아름답게 하는, 막연히 예감되는 비탄보다 못하다는 것을, 그리고 그 비탄으로 이 젊은 처녀는 아름다웠음을.

내 고향의 소녀들이여, 너희 가운데 가장 아름다운 누군가가 어느 여름날 오후 어둑해진 도서관에서 1556년에 장 드 투른이 인쇄한 작은 그 책*을 발견하면 좋겠다. 서늘하고 매끄러운 감촉의 그 책을 집어들고 밖으로 나가 벌들이 윙윙대는 과수원이나, 그 너머 다디단 향내를 풍기며 순수한 당분 침전물을 품고 있는 창포꽃밭 쪽으로 가면 좋겠다. 그녀가 그 책을 좀더 일찍 발견했다면 좋았을 것이다. 자기 자신에게 시선을 두기 시작하지만 아직 좀더 젊은 입에는 너무 큰 조각으로 사과를 베어 물어 입안을 가득 채울 수 있었던 시절에.

　그런 다음, 더 격동적인 우정의 시기가 오면, 소녀들이여, 너희만의 비밀 이름을 만들어 서로를 디카, 아낙토리아, 기린노, 아티스** 등으로 부를 수도 있으리라. 누군가가, 아마도 이웃 한 명이, 젊을 때부터 여행을 많이 했고 오래전부터 괴짜로 여겨지던 중년 남자가 그 이름들을 알려주었을 수도 있다. 가끔 그 사람이 유명한 복숭아를 먹으러 오라고

---

* 루이즈 라베의 시집.
** 사포의 친구들과 제자들.

초대하거나, 자기 집 이층 흰색 복도에 걸린, 많은 사람들 입에 오르내리는 리딩거의 동판화를 보러 오라고 초대할 수도 있다.

어쩌면 너희는 뭔가 이야기를 해달라고 그를 설득할지도 모른다. 어쩌면 너희 중 누군가는 그에게 옛날 여행 일기를 꺼내 보여달라고 조를 수도 있다. 누가 알겠는가? 그리고 어느 날은 그를 부추겨 사포의 시 몇 구절을 가져오게 하고, 세상에서 물러나 살고 있는 이 남자가 가끔 한가할 때면 사포의 시구를 번역하며 시간 보내기를 좋아한다는 비밀에 가까운 사실을 알게 될 때까지 조를 수도 있을 것이다. 그러면 그는 그 작업에 대해 생각하지 않은 지 오래되었다고 인정해야 할 것이며, 해놓은 번역은 언급할 만한 게 못 된다고 딱 잘라 말할지도 모른다. 그래도 이 순진한 소녀 친구들이 시 한 구절 읊어달라고 조르면, 그는 내심 기뻐할 것이다. 심지어 기억 속에 있는 이 시의 원문을 떠올려 고대 그리스어로 낭독하면서 자신이 생각하기에 번역으로는 아무것도 전달할 수 없어서라고, 강렬한 불길로 굽이치며 스스로를 휘감았던 견고한 장식 언어가 가진 진정한 굴절의 아름다움이 원어로는 어떻게 들리는지 청년기의 그녀들에게 알려주기 위해서라고 말할 것이다.

이런 시간을 보내는 동안, 그는 다시 자신의 작업에 열의를 갖게 된다. 깊이 가라앉은 고요한 밤을 기다리는 가을 저녁과 같은 아름답고 청춘의 기운이 가득한 저녁들이 그를 찾아온다. 그러면 그의 작은 방에는 늦도록 불이 켜져 있을 것이다. 물론 그는 항상 고개를 숙이고 책만 보는 것이 아니라 가끔씩 몸을 젖히고 눈을 감고는 방금 읽은 어떤 구절을 떠올릴 것이고, 그러면 그 의미가 그의 핏속으로 스며들어 퍼질 것이다. 고대 그리스가 이토록 선명하게 다가온 적은 없었다. 고대를 마치 자기들이 등장하고 싶었지만 이제는 사라져버린 연극처럼 생각하며 애도해왔던 세대들에게 슬쩍 웃어주고 싶을 지경이다. 이제 그는 모든 인간의 작업을 새롭고 동시적으로 수용하는 것 같은 고대 그리스라는 저 세계 통일체의 역동적 의미를 현재적인 것으로 포착한다. 후대의 여러 시각으로 보면, 저 확고하고 의연한 문화는 분명 우리가 어느 정도 명백히 인지할 수 있는 수많은 것을 하나의 전체로 형성했고 그 전체로 사라져간 것으로 보였다는 것이 이상하게 여겨지지 않았다. 분명 거기에는 마치 두 개의 꽉 찬 반구가 하나의 완전한 황금 구체로 합쳐지듯이 실제로 삶의 반을 이루는 천상적인 것이 현존재의 반쪽에 꼭 맞게 상응하고 있었다. 그러나 이 일이 일어나자, 그 구체에 갇히게 된 정신들은 여분도 남지 않는 이러한 완벽한 실현이란 그저 비유에 지나지 않는 거라고 여기게 되었다. 견고한 천체는 무게를 잃고 공간 속으로 올라갔고, 육중한 그 금빛 구면에는 아직 완성되지 못한 것의 우수가 조심스럽게 내비치고 있었다.

이 고독한 남자는 자신만의 이 밤에 이런 생각을 하고 또 통찰하면서 창가의 긴 의자 위에 놓인 과일 접시를 발견한다. 그는 무심코 사과 하나를 집어들어 자신 앞에 있는 탁자에 올려놓는다. 나의 삶은 이 과일 주위에서 어떻게 존재하고 있을까. 그는 생각한다. 완성된 모든 것 주위에 행해지지 않은 것이 솟구쳐올라 점점 커진다.

그리고 그때, 아직 행해지지 않은 그것 위로 너무나도 재빨리 그에게서 나타나 무한히 확장되는 작은 형상이 있는데, 이 형상은(갈레노스*의

---

* 기원전 2세기경 고대 그리스 의학자, 철학자.

진술에 따르면) 당시 사람들이 '여성 시인'이라고 하면 바로 떠올리던 사포였다. 마치 헤라클레스의 업적 배후에서 세계의 붕괴와 재건설에 대한 요구가 일어났던 것처럼, 이 시대가 지니고 가야 할 행복과 절망이 존재의 저장고에서 삶이 되기 위해 그녀 마음의 행위를 향해 밀려들어왔다.

그는 온전한 사랑을 실행할 준비가 되어 있었던 사포의 결연한 마음을 문득 이해하게 된다. 사람들이 이 마음을 알아보지 못했다는 사실, 너무나도 미래적인 사랑을 하는 이 여인에게서 사랑과 그 고통의 새로운 척도를 알아보지 못하고 과도한 열정만을 보았다는 사실에 그는 놀라지 않는다. 사람들이 그녀의 현존재가 남긴 비문을 당시 그녀에 대해 그럴듯하게 생각한 대로 해석했으며, 결국 그녀의 죽음을 충동에 의해 어떤 응답도 없이 자신이 먼저 사랑하게 한 그녀의 죽음과 같은 것이라 주장했다. 심지어 사포에게 직접 가르침을 받았던 여인들 중에도 그녀를 이해하지 못한 사람들이 있었을 것이다. 사포는 행위의 절정에서 그녀의 포옹을 거부한 사람이 아니라, 자신의 사랑을 더이상 감당할 수 없었던 사람에 대해 탄식했던 것이다.

이런 생각을 하다가 그는 일어나 창가 쪽으로 간다. 천장이 높은 방이 너무나도 친근하다. 가능하다면 별을 보고 싶어한다. 그는 자신에 대해 착각하지 않는다. 지금 자신이 흥분의 감정으로 가득찬 것은 이웃 처녀들 중에 관심이 가는 처녀가 있기 때문임을 알고 있다. 그는 바라는 것들이 있다(자신이 아니라 그녀를 위한 것이다). 흘러가는 밤의 시간에 사랑이 무엇을 요구하는지 이해한다. 하지만 그녀에게는 아무 말도 하지 않기로 자신에게 약속한다. 지금 할 수 있는 가장 좋은 일은 홀로 있는 것이고, 깨어 있으면서 그녀를 생각하고, 사랑을 주는 여인 사포가 얼마나 옳았던가 생각하는 것이다. 그녀는 사랑의 합일이란 고독이 자라나는 것을 의미할 뿐임을 알았으며, 성기의 일시적인 목적을 그 무한한 의도로써 깨부수었다. 포옹의 어둠 속에서 욕구의 만족을 원했던 것이 아니라 동경을 찾아 파고든 것이었다. 또 그녀는 둘 중 하나는 사랑하는 자이고 다른 하나는 사랑받는 자가 되는 것을 경멸했고, 그래서 사랑받는 나약한 존재들을 자기 잠자리로 데려가 사랑하는 자가 되어 스스로를 불태우게 했고, 그렇게 돌려보냈다. 그런 고귀한 이별의 순간에 그녀의 마음은 자연이 되었다. 운명을 초월한 사포는 오랜 여제자들에게 신부의 노래를 불러주었고, 그들의 결혼식을 숭고하게 해주었으며, 또 그들 옆의 신랑을 치켜세워 그들이 마치 신을 섬기듯 신랑을 대하도록, 그리하여 결국 그의 위대함까지도 넘어서기를 원했다.

아벨로네, 오랫동안 나는 당신을 생각하지 않다가 지난 몇 년 사이 다시 한번 당신을 깊이 느꼈고, 뜻하지 않게 이해하게 되었다.

그때는 베네치아였고 가을이었다. 이방인들이 지나는 길에 그들과 마찬가지로 타지 출신이었던 여주인을 보기 위해 들르곤 하던 살롱이었다. 그들은 찻잔을 들고 둘러서서, 소식에 정통한 누군가가 슬쩍 그들의 시선을 문 쪽으로 돌리게 하고는 베네치아적으로 들리는 이름 하나를 속삭일 때마다 매우 즐거워했다. 그들은 아주 대단한 이름을 기대하고 있기 때문에, 웬만해서는 깜짝 놀라지 않았다. 그들은 평소 가급적 체험을 제한하는 편이지만, 이 도시에서는 과도하리만큼 다양한 종류의 새로운 경험에 기꺼이 자신을 내맡기기 때문이다. 일상적인 삶에서는 평범하지 않은 것을 금지된 것과 혼동하기 때문에, 이제 그들이 허용하려는 놀라운 일에 대한 기대가 그들의 얼굴에 거칠고 방종함의 표현으로 나타난다. 원래 살고 있는 곳에서는 음악회에 가서나 혼자 소설 소설을 읽는 순간에야 일어나는 일들이 그저 일시적인 기분이었다면, 이런 상황에서 느끼는 우쭐한 기분을 마치 늘 그랬다는 듯이 드러낸다. 그들은 완전히 무방비 상태에 어떤 위험도 감지하지 못한 채, 거의 치명적이라 해야 할 음악의 고백이나 육체적 방종에 빠지듯 베네치아라는 존재에는 전혀 아랑곳하지 않고 곤돌라의 기분좋은 무기력함에 몸을 내맡긴다. 이미 신혼 시기를 넘긴 부부는 여행 내내 악의어린 대꾸만 주고받다가 말없는 평화 속에 잠긴다. 남편에게는 그의 이상이 주는 편안한 피로감이 찾아들고, 젊은 기분을 되찾은 아내는 느긋한 현지인을 향해 계속 녹아내리는 설탕으로 만든 치아를 가지기라도 한 듯 미소를 지으며 격려의 고갯짓을 한다. 귀기울여 들어보면, 그들은 내일이나 모레, 아니면 주말에 이 도시를 떠난다고 한다.

그때 그들 사이에 서 있으면서, 나는 내가 떠나지 않은 것이 기뻤다. 금방 추워질 것이었다. 외국인들의 선입견과 필요로 가득해 흐물흐물하고 아편처럼 사람을 취하게 하는 베네치아는 몽유병자 같은 이들이 떠나면 사라지고, 어느 아침에는 다른 베네치아가, 생생하고 깨어 있으며, 부서질 것같이 다가가기 힘들고, 꿈에도 생각지 못한 베네치아가 있다. 가라앉은 숲들 위 무無의 한가운데에 원함이 있었고, 또 강제적 필요가 있었으며, 마침내 그렇게 참으로 존재하는 베네치아가 있다. 꼭 필요한 최소한의 것만 갖추고 단련된 이 도시의 육체 안에 밤새도록 깨어 있는 병기창이 피를 공급해주고, 이 육체보다 더 끈질기게 확장하는 정신은 향내로 가득한 나라들의 향기보다 더 강했다. 정신으로 영향을 끼치는 나라, 빈곤할 때면 소금과 유리를 다른 민족의 보물들과 맞바꾸었던 나라. 세계의 아름다운 균형추로서 그 장식까지도 잠재적인 에너지로 가득차 있어 더욱더 섬세하게 정신의 신경을 구성하는 나라. 이런 베네치아가 있다.

이 도시를 피상적으로 잘못 아는 사람들 속에서, 내가 이미 베네치아를 알고 있다는 의식이 너무나 모순적으로 몰려와 나는 어떤 식으로든 이런 기분을 알리고자 고개 들어 주위를 살펴보았다. 이 홀에 모여든 사람들 중에 도시의 이런 전체적인 분위기가 지닌 본질에 대해 알게 되기를 자연스럽게 기대한 사람이 한 명도 없다는 것을 상상이나 할 수 있겠는가? 이 도시는 향락이 넘쳤던 곳이 아니라, 어느 곳보다 더 많이 요구하고 더 엄격히 존재하고자 하는 의지의 한 본보기라는 것을 단번에 깨달은 젊은이가 한 명은 있지 않을까? 이리저리 돌아다녔고, 내가 깨달은 진실이 나를 불안하게 했다. 이 진실은 여기 있는 그 많은 사람 중에서 나를 포착했고, 좀더 명백히 말해지고, 옹호되고, 증명되기를 바라면서 내게 온 것이다. 사람들 모두가 아무렇게나 떠들어대는 오해에 대한 반감으로 내 안에서는 당장 박수라도 치게 될 것 같은 그로테스크한 상상이 떠올랐다.

이런 이상한 기분에 빠져 있을 때, 나는 그 여자를 의식하게 되었다. 그녀는 햇빛이 환히 비쳐드는 창가에 혼자 서서 나를 관찰하듯 주시하고 있었는데, 진지하고 사려깊은 자신의 눈이 아니라, 화가 나 있는 내 표정을 조롱하듯 흉내낸 자신의 입으로 나를 보고 있었다. 내 얼굴에 드러났을 초조한 긴장을 즉시 느낀 내가 느긋한 표정을 짓자 그녀의 입도 자연스러워졌는데, 새침한 인상을 주는 입이었다. 잠깐 머뭇거린 후, 우리는 동시에 서로에게 미소를 지었다.

그녀는 바게센의 삶에서 중요한 역할을 했던 아름다운 베네딕테 폰 크발렌의 젊은 시절 초상화 하나를 연상시켰다. 그녀의 목소리가 지닌 분명한 어두움을 알아차리지 못하면 그녀의 눈 속 어두운 고요함을 볼 수 없었다. 게다가 머리를 땋은 것도, 밝은색 원피스 목선도 코펜하겐 식으로 보였기 때문에 나는 덴마크어로 말을 걸기로 마음먹었다.

그러나 내가 말을 걸 수 있을 만큼 충분히 다가가기도 전에 다른 쪽에서 사람들이 무리지어 그녀에게 몰려들었고, 손님을 좋아하는 백작부인 역시 열렬하고도 들뜬 산만한 모습으로 지원군을 거느리고 직접 그녀에게 달려가서 즉석에서 노래를 시키려고 했다. 나는 이 젊은 여자가 손님들 중 누구도 덴마크어로 부르는 노래에 관심 없을 것이라는 말로 사양하리라고 확신했다. 역시 그녀는 그렇게 대답했다. 하지만 환하게 빛나는 그녀 주위를 둘러싼 사람들은 더욱 열렬해졌고, 그중 누군가가 그녀는 독일어로도 노래할 수 있다고 말했다. 그러자 "이탈리아어로도!" 하고 짓궂은 확신을 담고 웃으며 말하는 목소리가 뒤따랐다. 그녀가 했으면 하는 핑계의 말이 나는 생각나지 않았지만, 그녀가 사람들의 요구를 뿌리칠 거라고 믿어 의심치 않았다. 그녀를 설득하며 오랫동안 지었던 미소로 부드럽게 풀어진 얼굴들 위로 메마른 모욕감이 번져나갔고, 사람 좋은 백작부인은 품위를 잃지 않으려고 안타깝다는 듯이 한발 물러섰다. 바로 그때, 이제는 그럴 필요가 없게 된 그 순간, 그녀가 청을 받아들였다. 나는 실망감에 얼굴이 창백해지는 것을 느꼈다. 나의 시선은 원망으로 가득찼지만 이런 나의 시선을 그녀가 보게 할 필요는 없었기 때문에 그대로 몸을 돌렸다. 그런데 그때 그녀가 사람들에게서 빠져나와 순식간에 내 옆으로 왔다. 그녀의 원피스가 나를 환히 비추었고, 그녀의 온기가 풍기는 꽃향기가 내 주위를 감쌌다.

"나는 정말 노래를 하고 싶어요." 그녀가 나의 뺨에 닿을락 말락 하게 대고 덴마크어로 말했다. "사람들이 요구해서도 아니고, 그럴듯하게 보이고 싶어서도 아니에요. 내가 지금 노래를 해야 하기 때문이에요." 그녀의 말에서 터져나온 것은, 방금 내가 그녀에 의해 벗어났던 악의적이고 관대하지 못한 초조함이었다.

그녀와 함께 멀리 사라져가는 사람들을 나도 천천히 따라갔다. 높다란 문 앞에 이르러서는 사람들이 이리저리 옮기고 정돈하는 동안 그대로 서 있었다. 검은빛을 반사하는 문 안쪽에 기댄 채 기다렸다. 누군가 나에게 여기서 무슨 준비를 하고 있는지, 누가 노래를 부르는지 물었다. 나는 모른다고 둘러댔다. 내가 거짓말을 하는 사이 그녀가 노래를 시작했다.

나는 그녀를 볼 수 없었다. 이탈리아 노래가 공간에 서서히 울려퍼졌는데, 외국인들에게는 전형적인 이탈리아 노래가 확실하다고 생각되는 노래였다. 노래를 부른 그녀는 그렇게 생각하지 않았다. 그녀는 이 노래를 힘들이며 위로 높이 끌고 올라갔고 너무나 무겁게 불렀다. 앞쪽에서 나는 박수소리로 노래가 끝났음을 알 수 있었다. 나는 슬펐고 창피한 기분이 들었다. 사람들이 일어나며 움직이기 시작했고, 누군가 나가면 나도 뒤따라 나가려 했다.

그런데 갑자기 조용해졌다. 방금까지 누구도 생각할 수 없었던 정적이 흘렀다. 그렇게 잠시 계속되었고, 긴장이 흘렀으며, 이제 그 속에서 목소리 하나가 솟아오르고 있었다. (아벨로네, 나는 아벨로네를 생각했다. 아벨로네를.) 이번에는 힘차고 꽉 찬 목소리였음에도 무겁지 않았다. 끊기지도 이어붙이지도 않은, 하나로부터 나온 것이었다. 잘 알려지지 않은 독일 노래였다. 그녀는 이 노래를 꼭 그래야 하는 듯이 특이할 정도로 단순하게 불렀다. 이런 노래였다.

> 그대여, 밤마다 눈물 흘리며 누워 있다고
> 나는 말하지 않겠습니다.
> 그대 존재가 흔들리는 요람처럼
> 나를 지치게 한다고 말하지 않겠습니다.
> 그대여, 그대가 깨어 있는 것이 나 때문이라고
> 그대는 말하지 않습니다.
> 우리, 이 찬란함을 달래지 말고
> 우리 안에 간직하며 견디어내면 어떨까요?
> (잠깐 멈추었다가 약간 망설이면서)
> 사랑하는 사람들을 보세요.
> 이제 막 고백을 시작했는데,
> 벌써 거짓이 보이는군요.

다시 정적이 흘렀다. 누가 그런 정적을 만들어냈는지 아무도 몰랐다. 사람들은 움직이기 시작했고, 서로 부딪쳤고, 서로 사과했고, 잔기침을 했다. 사람들 전체가 웅성거리는 소음이 들려오기 시작했을 때, 갑자기 단호하면서도 폭넓고 꽉 찬 목소리가 울려퍼졌다.

그대는 나를 외롭게 해요. 나는 오직 그대만을 바꿀 수 있어요.

잠시 그대인가 하면, 다시 스치는 바람소리,

아니면 흔적 없는 향기.

아, 껴안고 있던 것 모두를 잃어버렸지만,

오직 그대만은, 그대만은 언제나 다시 태어날 거예요.

나 그대를 붙잡지 않았기에, 그대를 꼭 붙들고 있는 거예요.

아무도 예상하지 못했다. 모두가 이 목소리에 압도된 듯 그대로 서 있었다. 그리고 마지막 목소리에서는 이 순간이 예정되어 있었음을 오래전부터 알고 있었다는 듯한 확신이 나타났다.

예전에 나는 왜 아벨로네가 그토록 고귀하고 특별한 감정의 열량을 신에게로 돌리지 않았는지 가끔 자문했었다. 나는 아벨로네가 자신의 사랑에서 수동적 대상이 되게 하는 모든 요소를 거부하고자 했던 것을 알고 있다. 하지만 그녀의 진정한 마음이 신은 하나의 대상이 아니라 사랑의 방향이라는 것을 모를 수 있었을까? 신에게서는 어떠한 사랑의 응답도 올 염려가 없다는 것을 그녀가 몰랐을까? 느린 우리로 하여금 마음과 영혼을 온전히 바치도록 하기 위해 기쁨을 밀어내는 저 우월한 연인의 절제를 그녀가 몰랐을까? 아니면 그녀는 예수그리스도를 피하고 싶었던 것일까? 그녀는 신에게로 향하는 도중에 예수그리스도에 멈추어 사랑받는 이가 될까 두려웠던 것일까? 그래서 아벨로네는 율리에 레벤틀로브를 떠올리고 싶지 않아했던 것일까?

그런 것 같다. 메히틸트같이 순진하게 사랑한 여인이나 아빌라의 성녀 테레사같이 열광적으로 사랑한 여인, 리마의 성녀 로사*처럼 상처 입은 사랑을 한 여인, 이들 모두가 어떻게 신의 대속자 예수그리스도 앞에서 무릎을 꿇을 수 있었는지, 순종하고 또 사랑받을 수 있었는지를 생각해보면 말이다. 아, 연약한 자들에게는 조력자였던 그가 강인한 여인들에게는 부당한 장해물이었던 것이다. 이 여인들이 무한한 길 외에는 더이상 아무것도 기대하지 않을 때, 긴장감이 도는 천국의 입구에서 예수그리스도는 다시 나타나 쉴 곳을 제공해주고, 남성의 매력으로 혼란스럽게 했다. 굴절력이 강한 그의 마음의 렌즈가 이미 자신과 나란히 가고 있던 그녀들 마음의 광선을 한데로 모았고, 천사들도 전적으로 신을 위해 보존되기를 바랐던 이 여인들은 메말라 있던 동경 한가운데서 활활 타올랐다.

(사랑받는다는 것은 불타버리는 것이다. 사랑한다는 것은 결코 고갈되지 않는 기름으로 불을 밝히는 것이다. 사랑받는다는 것은 사라져가는 것이고, 사랑한다는 것은 영속하는 것이다.)**

아벨로네는 아마도 만년에 눈에 띄지 않게, 그리고 직접적으로 신과 이어지기 위해 마음으로 생각하려 노력했을 가능성이 높다. 아벨로네의 편지 중에는 아말리에 갈리친 공작부인***의 깊은 내적 관조를 떠올리게 하는 내용이 있을 거라는 생각이 든다. 그러나 그 편지들이 아

---

* 메히틸트(1240~1298)는 독일의 수녀, 테레사(1515~1582)는 스페인의 신비주의자, 로사(1586~1617)는 페루의 신비주의자다.
** 괄호 안은 원고의 여백에 적은 글이다.
*** 살롱을 후원하고, 독일 가톨릭 계몽운동에 영향을 준 인물(1748~1806).

벨로네가 몇 년 동안 가깝게 지낸 누군가에게 쓴 것이라면, 그는 그녀의 변화에 크게 상심했을지도 모른다. 그녀 자신도 마찬가지였을 것이다. 사람들이 변화의 증거를 가장 낯선 것인 양 손에서 놔버리기 때문에 결코 알아채지 못하듯이, 아마 그녀 역시 그 유령과도 같은 변화, 달라지는 것 외에는 아무것도 두려워하지 않았을 것이다.

성서에 나오는 돌아온 탕자 이야기가 타인의 사랑을 거부했던 자의 이야기가 아니라고 한다면 나는 결코 동의하지 못할 것이다. 그가 어렸을 때 집안 식구 모두가 그를 사랑했다. 그는 그것을 당연하게 여겼고, 어린 그는 그들의 부드러운 애정에 길들여졌다.

그러나 소년이 되면서 익숙해진 습관을 깨고 싶었다. 말로 드러낼 수는 없었지만, 하루종일 밖을 돌아다니면서 개도 데려가지 않으려 한 건 그 개들 역시 자신을 사랑했기 때문이었다. 개들의 눈빛에서 관찰과 관심, 기대와 염려가 느껴졌고, 그래서 개들 앞에서도 기쁨을 주거나 상처를 주는 일 외에는 아무것도 할 수 없었기 때문이었다. 그러나 당시 그가 뜻했던 것은 진정한 무관심이었고, 때때로 이른아침 들판에 있을 때 너무나 순수하게 그런 상태에 사로잡혀 아침이 의식되는 그 가벼운 순간 이상을 느끼고자 시간도 숨도 멈추려는 듯이 달리기 시작했다.

아직 존재한 적 없는 그의 삶의 비밀이 눈앞에 펼쳐졌다. 자기도 모르게 오솔길을 벗어나 들판을 달리며 두 팔을 활짝 벌리면, 그 품속에 여러 방향을 한꺼번에 품을 수 있을 것 같았다. 그다음에는 어느 울타리 뒤로 몸을 내던지듯 누웠고, 그에게 신경쓰는 사람은 아무도 없었다. 풀피리를 만들고, 작은 들짐승에게 돌을 던져보기도 하고, 몸을 구부리고 앉아 딱정벌레가 가는 길을 막아 돌아가게 하기도 했다. 이 모든 행동도 운명이 되지는 않았고, 하늘은 자연 위를 흐르듯 머리 위로 흘러갔다. 그러고 나면 마침내 온갖 착상이 떠오르는 오후가 찾아왔다. 가령 토르투가섬에서 카리브해의 해적 부카니에가 되는 일이 있었는데, 물론 그렇게 되는 것이 의무는 아니었다. 캄페체를 포위하고, 베라크루스를 정복하기도 했다. 혼자서 군대 전체가 되는 것도 가능했고, 말 탄 두목이 되거나 바다 위의 배가 되는 것도 그때그때 기분에 따라 가능했다. 무릎을 꿇을 생각이 나면, 재빨리 디외도네 드 고종*이 되어 용을 쓰러뜨렸는데, 그의 이런 영웅적 행위를 두고 복종을 모르는 오만불손한 짓이라는 말이 들끓었다. 일어날 수 있는 일에 속하는 것이라면 어떤 것도 아끼지 않고 사용했다. 그러나 그토록 많은 상상이 떠올랐어도, 그 사이사이에 한 마리 새가 되어볼 시간은 항상 있었다. 어떤 새인지는 확실하지 않았지만. 그런 다음에는 집으로 길을 가야 했다.

아아, 그러면 나는 그 길에 얼마나 많은 것을 벗어던지고 잊어버려야 했던가. 제대로 잊어버리는 것이 필요했다. 그러지 않으면 식구들의 추궁에 못 이겨 다 말해버리고 말 것이기 때문이었다. 아무리 머뭇거리고 두리번거리며 걸어도 결국은 합각머리 지붕이 보이기 시작한다. 가장 위쪽 첫번째 창문이 그를 주시하고 있고, 누군가 거기 서 있을 것이다. 하루종일 기다리며 기대를 키워왔던 개들은 덤불을 뚫고 달려나와 자신들이 생각하는 그 사람이 되도록 그를 몰아간다. 그리고 나머지는

---

* 성요한 구호기사단의 기사단장(?~1353). 실러의 담시 「용과의 싸움」(1798)의 소재가 되었다.

집이 했다. 그 집의 꽉 찬 냄새 속으로 들어서기만 하면, 대부분의 일은 이미 정해져 있다. 사소한 것들은 달리 할 수도 있지만 대체로 그는 이미 집안 식구들이 생각하는 사람, 어린 시절 그의 과거와 식구들이 자신들이 바라는 대로 이미 오래전에 그에게 만들어주었던 삶을 사는 사람이 되어 있었다. 그는 식구들의 공유물 같은 존재, 낮이나 밤이나 그들의 사랑의 암시 속에서 그들의 희망과 걱정 섞인 불신 사이에서 비난이나 찬사를 받으며 서 있는 존재였다.

아무리 소리 나지 않게 계단을 조심조심 올라가도 소용없다. 식구들은 모두 거실에 앉아 있을 것이고, 문이 열리기만 하면 쳐다볼 것이다. 그러면 그는 어두컴컴한 그곳에 서서, 그들이 던질 질문을 기다렸다. 하지만 그다음에 최악의 상황이 일어난다. 식구들이 그의 손을 붙들어 탁자 쪽으로 데려가고, 모두가 호기심에 가득차 등잔불 앞으로 몸을 기울이며 앉는다. 어둠 속에 있는 그들은 유리하고, 유일하게 얼굴이 있는 그에게만 불빛과 함께 모든 치욕이 쏟아진다.

그는 이대로 집에 남아서 그들이 정해준 모호한 삶을 거짓으로 살아가다가 얼굴마저 온통 그들 모두를 닮게 될까? 그는 자신의 의지가 지닌 연약한 진실성과 이것을 망치는 조야한 속임수 사이에서 자기 자신을 분열시켜 살아갈까? 자기 가족 중에 약한 마음을 가진 사람들에게 상처를 줄 수도 있는 그런 존재가 되기를 포기할까?

아니다. 그는 떠날 것이다. 가령 모두가 이번에도 역시 잘못 고른 시시한 선물들로 다시 한번 모든 것을 만회할 수 있을 거라 생각하며 그에게 생일상을 차려주느라 분주할 때 떠날 것이다. 영원히 떠날 것이다. 이때 그가 사랑을 받는다는 끔찍한 처지에 누구도 빠지지 않도록 자신은 절대 사랑하지 않을 거라고 얼마나 굳게 결심했는지, 그는 훨씬 아주 나중에야 분명히 떠올릴 것이다. 몇 년이 지나 그 생각이 떠오르지만, 다른 결심들과 마찬가지로 지키기 불가능할 것이다. 왜냐하면 그는 고독 속에서 사랑하고 또 사랑했기 때문이다. 그때마다 자신의 모든 천성을 소진하며, 말할 수 없는 불안을 느끼며 상대방의 자유에 신경을 썼다. 그는 감정의 광선으로 자신이 사랑하는 대상을 소진시키는 대신에, 그 빛으로 투명하도록 남김없이 비춰주는 법을 서서히 배웠다. 그리고 그는 점점 투명해지는 상대방이 그의 끝없는 소유욕에 맞서 열어 보여준 광활함을 인식하는 황홀감에 흠뻑 빠졌다.

그런 다음 그 자신도 그렇게 환히 비춰지고 싶다는 갈망에 우는 밤이 얼마나 많았던가? 하지만 사랑에 굴복하여 사랑받는 여인은 결코 사랑하는 여인이 아니다. 오, 절망의 밤들이여, 넘쳐나게 보냈던 선물을 조각조각으로 돌려받았던 그 밤들, 무상함으로 무거운 이 밤들이여. 그때 그는 받아들여지는 것을 무엇보다 두려워했던 저 음유시인들을 얼마나 생각했던가. 그는 이런 일을 또 겪지 않기 위해 그동안 벌어서 늘린 재산을 전부 써버렸다. 돈을 마구 뿌려대며 여인들에게 상처를 주었고, 그들이 자신의 사랑에 보답하려 할지 모른다는 생각에 매일을 불안하게 보냈다. 그는 자신을 깨부수며 사랑해주는 여인을 만나리라는 희망을 더이상 갖지 않았기 때문이다.

심지어 가난이 매일매일 새로운 가혹함으로 그를 놀라게 하던 때에도, 그의 머리가 비참함이 가장 즐겨 가지고 노는 물건이 되어 완전히 망가졌을 때에도, 또 그의 몸 전체가 마치 암흑 같은 재앙을 막는 부적처럼 종양으로 뒤덮였을 때에도, 사람들이 그를 오물로 취급하여 오물

속에 내던져 끔찍한 기분을 느꼈을 때에도, 심지어 그런 때에도 곰곰이 생각해보면 그에게 가장 끔찍하게 여겨졌던 것은 사랑에 대한 응답을 받는 것이었다. 모든 것이 사라지는 동안의 그 포옹에 어린 짙은 슬픔에 비하면 그후의 모든 어둠이 다 무엇이란 말인가? 미래 없이 존재하는 느낌과 함께 눈을 뜨곤 하지 않았던가? 모든 위험에 대한 권리를 맡아놓은 것도 아니면서 아무 생각 없이 거리를 돌아다니지 않았던가? 죽지 않겠다고 스스로에게 수없이 약속해야 하지 않았던가? 쓰레기 더미 속에서도 삶을 계속하도록 한 것은 돌아오고 또 돌아오면서 자리 하나를 보존하려 했던 이 지독한 기억의 고집이었을 것이다. 결국 사람들이 그를 다시 발견했다. 그리고 목동의 시절로 돌아가서야 비로소 그의 숱한 과거는 진정되었다.

그때 그에게 일어난 일을 누가 서술하겠는가? 어느 시인이 그때 그가 겪은 나날의 길이를 삶의 짧음과 설득력 있게 결합시킬 수 있겠는가? 어떤 예술이 외투를 걸친 그의 빈약한 모습을 그의 거대한 밤들이 이루는 초공간 전체와 함께 불러일으킬 만큼 드넓을 수 있겠는가?

그때는 그가 자신을 마치 서서히 회복되고 있는 환자처럼 일반적이고도 무명인 존재로 느끼기 시작하던 때였다. 삶에 대한 사랑이 있을 뿐, 다른 사랑은 아무것도 없었다. 그가 돌보는 양들의 단순한 사랑은 아무런 문제가 아니었다. 이 사랑은 구름들 사이로 쏟아져내리는 빛살처럼 그의 주위에 흩뿌려져 초원 위를 부드럽게 비추고 있었다. 양들의 무구한 굶주림이 만들어낸 흔적을 따라 그는 세계의 여러 초원들로 말없이 걸어갔다. 아크로폴리스에서 이방인들이 그를 보았다고 하며, 아마도 프로방스의 보 지방에서는 오랫동안 목동으로 살았을 것이며,

화석화된 시간이 오래된 귀족 가문을 뛰어넘는 것을, 이 고귀한 가문이 7과 3이라는 숫자가 상징하는 모든 것에 대한 기억을 가지고도 자기들 문장 속 별이 열여섯 갈래의 광선을 극복하지 못하는 것을 보았을 것이다.* 혹은 오랑주에 있는 시골풍의 개선문에 기대어 쉬고 있는 그를 상상해야 할까? 아니면 아를에 있는 알리스캉 묘지의 영혼들이 쉬는 그늘에 선 채, 부활한 자들의 것처럼 열려 있는 무덤 사이에서 잠자리 한 마리를 눈으로 좇고 있는 그를 상상해야 할까?

아무래도 상관없다. 나는 그보다 더 많은 그를 본다. 그때 나는 신을 향한 기나긴 사랑을, 소리 없고 목적 없는 작업을 시작했던 그때 그의 실존 자체를 보고 있다. 그런 자신을 영원히 숨기며 살고자 했지만 '달리 할 수 없다'는 마음이 다시 한번 강하게 생겨났기 때문이다. 그리고 이번에는 그 응답을 바랐다. 오랜 고독 속에 예감하게 되고 흔들리지 않게 된 그의 존재 전체가 그에게 약속하듯, 지금 그가 생각하고 있는 그 사람은 꿰뚫고 들어가는, 빛으로 가득 채우는 사랑으로 사랑할 줄 아는 사람일 거라고 말해주었다. 그러나 그가 그런 대단한 사랑을 드디어 받을 수 있기를 열망할 때, 먼 것에 익숙해진 그의 감정은 신과의 극단적인 거리를 깨달았다. 신에게로, 그 공간으로 자신을 내던진다고 여겨지는 밤들이 찾아왔다. 지구로 잠수해 마음의 해일을 타고 지구를 낚아채올 수도 있을 것 같은 충분한 힘을 느꼈던, 깨달음으로 가득한 시간들이었다. 그는 장려한 언어를 듣고 그 언어로 시를 쓰겠다는 열망에 휩싸인 사람 같았다. 그의 앞에는 이 언어가 얼마나 어려운 것인지 알

---

* 유력한 보 가문의 문장에 열여섯 갈래의 광선이 그려져 있었는데, 16은 불길한 숫자로 여겨졌다.

고 당혹해하는 일이 놓여 있었다. 그는 아무 의미도 없는 짧고 형편없는 첫번째 문장을 만드는 데 긴 인생이 다 지나가버릴 수도 있다는 사실을 믿으려 하지 않았다. 그는 달리기 경주에 뛰어든 사람처럼 배움으로 달려들었지만, 넘어야 할 장애물들이 너무 촘촘하게 놓여 있었고 그의 배움은 한없이 느리기만 했다. 이 초심자의 상태보다 더 굴욕적인 건 있을 수 없을 것 같았다. 그는 현자의 돌을 발견했으나 빠르게 만들어진 이 행운의 금덩어리를 쉴 새도 없이 인내의 납덩어리로 변화시키도록 강요당했다. 펼쳐진 공간에 적응했던 그가 한 마리 벌레처럼 출구도 방향도 모르는 채 구불구불 나아가야 했다. 그리고 이제 그토록 애쓰며 수심에 가득차 사랑하는 법을 배우고 나자, 자신이 성취했다고 믿었던 지금까지의 모든 사랑이 얼마나 게으르고 사소한 것이었는지가 분명해졌다. 그 스스로 사랑의 작업을 하여 그 사랑을 실현하는 일을 시작하지 않았기 때문에 그로부터 아무것도 생겨날 수 없었던 것이다.

그 몇 년 동안 그에게 큰 변화들이 일어났다. 신에 다가가고자 하는 혹독한 작업으로 신을 거의 잊을 정도였고, 시간이 지나 언젠가 신에게 어쩌면 얻기를 바랐던 유일한 것은 '한 영혼을 받아줄 수 있는 그의 인내심'이었다. 사람들이 중요하게 생각하는 운명의 우연들은 이미 오래전에 그에게서 떨어져나갔으며, 지금은 쾌감과 고통에 필수적인 것조차도 그것에 딸려 있는 부수적인 뒷맛을 잃고 그에게는 순수하고 자양분이 풍부한 것이 되었다. 그의 존재의 뿌리에서는 단단하게 겨울을 나는 나무가 풍성한 기쁨을 약속하며 자라나고 있었다. 그는 내면의 삶을 이루는 것을 다스리는 데 완전히 몰두했고, 아무것도 빠뜨리지 않으려 했다. 그 모든 것 안에 자신의 사랑이 있고, 또 자라나고 있음을 의심하지 않았기 때문이다. 그렇다, 그의 내면의 상태는 그가 과거에는 실행하지 못하고 그냥 미루어두었던 일들 중에서 가장 중요한 일을 다시 해보려고 결심하는 데까지 이르렀다. 그는 무엇보다 자신의 어린 시절을 생각했고, 그때를 곰곰이 기억해낼수록, 행하지 않고 미루어두었던 것 같았으며, 모든 기억은 예감이 지니는 모호함 그 자체여서, 이 기억들을 거의 미래의 일로 느껴지게 했다. 이 모든 것을 다시 한번, 그리고 실제로 받아들이는 것, 바로 그것이 이방인이 되었던 탕자가 귀향한 이유였다. 그가 집에 계속 머물렀는지는 모른다. 우리는 그가 집에 돌아왔다는 것을 알 뿐이다.

이 이야기를 하는 사람들은 이 대목에서 그 집이 어땠는지를 상기시키려 한다. 왜냐하면 그곳에서는 시간이 별로 흐르지 않았기 때문이다. 집안 식구 모두가 얼마의 시간이 흘렀는지 말할 수 있는 시간이었다. 개들은 늙었지만 아직 살아 있었다. 개 한 마리가 놀라서 짖었다고 전해진다. 하루 일과 전체가 잠시 멈춘다. 창가에 나이가 들고 성숙해진, 가슴이 아릴 정도로 변하지 않은 얼굴들이 나타난다. 그리고 아주 늙은 한 얼굴이 갑자기 창백해지더니 알아보는 표정이 스쳐지나간다. 알아보는 걸까? 알아보는 것, 단지 그것일까?—그것은 용서다. 무엇에 대한 용서인가?—사랑이다. 아, 그것은 사랑이다.

이 사람, 식구들이 다시 알아본 그는 자기 일에 너무나 빠져 있었기에, 이것이, 사랑이 아직도 가능하리라곤 생각지 않았다. 이때 일어난 모든 일 중에 오직 이것만 전해졌다는 것도 이해가 된다. 그건 바로 그의 몸짓, 이전까지 한 번도 본 적 없던 전례 없는 몸짓, 그것은 식구들의 발아래 몸을 던지며 사랑하지 말아달라고 애원하는 간청의 몸짓이었다. 그들은 깜짝 놀라 당황하면서 그를 일으켜세웠다. 그들은 그의 격렬한 태도를 자신들의 방식으로 해석하면서 그를 용서해주었다. 그의 태도가 필사적일 정도로 명료했는데도 모두가 그를 오해했다는 것이 그에게 말할 수 없는 해방감을 가져다주었을 것이다. 아마도 그는 머무를 수도 있었을 것이다. 그들이 그렇게 자랑스러워하고 서로 은밀히 격려하면서 보여준 사랑이 자기와 관계된 것이 아니라는 사실을 날이 갈수록 점점 더 분명히 깨달았기 때문이다. 그들이 애쓰는 모습에 그는 거의 언제나 웃지 않을 수 없었고, 그들의 사랑이 그에 대한 것일 리 없다는 사실이 분명해졌다.

그가 누구인지 그들이 어떻게 알았겠는가. 그는 이제 사랑하기에는 너무 어려운 사람이었고, 오직 한 존재만이 자신을 사랑할 수 있다고 느꼈다. 그러나 그 존재는 아직 그것을 원하지 않았다.

끝에서 본 시작(죽음), 혹은 시작에서 본 끝(삶)

"그 어떤 시인이 그가 겪은 나날의 길이를
삶의 짧음과 설득력 있게 결합시킬 수 있겠는가?"

I. 글쓰기의 문제

"그는 시인이었고 대충하는 것을 싫어했다."

1910년에 출간된 『말테의 수기』는 상징주의의 대표적 시인, 신비주의 시인, 디오니소스적 시인 등으로 일컬어지는 라이너 마리아 릴케의 초기 시와 후기 시 사이에 쓰인 유일한 산문소설이다. 물론 단선적 연대기적 사건 진행으로 이루어진 전통적 형식의 소설이라기보다는 흔히 '시적 소설'로 불리며, 매우 서정적이면서도 길고 짧은 여러 형식의 단상들로 이루어져 있고 흐르는 듯 리듬감이 있고 음악적 율동 같은 것이 들리듯 읽을 수 있는 문장들이다. 주저하듯 머뭇거림이 있다가 속도를 내고 갑작스럽게 정리를 하는가 하면, 우유부단, 성급한 희망, 심지어 뒤늦은 후회가 있다. 산문시적 요소와 특징을 지녀 자주 보들레르의 산문시 「파리의 우울」과 나란히 거론되기도 하는데, 근대적인 대도시 파리 체험을 배경으로 시작한다는 점에서도, 작품 속에 「새벽 한시에」의 한 대목을 직접 인용한다는 점에서도 보들레르의 분명한 영향을 확인할 수 있다. 물론 시적 소설로서의 이 작품은 『말테의 수기』라는 제목에서 쉽게 짐작하게 되는 자기고백적 일기나 전기 소설이라기보다는 시인으로서의 릴케-말테가 글쓰기 자체와 본질적으로 맞물려 있는 실존적 위기의식의 극복을 통해 다시 글쓰기를 시작할 수 있는가의 문제를 자기지시적으로 구성하고 있는 예술가 소설이라 할 수 있다. 말테의 실존도, 말테의 글쓰기도 이 책 안에서 그 자체로 생성중의 존재다. 말테가 처해 있는 상황으로서의 대도시에서 개인이 느끼는 고독감이나 고립감, 상호소통의 불가능성 등을 비롯한 실존적 위기의식 등의 주제는 특히 이 시대 대부분의 문학작품들, 가령 제임스 조이스나 카프카나 무질, 브로흐의 소설에서도 공통적으로 나타나는 것이다. 그중에서도 가장 특이하고 개성적이며 그런 점에서 가장 문학적이면서도 영원히 현대적인 작품, 글쓰기 자체의 본질을 근본적으로 사유한 작품이라 할 수 있다.

작품 전체는 71개의 개별적인 장으로 나누어 읽을 수 있는데, 이 장면들 사이에 시간적 공간적인 관련성이 없이, 릴케 자신이 칭하듯 모자이크적으로 구성되어 있으며, 이 점에서도 시공간에 대한 전통적이고 통일적 인식의 와해와 함께 전통적 소설 형식의 해체 자체를 의도하고 있음을 알 수 있다.

2. 서술 불가능성의 서술

제목이 말테의 '수기'다. 수기는 보통 삶의 체험의 기록이라고 할 수 있으며, 그런 점에서 일기라고도 할 수 있다. 하지만 말테는 무엇을 체험하는가. 진정으로 삶을 산다는 것, 말테는 아직 이것을 체험하지 않았다. 릴케-말테의 현실 인식은 보는 것과 보이는 것의 쌍곡선운동처럼 삶과 밀착되지 못한 채로 이루어지며, 주인공 말테의 시각을 통해 표출되는 단편적이고 분열된 세계상에 대한 묘사는 말테의 내면의식을 채우고 있는 실존적 위기의 감정에 상응하는 것이다. 그의 내면에는 불안의 변주곡이 흐른다. 그는 보는 법을 배우고 있다. '보는 자'로서의 말테는 아직 이 삶을 제대로 시작하기 직전에 머무르고 있으며, 이리저리 떠돌아다니며, 보고, 관찰하며, 기억하고 상상한다. 하지만 시인으로서의 릴케-말테가 보는 세계, 그 "현실은 느리게 흘러가고 서술이 불가능할 정도로 세세하다". 너무나 느리고 너무나 세세해서 우리가 상상도 못하는 현실이다. 그럼에도, 그리고 무엇보다 그렇기에 '보아야' 한다. 그래서 우리가 보는 말테의 세계는 "착상들이 날뛰는 미친 사람들의 머릿속"과 같은 책이 되었다. 그럼에도, 그래서, 현실을 보는 법을 배워야 한다. 왜냐하면 "시는 사람들이 생각하는 것과는 달리 감정이 아니기 때문이다(감정이라면 일찍부터 이미 지니고 있다)—시는 경험들"이기 때문에, 분명 릴케에게도 말테에게도 『말테의 수기』는 작업장인 동시에 그 결과물이다.

3. 파리에서의 위기 체험과 실존적 불안

낯선 곳 파리에서 이방인으로 외롭고 권태로운 삶을 보내고 있는 말
테가 거리 곳곳에서 목격하게 되는 광경은 활기차고 조화로우며 희망
에 가득한 삶의 모습이 아니다. 근대적 인간사회의 분열상과 비참함,
몰락과 퇴조의 분위기를 느끼게 한다. 병과 죽음의 냄새, "요오드포름,
프렌치프라이, 그리고 불안의 냄새가" 나는 도시를 배회하며, 마치 기
성품처럼 대량생산으로 치러지는 현대인의 죽음을 목격하며 말테는
세계와 삶의 무정형성과 우연성, 모호함을 토로한다. 자아와 타자의 무
연관성, 미래에 대한 불안, 죽음에의 공포 등 대상 없고 근거 없는 모든
불확정적인 무와 무의미의 감정들은 이때 본래적인 실존을 위한 필수
조건이 될 수밖에 없는 불안이다. 매 순간 구체적 대상 없이 인간을 엄
습해오는 실존적 불안을 릴케는 이렇게 표현한다. "공기의 모든 요소에
실존하는 끔찍한 것. 투명한 공기와 함께 그것을 들이마신다. 하지만
그것은 네 안에서 가라앉아 쌓이고, 딱딱하게 굳어지며, 내장기관들 사
이에서 예리하고 기하학적인 형태들을 취한다. 비통함과 전율에 빠져
있는 모든 것은, 형장에, 고문실에, 정신병원에, 수술실에, 늦가을 아치
형 다리 밑에 있는 그 모든 것은 끈질긴 불멸성을 지녔기 때문이다. 그
모든 것은 스스로를 견뎌내며 고집하는 가운데, 존재하는 모든 것을 질
투하며 자신의 끔찍한 현실에 매달려 있다."

물론 릴케가 직접적인 영향을 받은 키에르케고르의 말처럼 "불안은
인간 본성의 완전함에 대한 표현"이며, 그런 점에서 "자유에서 오는 현
기증"이라고 한다면, 이는 불안이야말로 모든 가능성에의 잠재적인 힘

을 나타내는 데 가장 근본적인 말인 동시에 가장 완벽한 말임을 의미한다. 인간 삶의 근원적 불안감에서 오는 동요나 공포, 절망 같은 것들을 이겨낼 때 진정한 자유로서의 가능성, 인간적 실존으로서의 자기극복이 이루어지기 때문에, "진정으로 불안해하는 것을 배운 사람은 최고의 것을 배운 것"이며, "그 때문에 인간은 불안해할수록 더 위대하다"고 키에르케고르는 말할 수 있었던 것이다.

『말테의 수기』에서도 파리에서의 대상적 위기감, 외부세계에 대한 실존적 위기감뿐 아니라, 언어의 위기와 인식의 위기를 느끼는 가운데, 이러한 불안은 공포라는 이름으로 표현된다. "내가 아직 제대로 두려워할 줄 몰랐기 때문이다. 하지만 그후로 나는 진정한 공포를 배웠다. 이 공포는 이것을 낳는 힘이 커질 때만 증가하는 것이다."

4. 언어의 위기, 인식의 위기, 자기동일성의 위기

말테의 내면에서 일어나는 불안이나 공포 같은 위기의식은 언어에 대한 회의나 전달 불가능성의 문제도 동반하게 된다. 말로써 설명할수록 오히려 말해지지 않은 것들만 더 많이 남아 있게 되어버리기 때문에 언어를 통한 대상 인식의 매개나 진정한 현실 인식의 공유가 가능한가에 대한 근본적인 반성이 표현되고 있다. 보는 법을 배우고 있는 말테는 언어와 존재는 결코 근본적으로 일치할 수 없다는 회의를 느끼고 있으며, 더 나아가 단순한 사실 전달이나 현실 포착의 차원을 넘어 내적 체험이나 내면의 공간에서 일어나는 일들과 착상들은 말이나 언어로 붙잡으려 하면 스스로에게서도 달아나고 파괴되거나 곧 단순해 져버린다는 것을 알게 되었기 때문이다.

내적 불안과 위기를 느끼며 글쓰기에 몰두하는 말테는 이러한 표현 불가능성, 전달 불가능성에 대해 다음과 같이 말한다. "아직 한동안 은 그 모든 것을 기록하고 말할 수 있다. 그러나 언젠가 내 손이 나로부 터 멀어지는 때가 와서 내가 손에게 무언가를 쓰라고 시키면, 손은 내 가 의도한 것이 아닌 다른 말들을 쓰게 될 것이다. 지금과는 다르게 해 석하는 시간이 올 것이며, 말과 말이 서로 이어지지 못해 의미들은 전 부 구름처럼 흩어지고 물처럼 흘러나가버릴 것이다." "다르게 해석하는 시간"이라는 표현에서 알 수 있듯, 시간의 흐름 속에서 어떤 하나의 개 념이나 단어는 결코 절대적이고 영원한 의미를 지닐 수 없으며, 지시하 는 대상과 영원히 정확하게 상응하는 일은 불가능하기 때문에 우리에 게 익숙한 모든 표현, 모든 단어의 의미는 우리의 손가락으로부터 술술 빠져나갈 것이며, 이때 자신의 변화 과정 역시 언어로 전달할 수 없다 는 것을 말테는 말하고 있다. 말이나 언어로 설명할 수 없는 것은 어떻 게 표현할 수 있는가라는 표현 불가능성이라는 문제에 봉착하게 되며, 이것은 말테가 과거의 나, 어제의 나와도 다르게 변해가는 자기 자신 과도 더이상 동일한 의식을 유지할 수 없다면, 이는 동시에 이제까지의 자신이 아니며, 따라서 근본적인 전달 불가능성의 문제를 말하기도 한 다. 언어와 현실의 괴리를 경험하며 끊임없이 글쓰기 작업에 몰두하는 말테에게는 "모든 것이 말할 수 없는 것", 표현 불가능한 것이어서 "아 무것도 말할 수 없을지도 모른다"는 불안감을 더 배가시킨다.

5. 유년 시절의 공포와 대상에 대한 위기감

보는 법을 배우며 "밤이나 낮이나 글을 쓸 수밖에 없을 것"이라 예
감하는 말테는 내면의 상상과 외부 현실을 혼동하게 되는 분열적 의식
속에서 자아의 존재적 확실성을 보장받고 싶어하고 유년 시절의 기억
을 떠올려 일기에 기록해보려 한다. 하지만 유년 시절을 회상해보아도
대도시 체험에서 오는 실존적 위기감에 대한 공포는 사라지지 않는다.
말테에게 실존적 위기를 불러일으키는 내적 불안은 유년기부터 이미
내면에 자리잡은 심리적 현상이었고, 이것이 "아이였을 때 이겨냈던 병
이 또다시 시작되"듯이 문득문득 다양한 불안의 모티프로 생겨난다. 특
히 그 당시 처음으로 느꼈던 '커다란 것'에 대한 공포, 일상적이고 현실
적 연관관계를 벗어난 대상으로서 사물화된 '손'에 대한 언급에서, 그
리고 옷장 속 가장무도회용 의상이나 '이상한 가면 도구'로 꾸며본 자
신의 모습을 거울에 비춰보면서 갑자기 자아상실감으로 위협받았던
자신의 정체성과 관련된 유년 시절의 공포에 대한 경험과 기억을 떠올
리는데, 이런 과거의 기억 역시 열병과 공포에 대한 회상이나 풀리지
않는 긴장, 초현실적이고 말할 수 없는 어떤 모호함을 포함하기 때문에
그 "상상적 애매성"으로 인해 "낯설고 이해할 수 없는 기괴한 현실"로
끝이 난다.

이런 내적 위기를 극복하기 위해 말테는 이제 좀더 추상적인 과거로
들어간다. 그가 이때 자신이 원하는 변화의 과정을 겪었던 모범으로서
부각시키는 전기나 역사 속 인물들이 말테 자신의 현존재에 대한 메타
포로서 등장한다.

6. 역사적 인물들

파리에서 체험하는 실존적 모호성의 인식에서 비롯되는 위기감은 자신의 유년 시절의 기억을 떠올려보아도 사라지지 않기 때문에 이제 말테의 시도는 좀더 추상적인 과거, 전기와 역사적 인물들의 삶을 향한다. 이런 점에서 말테가 이 작품에서 부각시키는 역사적 인물들은 말테 자신의 존재적 위기상황에 대한 메타포가 되며, 이때 그 모범이 되는 역사적 인물들로서 어린 시절 읽었던 그리샤 오트레피예프와 용장 샤를 대공의 최후와 죽음에 관한 이야기가 등장한다. 러시아의 드미트리 1세를 자처하며 살았던 그리샤의 가짜 황제 노릇에 대해 말테는 속임수나 사기라기보다는 자신의 존재적 상황과 한계를 변모시켜 새로이 자기확장을 하는 변신의 가능성으로 해석해보게 되며, 샤를 대공의 경우에는 그의 죽음을 한평생 일관되게 지켜왔던 자기동일성이 해체되고 자기제어라는 부동의 완고함이 비로소 느슨해져 내면적인 실존이 표출되는 것으로 접근하는 것이다.

7. 예술가들
"명성이라는 떠들썩한 소음"

1) 베토벤과 입센
말테의 상황을 예술 및 예술가의 문제와 직접 연결시키는 또하나의 주제는 고독과 명성이다. 모호하고 가상적인 현실의 압력에 대항했던 역사적 인물들의 서술에 이어, '고독한 자'로서의 예술가의 존재적 상황, 그들의 고독과 내면성을 찬양한다. 비본래적이고 피상적인 대중의 삶과는 달리, 예술가들은 필연적으로 사회로부터 분리되어 자신의 내면과 내면의 고독 속으로 침잠하게 되고, 이 고독 속에서의 '몰입'이야말로 예술가들을 자유롭게 해주는 공간이자 그런 점에서 가장 아름다운 공간을 의미하는 말로 등장한다. 말테는 이미 수기의 곳곳에서 고독의 힘을 인간의 모든 제약된 상황과 구속을 벗어나 자유를 향한 비극적 노력으로 표현해왔다. 철저한 고독과 내면성 속에서 예술 창조를 위한 혼신의 힘을 바쳤던 베토벤이나 입센은 글쓰기를 통한 예술적 삶의 모범이 되지만, 여기에 항상 붙어다니는 "명성이라는 떠들썩한 소음" 앞에서 모든 존재를 아름답게 하는 그 힘은 손가락들 사이의 물처럼 빠져나갈 위험에 처해 있다.

말테는 명성의 유혹에 대한 두려움과 회의를 스스로에게, 혹은 자신과 같은 그 누구에게 이렇게 표현하고 경고한다. "어디엔가 있을 어떤 젊은이여, 그대 안에서 두려움을 불러일으키는 무언가가 피어오른다면, 아직 아무도 그대를 모른다는 사실을 다행이라 생각해라. (……) 시간이 지나 그대의 이름이 어느 정도 사람들 사이에 알려졌다고 느끼면, 이 이름을 사람들 입에 오르내리는 그 모든 것보다 덜 진지한 것으로 받아들여라. 나의 이름은 시시한 것이 되어버렸다, 이렇게 생각해라. 그리고 그대의 이름을 버려라. 대신 다른 아무 이름 하나를 취해서 신이 한밤중에 그 이름을 부를 수 있도록 해라. 그리고 누구도 알지 못하도록 그 이름을 숨겨라."

"타인의 칭찬이나 비난에 무관심"하라고 했던 니체처럼 사회의 평판이나 타인의 인정이 예술의 영역에서 절대적으로 담보되어야 할 창조적 자유의 개념에 얼마나 위험한 것인지, 또 얼마나 배치되는 것인지 릴케-말테 역시 깨닫고 있고 강조하고 있다. 타인의 인정은 자율적이고 창조적인 변신 가능성을 방해하고 상실하게 할 위험을 내포하고 있다. 타인의 인정을 받음으로써 변신 가능성의 힘을 상실한 그리샤의 이야기나, 타인의 사랑이나 보호로부터 벗어나기 위해 집을 떠나는 탕자의 경우 역시 같은 맥락에서 이해할 수 있다.

2) 엘레오노라 두세

말테가 현실과 명성에 좌초하는 예술가의 상과 구별하며 강조하는 예술가의 모습은 수기의 후반부에서 엘레오노라 두세에게서 형상화된다. 실제로 릴케와 친분이 있었던 이 유명한 이탈리아 여배우의 연기를 통해서도 예술성과 대중, 내면성과 현실, 자아와 세계의 비극적인 모순 관계를 드러내는 가운데 릴케 시학의 핵심이라고 할 예술의 순수성과 자율성이 표현되고 있다. 말테는 이 엘레오노라 두세가 "관객들에게 보여지기 위해 연기"하는 배우들과는 달리, 자신의 진실한 고뇌를 승화시키는 동시에 관객의 시선으로부터 숨고 싶어했고, 그랬기 때문에 매일매일 희망을 잃어가던 그녀의 내면 상태를 아무도 몰랐다는 것, 매일매일 "두껍고, 그 뒤에 숨어서 철저히 비참할 수 있을 만큼 빈틈없고 오래 가는 변장"을 한 것이었다고 강조한다. 이 위대한 여배우가 연기를 통해 감추고 싶어했던 그것은 "자신의 비참함에 바치는 헌신"이었던 것이다.

그녀에게 예술적 원동력이 되는 것은 결국 관객이나 대중, 타인들로부터 이해받을 수 없는 내면의 고독감인 동시에 어떤 것에도 구속되지 않는 절대적 포기의 감정이다. 사랑의 영역에서, 사랑의 역사에서 사랑과 비참함의 감정이 결합되는 것은 그리 드문 주제가 아니다. 말테가 이 예술가들 - 사랑하는 자들의 고독이나 고통, 절망을 통해 강조하는 것은 그들의 예술성이며, 현실도피나 거부감도, 무력한 패배감이 아니다. 죽음으로 가득찬 도시에서 '보는 법'을, 죽음의 냄새로부터 삶을 배우기 시작한 말테의 진정한 현실인식의 내용이며, 삶 자체에 대한 커다란 긍정이다.

8. 예술을 통한 위기의 극복:
탕자의 이야기와 사랑의 새로운 해석

파리의 이방인 말테가 실존적 두려움을 이겨내며 진정으로 '보는 법'을 배우고 서술할 수 있게 되는 과정을 기록한 말테의 일기/수기는 말테가 새롭게 해석하는 탕자의 이야기로 끝을 맺는다. 성서에 나오는 원래의 이야기를 자신이 몰두해온 삶과 글쓰기라는 문제의 관점에서 비유적으로 새롭게 구성함으로써, 끊임없이 서성이고 회의하며 불가능한 것으로 느꼈던 서술의 위기 상태를 비로소 극복하고 이제 '이야기를 서술'할 수 있게 된다. 그럼으로써 자신의 실존적 위기의식이나 불안에 떨지 않고 시간의 흐름이나 변화에도 흔들리지 않으며 두려움 없이 자신이 경험하는 두려움과 그 실존적 변화 과정 자체를 상징적으로 기술하는 예술가 - 시인이 되었다.

그리고 이 서술의 능력은 탕자의 이야기를 통해 전개되는 사랑에 대한 새로운 해석을 전제로 하며, 따라서 이 탕자의 이야기는 더이상 성서적 배경이나 의미를 지니지 않는다. 영원한 사랑과 신이라는 주제는 절대적이고 불멸의 것, 끝없는 창조로서의 예술 개념으로 파악되고 수렴된다. 말테는 진정한 예술가로서 사랑받는 자가 아니라 사랑하는 자, 삶과 삶에 포함된 그 모든 모순적이고 유한하며 덧없이 변하는 것에 대한 무조건적이고 절대적인 긍정을 할 수 있는 자가 되었다. 보답을 필요로 하지 않는 사랑, 어떤 두려움도 없는 사랑, 사랑을 한 많은 여인의 '사랑의 작업' 역시 개별적인 대상에 대한 것이 아니며, 또 특별한 목적에 따른 것이 아니라 '사랑 그 자체'에 대한 작업이다. 물론 말테에게 이런 위대하고 강인한 사랑을 한 이 여인들의 확신과 용기는 삶의 모든 측면을 감싸는 행위, 비참함과 고통까지도 포함하는 존재하는 모든 것에 대한 긍정이자 사랑을 의미한다. 이 여인들의 사랑은 한 대상을 향한 것이 아니라 하나의 방향, 하나의 화살표, 영원한 화살표이다. 삶이 그렇듯, 목적이 아니라 이미 살고 있는 삶 자체를 또 한번 긍정하는 삶일 뿐이다.

살아간다는 것과 사랑한다는 것이 하나의 맥락 속에 겹쳐진다. 위험과 두려움에도 불구하고 살아가며, 위험과 두려움에도 불구하고 사랑한다는 것. 우리의 세계에서 삶과 사랑은 '그 모든 것에도 불구하고' 긍정할 수밖에 없는 것으로서 존재하는 모든 것, 고통까지도 포함하는 삶에 대한 긍정의 극대 개념이자 그 원초적인 개념이 되었고, 실존의 위기의식 속에서 글을 써온 말테에게 이제 삶과 사랑과 예술의 의미는 아름다움과 추함을 모두 포괄하는 삶, 예술적 삶에서 하나로 일치되었다.

결국, 이 책은 고독과 예술과 사랑을 통해, 위기의 극복과 함께 끝없이 계속되는 삶이라는 시작을 노래하는 말테의 수기다.

홍사현

1875년 12월 4일, 오스트리아-헝가리제국 보헤미아(현 체코) 프라하에
       서 아버지 요제프 릴케, 어머니 소피 릴케의 외아들로 태어남. 누
       이가 있었으나 태어난 지 일주일 만에 사망. 이로 인한 상실감에
       어머니는 릴케를 다섯 살 때까지 여자아이처럼 양육함. 본명은 르
       네 카를 빌헬름 요한 요제프 마리아 릴케René Karl Wilhelm Johann
       Josef Maria Rilke.

1882년 가톨릭교단 피아리스트의 프라하 지부에서 운영하는 초등학교에
       입학. 부모의 이혼으로 1884년부터 어머니와 생활.

1886년 장크트푈텐 육군학교에 입학. 시를 쓰기 시작함.

1890년 메리슈바이스키르헨 육군실업학교에 입학.

1891년 병으로 중퇴하고 삼 년 과정의 린츠상업학교에 입학하지만 이듬
       해 자퇴.

1892년 대학입학자격시험을 준비하기 위해 프라하에서 개인교습을 받음.

1894년 첫 시집『삶과 가곡Leben und Lieder』을 자비로 출간.

1895년 국립 프라하대학교에 입학해 문학, 철학, 예술사를 공부함. 두번째
       시집『가신봉폐Larenopfer』출간.

1896년 법학과 정치학에 관심을 가짐. 뮌헨대학교에서 두 학기 동안 예술
       사, 미학, 다윈의 이론을 공부함.

1897년 프라하, 아르코(남티롤), 베네치아, 밀라노 등지 여행. 베를린대학
       교로 옮겨 학업을 이어감. 뮌헨에서 루 안드레아스 살로메를 만남.
       시집『꿈의 왕관을 쓰고Traumgekrönt. Neue Gedichte』출간.『이
       른 서리Im Frühfrost』가 프라하에서 상연됨.

1898년 피렌체, 비아레조, 소포트, 함부르크, 브레멘 등지 여행.『피렌체 일기
Das Florenzer Tagebuch』『슈마르겐도프르 일기Schmargendorfer
Tagebuch』집필 시작. 시집『강림절Advent』, 단편집『인생의 길
에서Am Leben hin』출간.

1899년 살로메 부부와 러시아 여행. 모스크바에서 톨스토이를 만남. 베를
린으로 돌아와『기도시집Das Stunden-Buch』1부「수도사 생활
의 서」집필.『슈마르겐도프르 일기』집필을 이어감.『기수 크리
스토프 릴케의 사랑과 죽음의 노래Die Weise von Liebe und Tod
des Cornets Christoph Rilke』초고 완성. 단편집『프라하에서 온
두 이야기Zwei Prager Geschichten』, 시집『나의 축제를 위해Mir
zur Feier』『하얀 공주Die weiße Fürstin』출간.

1900년 살로메와 두번째 러시아 여행. 톨스토이를 만나기 위해 야스나야
폴랴나 방문. 독일 북부 보릅스베데 예술인 마을에 머물며 조각
가 클라라 베스토프를 만남.『보릅스베데 일기Worpswede Diary』
집필 시작. 소설집『사랑하는 신의 이야기Vom lieben Gott und
Anderes』출간.

1901년 브레멘에서 클라라 베스트호프와 결혼.『기도시집』2부「순례의
서」집필. 단편「마지막Die Letzten」출간.『일상생활Das tägliche
Leben』이 베를린에서 상연됨. 12월, 딸 루스 태어남.

1902년 파리에 머묾. 희곡『일상생활』, 게르하르트 하우프트만에게 헌정
한『형상시집Das Buch der Bilder』출간.

1903년 뮌헨, 베네치아, 피렌체 등지 여행.『기도시집』3부「가난과 죽음의
서」집필.『보릅스베데 일기』『오귀스트 로댕Auguste Rodin』출간.
로마로 옮김.

1904년 로마에 머물며 덴마크와 스웨덴 등지 여행. 12월,『말테의 수기』
집필 시작.

1905년 뫼동에서 로댕과 지냄. 쾰른과 드레스덴에서 로댕론 강연.『기도

시집』 출간, 살로메에게 헌정.

1906년 로댕과 지냄. 독일 엘버펠트, 베를린, 함부르크에서 로댕론 강연. 아버지가 프라하에서 사망. 베를린에서 강연하고, 파리, 베를린, 카프리 등지에서 지냄.『형상시집』 확장판 출간.『기수 크리스토프 릴케의 사랑과 죽음의 노래』 출간.

1907년 카프리, 파리에서 머묾. 프라하, 브레슬라우, 빈에서 강연하고 베네치아, 브레맨 여행.『신시집』 출간.

1908년 파리로 돌아옴.『신시집 별권』 출간, 로댕에게 헌정.

1909년 파리에 머물며 프로방스, 아비뇽 여행. 두이노성의 여주인 마리 폰 투른 운트 탁시스 호엔로에 후작부인을 만남. 후에『두이노의 비가』에서 헌사를 바침.

1910년 여러 도시에서 강연을 이어감. 유일한 소설 형식의 작품『말테의 수기』 출간. 앙드레 지드를 만남. 북아프리카 여행.

1911년 파리에 머물며 각지 여행. 두이노로 옮김.

1912년 두이노성에 머물며『두이노의 비가』 집필 시작, 「제1비가」 「제2비가」, 연작시 「마리아의 생애 Das Marien-Leben」 등을 씀. 스페인 여행.

1913년 론다, 파리에서 머묾. 독일에서 살로메와 정신분석학 세미나에 참석해 프로이트 등 정신분석학자들을 만남. 「제3비가」를 씀.『제1 시집 Das Marien-Leben』 출간.

1914년 『다섯 개의 노래 Fünf Gesänge』를 씀. 앙드레 지드『탕자의 귀환 Le Retour de l'Enfant Prodigue』 번역 출간.

1915년 독일 각지에서 학자들, 예술가들을 만남. 빈으로 옮김. 「제4비가」를 씀.

1916년 빈에서 군기록보관소 서기로 복무. 6월, 병역 면제를 받고 뮌헨으로 돌아옴. 화가 라사르가 릴케의 초상화를 그림.

1917년 뮌헨, 베스트팔렌, 베를린 등지에서 지냄.

1918년 뮌헨, 올슈타트, 안스바흐 등지에서 지냄. 프랑스 여성 시인 루이
         즈 라베의 24개 소네트 번역.

1919년 스위스 각지에서 강연.

1920년 스위스 로카르노, 취히리 등지에서 지냄.

1921년 베르크성, 뮈조성에서 지냄. 폴 발레리의 시를 읽고 감명해 그의
         시집 『해변의 묘지 *Le Cimetière Marin*』를 번역하기 시작.

1922년 『두이노의 비가』 완성. 『오르페우스에게 바치는 소네트 *Die
         Sonette an Orpheus*』 『작업중의 젊은이에게 보내는 편지 *Der
         Brief des Jungen Arbeiters*』 집필. 발레리 시집 번역을 마침. 딸 루
         스 결혼.

1923년 스위스 여행. 『두이노의 비가』 『오르페우스에게 바치는 소네트』
         출간. 발몽요양소에 입원.

1924년 스위스 각지를 여행하고 뮈조성으로 돌아옴. 「장미」 「창문」 등 프
         랑스어로 시를 쓰기 시작함. 스위스 여성 시인 에리카 미터러와
         시로 쓴 편지 교환 시작. 11월, 발몽요양소에 재입원.

1925년 파리에서 머물다 가을에 뮈조성으로 돌아옴. 앙드레 지드, 폴 발레
         리 등을 만남. 10월, 유언장을 작성함.

1926년 프랑스어 시집 『과수원 *Vergers*』 『발레 사행시 연작 *Les Quatrains
         Valaisans*』 출간. 스위스 여행. 12월 29일, 백혈병으로 발몽요양소
         에서 영면함.

1927년 1월 2일, 생전 유언에 따라 라론에 있는 교회 옆에 묻힘. 묘비에는
         릴케가 생전에 쓴 "오, 순수한 모순이여, 장미여, 겹겹이 쌓인 눈꺼
         풀 아래서 익명의 잠이고 싶다"라고 새겨짐. 여섯 권의 전집이 출
         간됨.

세계문학전집 238

말테의 수기

초판 인쇄 2023년 11월 27일
초판 발행 2023년 12월 7일

지은이 라이너 마리아 릴케 ｜ 옮긴이 홍사현

책임편집 김혜정 ｜ 편집 손미선 이희연 김미혜
디자인 강혜림 최미영 ｜ 저작권 박지영 형소진 최은진 서연주 오서영
마케팅 정민호 서지화 한민아 이민경 안남영 왕지경 황승현 김혜원 김하연 김예진
브랜딩 함유지 함근아 고보미 박민재 김희숙 박다솔 조다현 정승민 배진성
제작 강신은 김동욱 이순호 ｜ 제작처 영신사

펴낸곳 (주)문학동네 ｜ 펴낸이 김소영
출판등록 1993년 10월 22일 제2003-000045호
주소 10881 경기도 파주시 회동길 210
전자우편 editor@munhak.com ｜ 대표전화 031)955-8888 ｜ 팩스 031)955-8855
문의전화 031)955-2696(마케팅), 031)955-1904(편집)
문학동네카페 http://cafe.naver.com/mhdn
인스타그램 @munhakdongne ｜ 트위터 @munhakdongne
북클럽문학동네 http://bookclubmunhak.com

ISBN 978-89-546-9715-6 04850
      978-89-546-0901-2 (세트)

www.munhak.com

● 문학동네 세계문학전집은 계속 출간됩니다